中国银行业并购重组业务发展

与并购贷款政策研读

ZHONGGUO YINHANGYE BINGGOU CHONGZU YEWU FAZHAN

YU BINGGOU DAIKUAN ZHENGCE YANDU

主编　王科进

 中国金融出版社

责任编辑：张智慧　张翠华
责任校对：李俊英
责任印制：尹小平

图书在版编目（CIP）数据

中国银行业并购重组业务发展与并购贷款政策研读（Zhongguo
Yinhangye Binggou Chongzu Yewu Fazhan yu Binggou Daikuan
Zhengce Yandu）/王科进 主编. —北京：中国金融出版社，
2010. 7

ISBN 978 – 7 – 5049 – 5490 – 9

Ⅰ. ①中…　Ⅱ. ①王…　Ⅲ. ①商业银行—企业合并—信贷管
理：风险管理—研究—中国　Ⅳ. ①F832. 33

中国版本图书馆 CIP 数据核字（2010）第 075697 号

出版
发行　**中国金融出版社**

社址　北京市丰台区益泽路 2 号
市场开发部　　（010）63272190，66070804（传真）
网 上 书 店　http：//www. chinafph. com
　　　　　　　（010）63286832，63365686（传真）
读者服务部　（010）66070833，62568380
邮编　100071
经销　新华书店
印刷　保利达印刷有限公司
尺寸　169 毫米 × 239 毫米
印张　16. 75
字数　215 千
版次　2010 年 7 月第 1 版
印次　2010 年 7 月第 1 次印刷
定价　38. 00 元
ISBN 978 – 7 – 5049 – 5490 – 9/F. 5050
如出现印装错误本社负责调换　联系电话（010）63263947

编委会成员

指导顾问：王贵亚

主　　编：王科进

编写人员：

中 国 银 监 会：徐洁勤

中国建设银行：刘　岩　杨　涛　孟　月　杨　紫　尹红坡
　　　　　　　谢大武

建 银 国 际：郄永忠　秦耀林　王　蕾　刘　茜　李依能

中国工商银行：程斌宏　鞠长民

中国民生银行：路中云

国家开发银行：张利中　高永伟

序

"纵观美国著名大企业，几乎没有哪一家不是以某种方式、在某种程度上应用了兼并收购而发展起来的。"1982 年诺贝尔经济学奖获得者乔治·斯蒂格勒（George Stigler）曾这样指出。

百余年来的多次并购浪潮表明，重组并购活动贯穿于企业周期、行业周期以及经济周期的各个阶段，已经不仅仅是企业自身资本运作和规模扩张的途径，更成为经济资源优化配置、技术创新和转移、国际产业整合以及世界经济发展的重要手段和强劲动力。2008 年全球发生并购案例 4.07 万件，并购金额为 2.9 万亿美元；即使是在金融危机最为严重的 2009 年，两项指标也分别达到 3.8 万件和 2.1 万亿美元。一些巨额并购交易涉及资金已过百亿，达近千亿美元，不断成为世界经济领域引人注目的焦点。

随着中国经济的崛起，国内市场经济环境不断改善，国有资产管理体制改革不断推进，民营经济活力不断增强，资本市场不断创新和发展，国际经济技术合作规模和水平不断提高，企业等经济微观主体经营理念和水平不断进步，国内企业重组并购渐趋活跃，与经济发展形成良性互动。过去五年，我国企业并购宣布交易额近 8 000 亿元，2009 年更超过万亿元。从早期联想收购 IBM 个人电脑业务、TCL 收购汤姆逊和阿尔卡特到近期工商银行 54.6 亿美元收购南非标准银行、吉利 18 亿美元收购沃尔沃汽车、中石化 72.4 亿美元收购 Addax 石油公司、五矿有色 13.86 亿美元收购澳大利亚 OZ 矿业，一系列国内企业海外并购活动相继涌现，"走出去"收购正成为中国企业国际化的重要途径。近年来，央企整合，钢铁、煤炭、电力、航空等行业大规模兼并收购此起彼伏，宝钢收购八一钢厂、中国网通和中国联通合并等国内企业之间的大型并购案例不断涌现。产业结构升级和产能整合，推动我国企业重组并购进入新阶段。

一幕幕波澜壮阔的并购大戏背后，离不开投资银行和商业银行强大的智力和融资支持。其中，并购贷款是最重要的并购融资手段之一。近年来，美国并购贷款占并购融资额的30%～50%。我国也较早开展了相关研究和准备工作，2008年底，在金融危机肆虐之际，作为金融促进经济发展的重要措施，中国银监会适时出台了《商业银行并购贷款风险管理指引》，推出并购贷款。自此，商业银行作为并购融资的直接提供者，走上中国并购市场的舞台，以信贷服务支持国内企业的重组并购活动。

一年多以来，并购贷款在监管部门有效引导和市场主体的积极参与下，由简单到复杂，循序渐进地健康发展，有力支持了中国企业境外并购和境内重组。建行、国开行、工行、中行、交行等国内主要商业银行积极开展并购业务（并购贷款、并购顾问、并购基金等业务），通过并购贷款、并购基金为并购交易提供融资支持，同时通过开拓并购顾问业务提高收益、防范风险。在这些并购交易中，有制造业或资源型龙头企业"走出去"的跨国并购，有重点行业央企和地方大型国企优化产业布局的大型并购和资产重组，有国有企业并购民营企业，也有民营企业之间的并购。涉及行业除钢铁、电力、煤炭、有色、机械制造等集中度要求较高行业外，还包括医药、通讯、软件外包、商业零售等行业。并购贷款的出现，是以市场化融资方式促进我国产业升级、行业整合与经济结构调整的有益探索。

作为一种新的融资方式，并购贷款在业务流程、风险评估和控制等方面仍需要在实践中不断总结和完善，需要在有效支持并购和防范风险之间实现平衡。为进一步总结经验，更好地推动并购贷款在我国的发展，在持续跟踪理论前沿和业务实践的基础上，王科进同志在工作之余，组织业内专家编写了本书，对国内外并购贷款发展趋势和基础理论、并购贷款发展策略、操作流程、风险特征、评估要素、监管标准以及实践中的问题和对策进行了系统总结和梳理，具有很强的指导性和实用性。

并购贷款涉及尽职调查、企业估值、风险评估等各个方面，要求由并购、信贷、行业、法律、财务等领域专家组成专门团队组织实施，对并购双方、商业银行和其他中介机构都提出很高标准。相信本书能够对并购贷款从业人员的理论水平和业务能力提高起到重要提升作用，引导各方规范运作，推进并购业务健康发展，为促进我国行业整合和产业升级、经济结构调整、经济增长方式转变提供有力金融支持，为推动建立一批有全球竞争力的国际化大企业、大行业作出贡献。

是为序。

王科进

2010 年 5 月

前　言

从西方国家经济发展的历程可以清楚地了解到，企业通过并购而成为巨型企业是现代经济史上一个突出的现象。当今世界上著名的大公司，几乎没有一家不是通过并购发展起来的。企业并购满足了企业业务扩张的需要，帮助企业实现了规模经济，企业只有善于融资而又积极从事并购，才能够做大做强。从十九世纪末以来，以美国为代表的西方国家，已经出现了五次较大规模的企业并购浪潮，每一次企业并购浪潮在实践上均推动了经济的发展，加速了现代公司体制的形成，也造就了一大批大型跨国企业。特别是从上世纪90年代中后期开始的第五次并购浪潮，并购的金额巨大、规模惊人，跨国并购也越来越多。在企业并购的实践中，从企业并购的目标设计、程序操作、完成交易到效果评价，已经形成了一套完整的并购业务管理体系。很多国家的政府在并购方向的把握、政策的引导以及法律的约束方面，建立了一整套法律法规体系，使并购活动有法可依，使公众的利益得到保护。法律法规体系的建立在企业的并购活动中发挥了重要作用。

我国的企业并购是从20世纪80年代才开始的，由于时间较短，加之我国正处于从计划经济体制向市场经济体制转轨的过程中，给我国企业的并购带来很大的困难。相对于西方企业的并购而言，无论从交易规模和交易额上来看，还是从并购对国民经济发展的贡献来看，同西方国家的差距都是巨大的。目前我国正处于经济增长方式转变、产业调整和升级的关键时期，2007年下半年爆发的美国次贷危机以及随之而来的全球金融危机和经济衰退，在给我国经济增长带来压力的同时，也给我国的产业升级、行业整合、提高企业核心竞争力带来了很大的挑战。2008 年末，在国务院出台的一系列以金融促进经济发展的措施中提出允许商业银行发放并购贷款，银监会随即于 2008 年 12 月 6 日出台了《商业银行并购贷款风险管理指引》（以下简称《指引》）。银监会出台并购贷款政策，希望从创新融资方式规范融资渠道角度，引导商业银行更好地为企业的并购重组提供信贷支持。通过发布《指引》，允许符合条件的商业银行开办并购贷款业务，规范并购贷款经营行为，在三个方面有着重大意义：

（一）有利于贯彻落实科学发展观，以市场化方式促进我国经济结构调整、产业升级和行业整合，为经济增长方式的转变提供有力的金融支持。加快转变经济增长方式，推动产业结构优化升级是关系国民经济全局紧迫而重大的战略任务。近年来，国家采取一系列措施鼓励有实力的大型企业集团进行跨地区、跨行业的兼并重组，积极支持市场前景好、有效益、有助于形成规模经济的兼并重组，促进产业的集中化、大型化、基地化。引导信贷资金合理进入并购市场，可以更好地为加快经济结构调整、产业优化升级提供良好的信贷支持，促进国民经济又好又快发展。

（二）有利于创新融资方式，拓宽融资渠道，帮助国内企业应对当前国际金融危机冲击。近年来，国有大中型企业、地方性企业和民营企业并购重组活动日趋活跃，兼并收购融资需求大、增长快。目前的并购融资方式主要有公司间拆借、私募、发行债券、定向增发、搭桥贷款、银行理财产品等，而并购贷款是企业并购融资的一个重要渠道，适时推出并购贷款业务，可以更好地满足企业越来越迫切的融资需求，优化资源配置。随着中资企业海外并购交易的增多，并购贷款业务的推出将有利于贯彻落实中央"走出去"战略，有力地支持符合条件的中资企业"走出去"。当前我国经济发展面临严峻的国际经济环境，在此时机下，适时推出并购贷款业务是贯彻落实党中央、国务院扩大内需政策和金融促进经济发展的重要举措，有利于国内企业应对国际金融危机冲击，促进经济增长。

（三）有利于防范和控制并购贷款相关风险。并购作为企业所有权和控制权交易的高级形式与资本市场密切相关，具有复杂性的特点。并购贷款为并购交易提供了杠杆，因此，与一般的商业贷款相比，并购贷款具有更高的复杂性和风险性。一笔成功的并购贷款，要求贷款人在传统的信用风险分析方法和技术之外，还要掌握包括有关资本市场、企业发展战略、并购整合和协同效应等在内的一系列分析手段。在开展并购贷款业务过程中，银行需要更深入地了解企业发展战略、整合能力等。《指引》对并购贷款的风险评估和风险管理作了明确规定，有助于规范商业银行并购贷款经营行为，提高商业银行并购贷款风险管理能力。

银监会在设计并购贷款监管政策时所遵循的基本理念是：在满足并购融资需求与控制并购贷款风险之间保持适当的平衡，由简单到复杂，循序渐进地发展并购贷款市场。现阶段银监会的并购贷款政策主要有以下特点：

一是强调并购的战略动机，要求并购方与目标企业之间具有较高的产业相关度或战略相关性，控制投机型并购交易。在并购活动中，存在并购双方协同效应为正效应与负效应的并购交易，并购贷款对于协同效应将发挥杠杆与放大作用，并购贷款应支持协同效应为正效应的并购交易，以利于并购方实现产业升级与整合。并购贷款不应支持协同效应为负效应的并购交易，否则将不利于并购方的经营与发展。而且，当存在并购贷款偿还风险较低但并购交易风险较高的情况下，不应为此类并购交易提供并购贷款。对并购战略动机的重视，反映了对国家推动经济结构调整、产业升级和行业整合政策的贯彻和落实。

二是强调对并购交易的了解，在此基础上为企业提供信贷支持。

了解并购的战略动机，是对并购交易了解的一个部分。《指引》中对并购交易的形式提供了多样化的选择，对贷款金额、贷款期限等做了原则性的限制，要求对并购方的整合能力进行调查等等。这些内容对商业银行从事并购贷款的专业团队提出了较高的要求，要求专业团队能够深入地了解客户，尤其是了解并购交易，包括并购交易的参与者、并购交易的目的、并购交易的形式、并购交易合同的各项条款、并购交易的整合计划等等。在对并购交易充分了解的基础上，根据实质重于形式的原则，对并购交易和并购贷款的风险进行分析判断，科学合理地设计并购贷款的金额、期限、还款计划、约束和保障性条款等。

三是要求开展并购贷款业务的商业银行具备一定的风险承受能力和风险管理能力。《指引》要求开展并购贷款业务的商业银行除了资本充足率不低于10%，贷款损失专项准备充足率不低于100%，一般准备不低于同期贷款余额的1%这些反映风险承受能力的量化指标外，更为重要的是有健全的风险管理和有效的内控机制，以及有并购贷款尽职调查和风险评估的专业团队。

四是重视限额控制和专业化管理。在并购贷款的起步阶段，控制风险敞口的上限是非常关键的。因此，《指引》规定了全部并购贷款余额占银行同期核心资本净额的比例不得超过50%，以及对同一借款人的并购贷款余额占银行同期核心资本净额的比例不得超过5%，并购贷款在并购交易资金中占比不超过50%。针对并购贷款的专业性，除了要求商业银行由并购专家、信贷专家、行业专家、法律专家、财务专家等组成专门团队从事并购贷款业务的尽职调查和风险评估外，还引入战略风险、整合风险、能否实现协同效应等因素作为并购贷款风险评估的主要内容。

《中国银行业并购重组业务发展与并购贷款政策研读》邀请中国建设银行投资银行部王贵亚总经理为实践指导顾问。自中国建设银行投资银行部成立以来，在王贵亚总经理的带领与指导下，投资银行部成功、高效地完成了多宗上市公司并购项目，包括上市公司定向增发、买壳上市、债务重组、整体上市等资本运作行为，并从中积累了丰富的实践经验。

本书编写组织情况如下：

中国银监会法规部副主任王科进以加强银行业对经济结构调整和资源优化配置的支持、促进行业整合和产业结构优化升级为主旨精神，以规范商业银行并购贷款行为、提高商业银行并购贷款风险管理能力为目的，组织编写了本书。

本书同时也得到了中国建设银行投资银行部、建银国际投资咨询有限公司、中国工商银行、国家开发银行、中国民生银行等有关同事的全力配合。其中，第一部分"并购业务概述"，由中国工商银行程斌宏、鞠长民主要负责编写，后期由中国建设银行投行部尹红坡、谢大武，国家开发银行市场与投资局张利中、高永伟修改；第二部分"《商业银行并购贷款风险管理指引》研读"，由中国建设银行投行部刘岩、杨涛、孟月、杨紫、尹红坡、谢大武，建银国际郗永忠、秦耀林、王蕾、刘茜、李依能负责编写；第三部分"并购业务法律法规汇编"，由中国建设银行投行部杨涛、尹红坡、谢大武负责编写。

编写此书的目的，旨在帮助并购贷款从业人员了解《指引》的内容，更好地把握《指引》的主旨思想和内涵，使大家能够在具体实务中灵活地操作并购贷款。一方面，可以推动并购贷款的发展，支持经济结构调整和产业升级，贯彻落实党中央、国务院扩大内需政策和金融促进经济发展政策；另一方面，在促进业务发展的同时有效地控制风险，实现可持续发展，为国民经济的快速发展添砖加瓦。

目　　录

并购业务概述

《商业银行并购贷款风险管理指引》研读

并购业务法律法规汇编

并购业务概述

并购基础知识及分类

一、并购的概念及背景

企业兼并与收购业务（Merger & Acquisition，M&A），简称并购，是现代经济中资源优化配置的重要方式，是企业实现发展战略经常选择的一种途径，也是商业银行投资银行业务中的核心业务。

并购是指并购方企业通过支付对价或承接债务等方式获得目标企业资产或股权的行为，并购方企业支付的对价可以是现金、股权或其他资产、有价证券等。与企业一般的购买行为相比，企业并购活动主要有以下特点：（1）两个主体以上的交易行为，这些主体包括企业、政府、个人和事业单位；（2）与企业一般的购买行为相比，所交易商品非标准化；（3）由于所交易商品非标准化，商品价格具有很大的不确定性。

并购有很多种形式，从控制权的角度可以分为控制权并购和非控制权并购。控制权并购是指并购方企业并购的目的是为了获得目标企业的控制权；非控制权并购是指并购方企业参股目标企业，为将来实现控制权并购做准备或为获取分红或短期投资性收益等。从战略的角度并购可以分为战略性并购和投资性并购。战略性并购是指并购方企业并购目标企业的目的不仅是为了获得目标企业的控制权，更是为了并购双方整合以产生协同效应和规模效应，是企业着眼于长期发展的战略性行为；投资性并购是指并购方企业并购目标企业的目的并不是为了控制目标企业的生产经营，产生协同效应，而是为了挖掘目标企业的潜力，在将来卖出获利。如全球第四次并购浪潮中的投资性并购，在这类业务中，投资银行和投资基金把产权买卖（买卖企业）当做一种投资行为，它们购买企业后，或直接整体转让或分拆卖出，或整组经营待价而沽或包装上市抛售股权套现，从中赚取买卖价差。它们购买企业的目的是为了短期卖出获利，而不是为了进行长期战略性投资。

并购业务是投资银行的传统业务。早在 19 世纪末的第一次企业并购浪潮中，投资银行就已经开始为参与方提供服务，但并购业务真正兴起是在 20 世纪 70 年代。1974 年耐克尔国际公司收购费城 ESB 电池生产商时，摩根士丹利作为收购方耐克尔国际公司的财务顾问参与交易，这是投资银行在当代的首单敌意并购财务顾问业务。在这段时间，越来越多的投资银行意识到并购业务的广阔前景，它们组建专职的并购业务部门招募和培育并购专业人才。

进入 20 世纪 80 年代，并购业务开始了如火如荼的新阶段，除美国一直一马当先外，西欧和其他市场经济发达的国家和地区的并购业务也逐渐发展起来，并购业务量越来越大，营业利润也越来越多，并购与反并购的各种专业性很强的方法与工具也发展起来了。杠杆收购（LBO）、管理层收购（MBO）、垃圾债券（Junk Bond）、过桥融资等新模式、新工具极大地推动着企业并购的发展，毒丸（Poison Pill）、焦土（Scorched - earth）、帕克曼（Pac - man）等常见的反并购策略，都是在这个阶段被创造出来或发展成熟的。80 年代中期开始，美国多家有实力的投资银行群起效仿投资集团的做法，开始了其"收购企业—整顿重组—转手卖出"的并购投资业务。整个 20 世纪 80 年代，投资银行的并购业务在深度和广度上均得到了迅猛的发展，呈现出多元化格局。投资银行不仅为收购企业者服务，也为出售企业者服务，还为目标企业及其大股东提供反收购服务；不仅为客户提供咨询，还为客户提供融资；不仅为客户做并购策划和财务顾问，而且还直接充当买者或卖者进行并购交易；不仅开展对上市公司的并购业务，同时也开展对非上市公司的并购业务。

从国外来看，并购业务一直以来都是银行的核心投行业务，也是其最主要的投资银行收入来源之一。金融危机中受伤相对较轻的高盛公司就是全球最大的并购服务机构，开展并购顾问、融资顾问、并购贷款、并购基金等多样化的并购业务。即使在并购业务收入占比较小的年份，并购业务也是银行实力和品牌的重要体现，是发展客户的重要手段。

二、并购的交易类型

（一）按业务关联程度分类

按并购企业与目标企业所从事业务的关联程度分类，并购可以分为横向并购、纵向并购和混合并购三种。

1. 横向并购，是指同一市场上提供同类、同种商品或服务的企业之间的并购。一般来说，横向并购多为优势企业并购劣势企业，以达到扩大规模、消除竞争、扩大市场份额及提高企业竞争力的目的。

2. 纵向并购，是指优势企业并购与本企业生产紧密相关的非本企业所有的前后道生产工序、工艺过程的生产企业，从而形成纵向生产一体化，或是指生产和销售的连续性阶段中互为购买者和销售者关系的企业间的并购。

3. 混合并购，是指在生产和工艺上没有直接的关联关系，产品也不完全相同或不同的企业间的并购行为，横向并购和纵向并购以外的其他并购均可包括在混合并购的范畴之内。若进一步细分，还可将混合并购区分为产品扩张型并购、地域市场扩张型并购和纯混合型并购三种。

（二）按并购的支付方式分类

按并购支付方式分类，并购可以分为现金支付并购、股票支付并购和其他支付方式并购三类。

1. 现金支付并购，是指并购方企业使用现金购买目标企业资产或股票等的并购。

2. 股票支付并购，是指并购方企业用增发的股票或者库存股购买目标企业资产或股票等的并购。

3. 其他支付方式并购，是指并购方企业向目标企业支付的是现金和股票的混合的并购或者包含了其他证券，如债券、认股权证、承债式收购等的并购。

（三）按并购方企业对目标企业进行并购的态度分类

按并购方企业对目标企业进行并购的态度分类，并购可分为善意并购和敌意并购。

1. 善意并购（Friendly M&A），是指并购方企业能以较合理的价格等并购条件，与目标企业的管理层协商，取得目标企业股东和管理层的理解与配合后进行的并购。

2. 敌意并购（Hostile M&A），是指并购方企业事先未与目标企业的管理层协商，而是秘密并购目标企业的股份，使目标企业不得不接受条件出售企业。在敌意并购下，并购方企业通常得不到目标企业管理层的配合，相反，后者还会设置障碍阻挠并购。

（四）其他分类方式

根据收购目标企业股票的场所，可以将并购交易分为公开市场收购和非公开市场收购。按照并购股权的份额，可以分为控股并购和全面收购两类。此外，还有一些特殊的并购交易种类，如杠杆收购

（Leverage Buyout），其实质在于举债收购，通过财务杠杆加大负债比例，以较少的股本加上数倍的融资进行并购。如管理层收购，是指公司的管理层通过借贷所融得的资金或者股权收购本公司或者本公司业务部门的行为。

三、并购的支付方式

在企业并购活动中，支付是完成交易的最后一个环节，也是一项并购交易最终能否取得成功的重要因素之一。从资本结构的变化实质来看，企业的并购行为无非是在股权、债权、债务、资产之间所进行的替换和转移。如并购一个公司，可以采取现金购买和换股的方式，也可以通过承担一部分负债来获得该公司的控制权等。

经过近百年的发展变迁，并购的支付方式日益多样化，通常主要包括现金收购、股票收购和综合证券收购等。各种支付工具各有其优点和缺点，投资银行作为并购交易的财务顾问，需要根据具体情况和并购计划的整体框架设计来帮助客户确定合适的支付方式。

（一）股票支付

股票支付是指收购公司将目标公司的股票按一定比例换成本公司股票，目标公司解散或成为收购公司的子公司。股票支付根据具体方式，可分为以下三种情况。

1. 增资换股。收购公司采用发行新股的方式，包括普通股或可转换优先股来替换目标公司原来的股票，从而达到收购的目的。

2. 库存股换股。在美国，法律允许收购公司将其库存的股票用来替换目标公司的股票。

3. 母公司与子公司交叉换股。其特点是收购公司本身、其母公司和目标公司之间都存在换股的三角关系。通常在换股之后，目标公司或消亡或成为收购公司的子公司，或是其母公司的子公司。

股票支付的优点包括：

1. 收购方不需要支付大量现金，因此，不会挤占公司的营运资金。

2. 收购交易完成后，目标公司纳入收购公司，但目标公司的股东仍保留其所有者权益，能够分享收购公司所实现的价值增值。

3. 目标公司的股东可以推迟收益实现时间，享受税收优惠。

股票支付的缺点包括：

1. 对收购方而言，新增发的股票改变了其原有的股权结构，导致股东权益的稀释，其结果甚至可能使原先的股东丧失对公司的控制权。

2. 股票发行要受到证券交易委员会的监督以及其所在证券交易所上市规则的限制，发行手续烦琐，使得竞购对手有时间组织竞购，也使不愿被并购的目标公司有时间部署反并购措施。

3. 可能会招来风险套利者，他们买入被收购公司的股票，同时卖出收购方的股票，期望以后获得套利。套利群体造成的卖压以及每股收益稀释的预期会招致收购方股价的下滑，造成股价波动。

（二）现金支付

现金支付是指收购公司支付一定数量的现金，以取得目标公司的所有权。一般来说，凡不涉及收购方发行新股的收购都可以视为现金收购，即使是收购公司通过直接发行某种形式的票据而完成的收购，也属于现金收购。在这种情况下，目标公司的股东可以取得某种形式的票据，但其中不含股东权益，只是某种形式推迟了的现金支付。一旦目标公司的股东收到现金支付，就失去了对目标公司的任何权益，这是现金收购方式的一个鲜明特点。现金支付是企业并购活动中最简单、最迅速的一种支付方式，在各种支付方式中占有很高的比例。

现金支付的优点是：

1. 估价简单明了。

2. 从收购方的角度看，以现金作为支付工具最大的优势是速度快，可使有敌意情绪的目标公司措手不及，无法获得充分的时间实施反并购措施，同时，也使潜在竞购对手因一时难以筹措大量现金而无法与之抗衡，有利于并购交易迅速完成。

3. 对于目标公司而言，现金收购可以将其股本在短时间内转化为现金，目标公司不必承担股价波动风险，以后也不会受到收购公司发展前景、股价波动以及宏观经济变化的影响，交割简单明了，所以，常常是目标公司最乐意接受的一种收购支付方式。

现金收购的缺点是：

1. 对于收购方而言，以现金收购目标公司，现有的股东权益虽不会因此稀释，但却是一项沉重的即时现金负担。

2. 对于目标公司的股东而言，现金收购方式使它们无法推迟资本利得的确认，从而不能推迟纳税时间，享受税收上的优惠。同时，收取现金、放弃股权使它们不能享受并购后新企业形成的利润。

收购方企业往往通过负债的方式筹集现金用于并购支付，或者直接将债券支付给目标企业所有者，这样虽然可以避免沉重的即时现金负担，但是也存在其他的问题：一是由于债务融资，并购后会加重企业的债务负担，因此，要求收购方必须具备较高的债务承受能力和偿债能力。二是通过债务融资筹措资金实现并购，需要有可行的融资渠道和融资工具。

（三）其他支付方式

其他支付方式包括混合性融资安排和混合性融资工具的运用。前者指在一项并购交易中，既有银行贷款资金、发行股票、债券筹集的资金，也包括并购公司与目标公司之间的股票互换、发行可转换债券、优先股、认股权证等多种融资工具，还包括资产交换等多种支付方式的综合运用，其中主要以杠杆收购为代表；后者主要是指兼具债务和权益两者特征的融资工具，包括可转换债券、认股权证等，承债也是一种特殊的支付安排。

1. 杠杆收购。杠杆收购融资的特点主要表现为：杠杆收购的资金来源主要是不代表企业控制权的债务性融资；杠杆收购的负债是以目标企业资产为抵押或以其经营收入来偿还的，具有相当大的风险性；杠杆收购融资中投资银行等市场中介组织的作用十分重要；杠杆收购融资依赖于发达资本市场的支持。

2. 可转换债券。可转换债券可以看做是普通债券附加一个相关的选择权。在企业并购中，利用可转换债券筹集资金具有明显的优势：①可以降低债券融资的资金成本；②由于可转换债券规定的转换价格要高于发行时的企业普通股市价，它实际上相当于为企业提供了一种以高于当期股价的价格发行普通股的融资；③当可转换债券转化为普通股后，债券本金就不需偿还，免除了还本的负担。

3. 认股权证。对收购方而言，发行认股权证的好处是，可以因此而延期支付股利，从而为公司提供额外的股本基础。但由于认股权证的行使，会涉及公司控股权的改变，因此，为保障现行公司股东的利益，公司在发行认股权证时，一般要按控股比例派送给股东。股东可用这种证券行使优先低价认购公司新股的权利，也可以在市场上随意将认股权证出售，购入者则成为认股权证的持有人，获得相同的认购权利。

4. 承债。承债支付指通过承接交易对手（通常为目标企业或目标企业的所有者）的负债的形式来取得交易对手所持有的资产或控制权（通常为目标资产或目标企业股权），承债之后，并购方成为新的债务人。如在我国一些国有企业改制中，经常有并购方以承接国有企业的所有债务作为对价来收购国有企业所拥有的全部经营性资产。通过承债方式并购，并购方不必另外筹集资金，减少了即时现金负担。但是，承债需要取得债权人的同意方可执行。

四、并购交易中的实际控制

并购的结果应是并购方实际控制目标企业或者目标资产。《指引》

中明确说明："本指引所称并购，是指……以实现合并或实际控制已设立并持续经营的目标企业的交易行为。"实际控制最核心的一点就是看并购方是否能够实际支配目标企业的行为。根据《中华人民共和国公司法》（以下简称《公司法》）对控股股东及实际控制人的定义，控股股东和实际控制人均拥有公司控制权。以下我们就取得实际控制权的控股股东与实际控制人的区别和联系进行分析。

控股股东是从股权角度对有关主体进行的界定，实际控制人是从控制权角度对有关主体进行的界定，因此，控股股东与实际控制人是属于不同范畴的概念。

关于上市公司实际控制人，《上市公司收购管理办法》第八十四条规定："有下列情形之一的，为拥有上市公司控制权：（一）投资者为上市公司持股50%以上的控股股东；（二）投资者可以实际支配上市公司股份表决权超过30%；（三）投资者通过实际支配上市公司表决权能够决定公司董事会半数以上成员选任；（四）投资者依其可实际支配上市公司股份表决权足以对公司股东大会的决议产生重大影响；（五）我国证监会认定的其他情形。"由此可见，控股股东与实际控制人的主要共同点在于拥有公司的控制权（支配权），主要区别在于是否为公司直接股东。

我国《公司法》的定义中，则是将实际控制人作为一个与公司控股股东相并列的主体，并且明确排除了股东身份与实际控制人身份的重合，这代表了对实际控制人概念的另一种理解。

根据《公司法》第二百一十七条，"控股股东，是指其出资额占有限责任公司资本总额50%以上或者其持有的股份占股份有限公司股本总额50%以上的股东；出资额或者持有股份的比例虽然不足50%，但依其出资额或者持有的股份所享有的表决权已足以对股东会、股东大会的决议产生重大影响的股东"，"公司实际控制人是指虽不是公司的股东，但通过投资关系、协议或者其他安排，能够实际支配公司行为的人"。

在实践中,社会公众投资者往往很容易从上市公司的年报中获知某一上市公司的控股股东是谁。但是,上市公司的实际控制人在某些情况下则很难辨别。实际控制人可以是控股股东,也可以是控股股东的股东,甚至是除此之外的其他自然人、法人或其他组织。根据证券交易所的要求,在信息披露时,上市公司的实际控制人最终要追溯到自然人、国有资产管理部门或其他最终控制人。

我国并购市场的发展

一、我国企业并购的历程

新中国成立以后,在社会主义改造过程以及其后的计划经济时代,企业并购作为资源优化配置的手段已经失去了原本的意义。直到改革开放以后,随着社会主义市场经济体制的逐步确立,企业并购才作为企业间优胜劣汰的市场手段,重新活跃于社会经济体制改革的前沿。迄今为止,我国已经经历了三次企业并购的浪潮。

(一) 20 世纪 80 年代的第一次企业并购浪潮

我国企业间真正以现代企业为主要组织形式的并购始于 1984 年。当时,河北省保定市经委为了扭转保定市预算内企业长期亏损的局面,批准保定市纺织机械厂兼并了保定市针织器材厂,开创了我国国有企业间并购的先河,由此开启了我国企业的第一次并购浪潮。1986年底,企业并购开始在其他城市,如北京、南京、沈阳、无锡、成都、深圳等地陆续出现。1988 年 3 月,在七届全国人大一次会议上通过的《政府工作报告》中,明确提出把"鼓励企业承包企业、企业租赁企业"和"实行企业产权有条件的有偿转让"作为深化企业改革的两项重要措施，当年大部分省市也相应制定了企业兼并办法。

这一时期并购的主要特点是：并购活动绝大部分都是在国有企业和集体企业之间进行的，各地政府直接参与和干预了企业并购活动；并购主要集中于本地区、本部门或者本行业之间，企业并购一般具有横向并购性质，即并购双方产品相似、工艺相似、生产厂地基本相邻；并购活动是在产权未明晰的情况下发生的，存在很多不规范之处，企业自发和政府干预现象并存；并购方式多为承担债务和出资购买方式，地方政府参与其中的主要目的是为了减少亏损企业，卸掉财政包袱。

（二）20 世纪 90 年代的第二次企业并购浪潮

1992 年以后，随着市场经济发展政策的确定和巩固，我国企业并购的第二次浪潮出现了。仅 1993 年我国就建立了 16 家产权交易中心，全年共有 2 900 多家企业被兼并，成交额达到 60 多亿元，重新安置员工 24 万人，企业并购成为经济体制改革的排头兵。

与第一次并购浪潮相比，随着我国股份制改革和公司法律法规体系的逐渐完善，企业并购开始走向多样化和证券化。这次发生在证券市场初具规模之时的并购活动，有以下特点：企业并购的范围、规模进一步扩大，大型合并和收购增加，强强合作增多，产权转让出现多样化，上市公司股权收购逐步占据重要地位等。如 1993 年上海的宝安收购延中，之后的恒通收购棱光等。另外，跨国并购开始出现，1992 年广西玉柴机器公司出资 2 500 万美元购买美国福特公司巴西柴油机厂，首都钢铁以 3.12 亿美元的价格购买了秘鲁的一个铁矿。与此同时，外资也进入我国并购市场，如日本五十铃汽车公司和伊藤忠商事株式会社参股北京旅行车厂，美国的福特汽车公司参股江铃汽车等。

在这一时期，承担目标企业债务同时接收目标企业资产的承债式并购仍占 60% 左右，但是，并购的范围突破了所有制和地区限制，开始向多种所有制、跨地区方向转变。企业并购开始由以往的"政治任务"逐步转为以企业为主体，开始向市场化、规范化方向发展。

（三）21 世纪开始的第三次企业并购浪潮

进入 2000 年以后，我国经济逐步摆脱了亚洲金融危机的冲击，步入了一段长期稳定的增长期，我国企业的并购交易迅速升温。在这一时期，开始了企业、政府、市场同台唱戏的并购浪潮，主要特点有：一是中央政府利用并购手段加快加大产业结构的调整，推进产业升级，如 2000 年 10 月，中国移动动用 2 700 亿元收购七省市的电信资产，使中国移动的用户接近 4 000 万人，其在全球移动电话经营商的排名由第四位上升到第二位。二是我国大企业集团利用国际资本市场的能力有了明显增强，出现了行业垄断的势头，如中石油和中石化分别在 2000 年 4 月和 10 月上市，筹集资金 66.71 亿美元，同时，两家公司计划在 3 年之内投资 300 亿元，用于收购国内剩余的 5 万家加油站，将以社会加油站为主体的市场结构演变为少数石油巨头处于垄断地位的寡头竞争格局。三是外资迅速参与国内并购市场，海外并购也不断发生。如 2001 年法国阿尔卡特公司收购上海贝尔的股份，使其在上海贝尔的股权占比达到了 50% 加 1 股，成为我国电信领域首家成立股份制的跨国企业。2004 年，新桥资本成功入主深发展，更是引起了市场的激烈反响。

同前两次相比，这次并购有了明显的变化：不再完全是过去那种强吞弱、大吃小的模式，而是出现了很多强强联手的情况；并购的目的往往不带有"扶贫"色彩，而是企业的一项长期发展战略；并购的重点逐步转向高技术领域的交流与合作，力图形成优势互补；在并购中政府逐渐不再担当"红娘"，而是允许企业间"自由恋爱"。

二、我国并购市场的现状

我国加入世界贸易组织带来的对外经贸合作的加强，以及大型国有企业的股份制改制与上市，培养了一大批优秀的龙头企业，这些企业有着经验丰富、积极进取的管理层，先进的盈利模式以及雄厚的资本实力，希望通过产业内部以及相关产业间的企业并购，打通产业链，产生协同效应，形成规模经济，进一步做大做强企业。同时，我国经济面临的经济转型以及产业结构升级的现状，也使企业有着强烈的并购意愿。

我国的国有企业作为社会经济的中坚力量，也面临着通过合并重组优化资源配置，提高企业综合竞争力的境遇，并得到了政策上的鼓励和支持。2008 年 12 月 16 日，国资委主任李荣融明确提出：要在 2010 年之前将央企通过合并重组减少到 80～100 家，努力培育 30～50 家具有国际竞争力的大公司大企业集团。

目前波及全球的次贷危机使得西方企业遭到沉重打击，也给我国企业提供了一个在逆境中通过兼并重组做大做强、成为真正世界性产业领跑者的机会。近年来，国内并购市场风生水起，逐渐成长为全球最活跃的并购市场之一。同时，商务部和发改委逐步规范了外资并购和海外并购，国资委逐步建立了国有资产转让制度，证监会也明确了上市公司收购的管理制度，这些制度和规范为我国并购市场的发展奠定了良好的基础。随着并购市场的发展，证券公司越来越认识到投资银行业务中承销业务和并购投资业务的跷跷板效应：在证券市场高涨的年份以承销业务为主体，而在证券市场低迷的年份以并购业务为主体。因此，中信证券、银河证券、国泰君安等证券公司分别组建了 20～30 人的并购团队。从制度到机构，我国的并购市场初步成熟，其最后的瓶颈就是并购融资。特别需要指出的是，2008 年 12 月 6 日，银监会发布了《指引》，商业银行有条件在并购业务这个最经典、最传统的投资银行业务领域中得到突破，为我国并购市场迈向成熟打通最后的瓶颈。

有着实力强劲的企业，支持并购的政策环境和有利的并购时点，我国企业的并购浪潮迎来了一个新的高峰，并购案例不断涌现，并购金额屡创新高，结构复杂的创新型并购和跨国并购不断发生。仅以2009 年 8 月为例，当月实施或宣布的重大并购交易案例有：上海建工集团以 52 亿元资产注入上海建工；我国科学院国有资产经营有限责任公司以 27.55 亿元的价格在北京产权交易所挂牌出让联想控股有限公司 29% 的股权；中化集团拟以超过 63 亿元人民币（5.32 亿英镑）的现金收购 Emerald 能源公司；中化集团拟以最高约 47 亿元（4 亿英镑）的价格收购油气生产商 Gulfsands Petroleum PLC；中国石油天然气股份有限公司宣布将以总计 220 亿元价格从母公司中石油集团手中收购包括下游天然气、炼油厂在内的资产。汹涌的并购浪潮，为银行并购业务的拓展带来了千载难逢的机遇。

银行的并购业务

一、投资银行的并购业务

并购业务是投资银行的传统业务，投资银行开展的并购业务主要有两类：一类是并购策划和财务顾问业务。在这类业务中，投资银行不是并购交易的主体（即并购买方或者卖方），而只是作为中介人为并购交易的买方或卖方提供策划、顾问及相应的融资服务。这是投资银行传统"正宗"的并购业务，其目的是获取财务顾问收入。另一类是并购投资业务。在这类业务中，投资银行是并购交易的主体，它把并购交易当做一种投资行为，通过杠杆收购的方式，先是买下企业，然后或直接整体转让，或分拆卖出，或重组经营待价而沽，或包装上市抛售股权套现，其目的是从中赚取买卖差价。

投资银行在其并购业务兴起之后的相当长一段时期内都是担当并

购策划和财务顾问的角色，并购投资者的角色是在较晚时候才出现的，20世纪80年代的杠杆收购把并购投资业务推向了高潮。作为并购投资者开展企业买卖业务，尽管常常能给投资银行带来高额回报，且受到实力雄厚的投资银行的重视，但它并不是标示投资银行特点的特色业务，并购策划和财务顾问才是投资银行的特色业务。因而通常情况下，所谓投资银行的并购业务往往就是指并购策划和财务顾问业务。

二、商业银行的并购业务

商业银行的并购业务不同于投资银行。一方面，我国有关商业银行的监管政策中明文规定禁止商业银行从事这一直接投资行为；另一方面，商业银行的主营业务是吸收存款并发放贷款，其中也包括并购贷款。因此，我国商业银行的并购业务主要包括两个部分：一是并购策划和财务顾问业务，二是并购贷款业务。

（一）并购策划和财务顾问业务

商业银行既可以担任并购交易中收购方的并购财务顾问，也可以担任被收购方的并购财务顾问，全面提供并购财务顾问一揽子服务，服务的内容可以包括以下部分：

（1）为委托方寻找目标企业，包括收购方或被收购方。

（2）开展对目标企业的全面尽职调查工作。

（3）协助委托方设计并实施符合交易各方需求的整体并购方案。整体并购方案应符合并购相关法律法规，以解决债权债务问题、节约财务与税务成本为目的，包括妥善安置员工、交易结构设计、并购融资安排、协同效应发挥、目标企业价值评估、各方资源整合等内容。

（4）协助委托方制定谈判方案和策略，协助委托方与交易各方确定谈判交易条件与交易价格等。

（5）协助委托方完成并购交易，并协助进行并购资源的有效整合。

（二）并购贷款业务

根据银监会发布的《指引》，并购贷款是指"商业银行向并购方或其子公司发放的，用于支付并购交易价款的贷款"。

在我国，1996 年中国人民银行制定了《贷款通则》，规定借款人"不得用贷款从事股本权益性投资，国家另有规定的除外"，而股本权益性投资涵盖了并购贷款。"国家另有规定的除外"给并购贷款留下了有限的腾挪空间，但是只针对极少数企业，并且在"一事一报"的基础上，经特批才能放行。

直至 2008 年，商业银行并购贷款政策才出现了松动的迹象。2008 年 6 月 29 日，在国务院颁布的关于支持汶川地震灾后重建的文件中，首次提出"允许银行业金融机构开展并购贷款业务"。11 月 9 日，在"扩内需、保增长"十项刺激经济的政策中，国务院再次提及并购贷款。12 月 3 日，国务院公布的九大金融促进经济发展的措施中，作为支持企业创新融资措施，并购贷款第三次被提及。2008 年 12 月 6 日，银监会发布了《指引》，正式宣告并购贷款政策解冻。

（三）**两者的关系**

从整个并购交易的角度来看，并购贷款主要涉及的是并购交易中对价支付这一环节，而并购策划与财务顾问业务则贯穿并购交易的始终。如果在为客户提供并购贷款的同时担任并购策划与财务顾问，可以帮助商业银行更好地把握交易风险，从而更好地识别、防范和控制并购融资风险。

通常情况下，当企业向商业银行申请并购贷款时，有关交易的各项要素已经基本确定。如果商业银行在这时才开始介入并购交易，那么将不利于商业银行充分地了解并购交易和把握并购交易以及并购贷款的风险。同时，我国商业银行多年在项目评估、市场调查上积累的丰富经验，以及在从事并购业务中积累起来的人力资源，也有助于企业自身并购战略和并购交易的实施。所以，无论是从商业银行的角度，还是从企业的角度，商业银行开展并购财务顾问业务对双方都有利。

商业银行不仅应该为符合条件的企业和并购交易提供并购贷款支持，同时还应该积极争取为并购交易提供财务顾问服务，从而在为企业提供资金、智力支持的同时，做到有效地控制并购贷款经营风险。

并购的动因

协同效应理论是 20 世纪 70 年代以来金融经济学家解释企业并购的著名理论之一。Micheal Bradley、Anand Desai 和 E. HanKim 提出："企业并购的理论与协同作用是一致的。"企业并购可以使企业有效地控制目标企业的资源，重新配置两家企业的资源，提高资产的收益率，即并购通过协同来创造价值，实现协同效应。从股东财富最大化的假设出发，协同效应是并购的最主要动因。除了协同效应理论以外，还有其他方面的动因理论，如价值低估理论、市场力量理论等，这些理论对企业并购的各种动机进行了解释。

一、协同效应理论

协同效应是指企业通过合并，其获利能力将高于原有各企业的总和，即通过并购双方的资源共享、能力和知识的转移来提升并购后双方的综合价值。根据现代金融理论，股东财富最大化被假定为企业进行投融资决策时的理性标准，所以，并购最根本的目的是通过收购，给收购方增加或创造巨大的竞争优势，从而为股东增加财富。其中，协同效应主要来自于范围经济、规模经济和优化重组。

一是范围经济。并购者与目标公司核心能力的交互延伸，可以充分利用双方的能力和资源，提高生产经营效率。并购方通过并购，可以使自身的核心能力得到加强或者得到更广泛的运用，或者取得被并购方拥有的特殊资源等。

二是规模经济。合并后产品单位成本随着采购、生产、营销等规模的扩大而下降，规模经济在横向并购的结果中尤其明显。

三是流程、业务、结构优化或重组。减少重复的岗位、重复的设备、厂房等而导致的节省，大规模的并购交易往往伴随着裁员和关闭生产线。

二、并购的其他动因

协同效应理论不能解释为什么现实中存在着过高的并购失败率，并且每当并购交易宣布时，收购方的股价往往应声而落。这使得西方学者把注意力集中到并购交易的真实动机上来。20 世纪 90 年代西方学者对市场案例的一系列研究表明追求市场控制力、增加利润、增加销售额等经营目标的经济动机，仍然是企业并购的主要动因，同时，也发现了其他因素。如 K. D. Brouthers 等（1998）的研究则把并购动机分为经济动机、个人动机和战略动机三类。其中，经济动机包括扩大销售规模、增加利润、降低风险、防御竞争对手等九个子项目，个人动机包括增加管理特权、增加管理层报酬等四项，战略动机包括提供竞争力、追求市场力量等四项。目前，在协同效应理论之外，解释企业并购动因的理论主要还有：

1. 价值低估理论

该理论认为，当某一个企业的真实市场价值和潜在价值被低估时，它就有可能成为其他拥有大量可自由支配资源的企业或个人投资者有吸引力的并购对象。其中，企业价值被低估的原因包括目前企业的管理未能发挥出企业的真实潜能、市场参与者基于短期利益对企业给予了不恰当的评价、信息不对称等。

2. 委托—代理理论和管理主义理论

公司代理人问题可由适当的组织程序来解决，在公司管理机制两权分离的情况下，决策的拟订和执行是经营者的责任，而决策的评估和控制则是所有者的权利，这种相互分离的内部机制设计可以解决代理问题。而并购则提供了解决代理问题的一个外部机制，这种观点认为，企业并购的存在可以对管理层产生一种无时不在的威胁，这种威胁有助于约束管理层，进而产生经营管理的激励。Manne（1965）认为并购可以用来解决代理问题，正是因为资本市场上存在并购行为，高层管理者的领导地位始终受到威胁，才促使管理人员努力工作，一旦管理业绩不佳，则会招致公司被并购的命运。并购会带来董事会的更替和高层管理人员的重新任命，对目标公司而言意味着管理效率的提高，从这个角度来说，并购减轻了股权分散带来的代理问题。

穆勒（Mueller）于1969年提出了一个理论，该理论假设企业管理者的报酬是企业规模的函数，他们通过并购来扩大企业规模，从而增加自己的收入并提高职位的稳定性。在这一过程中，他们可能宁可接受过低的投资收益率要求。

3. 市场力量理论

该理论认为不断扩大的企业规模将导致市场力量。一方面，通过并购可以有效地降低进入某一个行业的壁垒，以利用目标企业的资产、销售渠道、人力资源和技术条件等优势；另一方面，通过并购交易，可以减少竞争对手，提高市场占有率，由于市场竞争对手的减少，优势企业可以增加对市场的控制能力。但也有学者指出，市场占有率的提高，并不意味着规模经济的形成。在并购中，优势企业只有既增加了市场占有率，又形成了规模经济，才能真正增强市场力量。

4. 多元化经营理论

所谓多元化经营，是指企业的产品或市场，在保持原有经营领域的同时，进入新的相关程度较低的经营领域。企业同时涉及多个经营领域的战略，主要有三个方面的原因：一是由于受产业规模和市场规模的限制，产品市场成长率长期徘徊不前，甚全有卜降趋势，企业必须向新的产品领域扩张。二是主导产品的市场集中度发生了新的变化，高集中度产业的企业，为了寻求更高的成长率和收益率，不能只在原有的市场上打主意，必须开拓新的领域。三是对已有产品未来的市场需求难以把握，企业为了分散经营风险，要考虑向其他产品领域扩展，这也需要实施多元化经营战略。同时，由于受各国经济周期的影响，也促使企业在某一时期内将高成长的产业或产品与低成长的产业或产品有机结合起来，以摆脱单一产业或产品经营带来的风险，提高企业的经营效益。

进入新的产业领域，开展新的产品经营业务，有两种方法可以选择。一是可以投资建厂，二是通过投资或并购方式进入，这两种方式各有利弊。但对于一个大的企业集团来说，面对激烈的市场竞争，不允许用太长时间来投资建厂，而且最重要的是投资建厂不一定经济。因此，许多企业集团在进入新产业或新产品业务时，更倾向于通过并购方式来实现企业的多元化经营。

5. 税负考虑理论

这种理论认为，税收制度有时也会鼓励企业参与并购。假如所得税与资本收益税有差别，企业主可以出售企业，相对减少其纳税资本收益，即便这种合并会导致企业盈利能力下降，但只要企业主能够在并购中获得相对利益，那么他依然会出售企业。并购中利用税收的好处主要体现在三个方面：一是营业亏损和税收抵免的延续。一个有累计亏损和税收抵免的企业与一个有正收益的企业合并，利润向亏损企业转移，从而实现合法的避税。二是利用资本利得来代替一般收入。这种收购行为主要发生在成熟企业与成长企业之间，使成熟企业的现金流量或应税收入转化为成长企业的财务费用支出。三是在所得税和资本利得税之外，营业税也成为兼并的动机之一。如由于交易的内部化可以避免在中间阶段支付营业税，也常常导致企业实行纵向一体化。

6. 企业并购的政府动机

从我国以前的实践来看，并购交易中的政府角色不容忽视，有时甚至是最关键的因素。如政府利用并购手段推动产业结构调整，推动国有企业改制和困难国企的重组，打造地方大型企业集团等，例如，20 世纪 80 年代，我国企业并购的主要动机在于政府希望借此来推动困难国企的重组。

值得关注的是，并购交易的动机未必有利于股东财富最大化。如通过并购来扩大企业规模并增加管理特权的管理主义动机，组建大而不强的企业集团以彰显政绩的地方政府动机，都是有损于股东财富和社会财富的。因此，在实践中，应该深入分析并购可能产生的协同效应，对于那些不能够产生协同效应的并购交易，不应该予以支持，只有能够产生正协同效应的并购交易，才真正能够优化资源配置，促进产业结构的升级和调整。分析并购交易的动机，可以更好地理解并购交易的价值源泉所在，进而分析和把握并购交易的风险。

并购业务的要点

一、并购过程管理

企业并购过程通常包括六大环节：制定目标、市场搜寻、尽职调查、结构设计、谈判签约、接管整合。

1. 制定目标。根据企业的整体战略目标来确定企业的并购战略，并具体勾画出拟并购企业的轮廓，如所属行业、资产规模、生产能力、技术水平、市场占有率等。

2. 市场搜寻。企业根据确定的目标进行市场搜寻，捕捉并购对象，并对可供选择的企业进行初步比较。

3. 尽职调查。当选定一个"适当"的对象后，开始深入调查了解，并就目标企业的资产、财务、税务、技术、管理、人员、法律等方面进行评价。

4. 结构设计。根据评价结果、限定条件（最高收购成本、支付方式等）及卖方意图，对各种资料进行深入分析，统筹考虑，设计出一种购买结构，包括收购范围（资产、债项、契约、网络等）、价格、支付方式、附加条件等。结构设计有可能在尽职调查完成甚至开始之前即已进行，并根据尽职调查结果进行修正。

5. 谈判签约。以尽职调查和结构设计的结果为核心依据，作为与对方谈判的基础，若结构设计将买卖双方利益拉得很近，则双方可能进入谈判签约阶段，反之，若结构设计远离对方要求，则会被拒绝，并购活动又重新回到起点。谈判过程可能在深入企业实施尽职调查之前即已经开始，但是最终签约应在尽职调查与结构设计完成之后。

6. 接管整合。根据谈判签约的结果，交易各方执行并购交易合同，收购方支付对价，出售方交付资产、股票。在交易执行完毕后，并购方面临并购后整合这一艰巨的任务。

如果更细致地进行划分，一个典型的并购交易包含以下环节：

1. 根据企业的总体发展战略确定并购战略。

2. 聘请并购财务顾问。

3. 寻找并选定符合并购战略的目标企业。

4. 初步协商，确定并购交易发生的可能性。

5. 签订保密协议，获取目标企业资料。

6. 初步估计目标企业的价值。

7. 初步谈判，签订附有条件的股权收购意向书或其他协议。

8. 开展目标企业的尽职调查，主要从业务、法律、财务、税务及人员等方面对目标企业进行尽职调查。

9. 采取适当的评估方法对目标企业进行估值。

10. 选择并购双方可接受的交易结构与支付方式。

11. 制订并购交易与融资方案，准备相关文件与法律文本。

12. 筹集并购融资资金，主要考察资金来源、期限、融资成本以及融资的效率。

13. 签订并购交易正式合同。

14. 按照约定的支付方式支付并购交易对价。

15. 完成有关工商登记变更、备案、法律文件等相关手续。

16. 完成并购后的整合，包括发展战略、组织、资产、业务、人力资源以及文化等方面的整合。

二、寻找目标企业

甄选合适的目标企业是交易成功最关键的因素之一。明确了并购目的之后，下一步就是寻找合适的并购目标。不同行业对企业并购有具体需求，不同兼并目的对并购也有特殊的要求，但还是可以总结出一些共同点。

1. 行业及公司类型。并购方与对方之间是否属于同一类型的企业，对并购本身以及并购之后公司的经营、管理都有巨大的影响，因此，首先要确定目标公司的行业以及公司类型。

2. 销售额及利润率。目标公司的业绩是并购过程中要考虑的一个重要因素，因此，事先要确定目标公司的销售额及利润率的大体范围。

3. 地理位置。目标公司的地理位置往往具有极大的经济利益，有时甚至是并购发生的主要原因，因此，并购前首先要确定想买哪个地方的公司，是否只选择位于这个地区的公司等。

4. 购买价格及贷款条款。

5. 管理优势及劣势。主要包括并购方目前的管理队伍是否能够承担并购企业的经营管理任务，并购后是否需要保留现存的管理队伍，并购方是否有引以为豪的特定的管理优势。

6. 竞争对手的数量和实力。如果并购是为了实现经营范围多样性，那么谁是这个领域可预见的竞争对手，它们在这个领域是否也是新手，它们的市场份额正在增加还是减少，这些关于竞争对手的情况也要充分了解。

7. 被并购企业的历史和声誉。

8. 责任争议。如果并购会影响并购方产品的责任保险，那么，并购方就要在安全和环境管理上进行调整，这就要考虑被并购企业在遵守这些规定上是否有困难，被并购企业是否愿意协助并购方遵守这些规定。

9. 知识产权。如果并购方想通过并购来获得商标或专利，从而提高其产品的价格或提高其市场份额，或者并购方想通过专有技术来降低并购企业的经营成本或以低成本进行产品质量改造，那么，并购方就要仔细分析双方的知识产权情况。

在寻找目标企业的阶段，应该初步评估目标企业的价值。部分情况下，通过一些表层现象就可以看出目标企业存在明显的问题，这些问题包括已濒临破产，存在明显的资产负债表外债务，或有重大法律问题及人事问题。如果表面上没有明显能导致并购失败的状况，就可以开始与目标企业接触，并进行深入的调查。如果从表面上就能看出严重问题，那么，这个目标企业就可以从候选名单中删除了。经过上述的审查评鉴过程以后，收购方大致可以确定较为明确的目标企业候选名单。

三、尽职调查

要确保一项并购的成功，并购企业必须对目标企业进行详细的调查，以便制定合适的并购与并购后整合策略。并购调查应包括企业的背景与历史、企业所在的产业、企业的营销方式、制造方式、财务资料与财务制度、研究与发展计划等各种相关的问题。一般来说，兼并与收购中具体的调查内容取决于管理人员对信息的需求、潜在目标公司的规模和相对重要性、已审计的和内部财务信息的可靠性、内在风险的大小以及所允许的时间等多方面的因素。尽职调查（Due Diligence Investigation）又称谨慎性调查，一般是指投资人在与目标企业达成初步合作意向后，经协商一致，投资人对目标企业与本次投资有关的一切事项进行现场调查、资料分析的一系列活动。尽职调查主要是在收购（投资）等资本运作活动时进行，但企业上市发行时，也会需要事先进行尽职调查，以初步了解该企业是否具备上市的条件。

并购尽职调查的意义在于，如果要保证公司的兼并与收购业务有较大的成功机会，在准备并购一家公司之前，必须对目标公司进行必要的审查，以便确定该项并购业务是否恰当，从而减少并购可能带来的风险，并为协商交易条件和确定价格提供参考。兼并与收购的调查是由一系列持续的活动组成的，涉及对目标公司资料的收集、检查、分析和核实等。

在兼并与收购业务中，对目标公司的调查之所以重要，其原因是，如果不进行调查，收购中所固有的风险就会迅速增加，在缺少充分信息的情况下购买一个公司可能会在财务上导致重大的损失。尽管这些基本的道理听起来似乎非常简单，但是在实际中却常常会发生违背这些原则的事例。

我们可能会遇到这样的情况，在一些案例中，兼并与收购的调查似乎是无效的，它不能为正确地评价潜在目标公司的价值和作出正确的决策提供必要的信息。导致这一结果的原因可能是多方面的，诸如缺少信息沟通、对信息产生误解、缺少认真细致的计划、责任不明或相互之间缺乏协调等多种原因，然而最重要的原因可能是由于调查中只注意取得信息的数量，而忽视了信息的质量。兼并与收购中的调查既可以由公司内部的有关人员来执行，也可以在外部顾问人员（如会计师、投资银行家、律师、行业顾问、评估师等）的帮助下完成。

四、企业价值评估

在企业并购中，买卖双方谈判的焦点无疑是对目标企业的出价，而目标企业价格确定的基础是对目标企业的估价。

估价即确定目标企业的并购价值，为双方协商估价提供客观依据。在企业的估价实践中有多种方法与技巧，广义可分成三种常用的估价模式：收益和资产模式、市场模式、现金流量模式。收益和资产模式在信息细致性方面不如现金流量模式，且准确性稍逊。值得注意的是，各种估价模式只是估价方法与技术，实践中对目标企业的出价在很大程度上取决于并购双方的实力、地位、谈判技巧及双方出让或受让的意愿等。在西方国家论述公司收购评估的专业文献中，现金流量贴现法（DCF）占据主导地位。

（一）基于收益的评估模式

使用收益模式评估目标企业的收益或资产时，要考虑收购方打算对目标企业的运作和资产结构所作的任何变动。运用合适的基准收益或资产增值率，将估计的收益和资产计入目标企业的价值。选择基准的增值率十分重要，若目标企业是私人公司或经营多项业务的企业时，可能会出问题。

1. 市盈率（PE）

价格/收益比率，也称市盈率，表示企业股票收益与股票市场价格之间的关系。

市盈率 = 每股价格/每股收益 = 股票市值/股票收益

根据市盈率计算并购价格的公式为：

并购价格 = 市盈率 × 目标企业的可保持收益

在收购行动中，收购方与目标企业常引用 PE 来说明所出价格是高还是低。投资者一般采用 PE 两个可供选择的定义：历史的 PE 和未来的 PE。

PE 由四个因素起作用：①企业股票收益的未来水平；②投资者希望在企业的股票投资中得到的收益，这取决于该企业收益的风险；③企业所作投资的预期回报；④企业在其投资上获得的收益超过投资者要求的收益的时间长短。

2. 运用 PE 模式评估目标企业的价值

运用 PE 模式有以下步骤：

（1）检查目标企业最近期的利润业绩，依托目标企业现有的管理层对未来业绩的状况进行预测。检查目标企业最近的利润与亏损账目时，收购方必须仔细考虑支持这些账目的会计政策。特别要注意税收减免政策、额外项目的处理、折旧和摊销等方面。必要时，应调整目标企业公布的利润，以便使这些政策与收购方的政策一致。例如，收购方可能摊销所有研发费用，而目标企业可能将研发费用转化为股本，因而夸大了公布的利润。

（2）详细分析在被收购的情况下，影响目标企业收益和成本增加或减少的因素。

（3）在并购之后对目标企业基本维持不变的基础上，为目标企业股东估计目标企业的未来及并购后的收益，这些收益就是目标企业股东所期望的维持或保持收益。

（4）选择一个标准 PE。选择标准 PE 时，我们要保证风险和增长方面的可比性，该标准 PE 是一个以目标企业收购后的风险增长结构为基础，而非其历史状况，一般将基准进行调整以反映这种未来结构。这种调整通常是一种主观判断，原因是对这种风险和增长之间的关系未有完整的理解。于是先前对维持收益的评估，就按调整过的基准 PE 来评估目标企业价值。

（5）通过标准市盈率增加维持收益，以达到对企业的估值。

（6）确定购买价格。

3. PE 模式的局限性

PE 模式评估一段时期的目标企业收购后收益，并假定这个水平得以维持，对收益增长的时间方式则没有明确认识。虽然有这一局限，但 PE 模式可根据资本市场对收益价值的一致观点进行评估，这种模式广为投资界使用，方便收购各方的沟通。

（二）基于资产的评估模式

基于资产的评估模式以企业的资产及其市场价值之间的关系为基础。最有名的资产评估模式是托宾的 Q 理论（Tobin's Q）。这是企业市场价值对其资产重置成本（the Replacement Cost of Assets）的比率。资产重置成本是获取一项具有共同特征的资产的成本。

$$Q = 企业市场价值/资产重置成本$$

例如，若企业的市场价值为 9 亿美元，其资产重置成本为 3 亿美元，那么 Q 值为 3。企业的市场价值超过其重置成本，意味着该企业有某些无形资产。

在并购的情况中，托宾的 Q 值用来发掘价值被低估的企业。托宾的 Q 值也可像 PE 那样作为估价工具，然而选择基准 Q 值比选择 PE 更难。就算经营同样的业务，不同企业的资产结构也各不相同，而且为隐含的增长期权估值并非易事，不同企业面临的未来增长期权并不总是一样。实践上广泛采用的是 Q 值的近似值，即股票市值对企业净资产的比率，净资产是企业资产中可归属于股东的部分，该比率即"市值与面值"的比率，或简称估价比率。

（三）市场模式

市场模式是通过股票市场或并购市场来估计目标企业的并购价值。运用市场模式进行价值评估的前提是：股票市场或并购市场发达、有效、交易活跃。市场模式既可用于上市公司的估价，也可用于非上市公司的估价。对非上市公司的估价，需要从股票市场上寻找"参照公司"，或者从并购市场上寻找"可比案例"。

（四）现金流量贴现法（DCF）

美国著名估值专家 Shannon P. Pratt 在其专著《企业估价》中有这样两段论述："企业权益之估价，以一种普遍公认的理论框架为基础。从理论上讲，企业权益之价值取决于应归属于该部分权益的'未来利益'（Future Benefit），这些'未来利益'应按适当折现率折现……""公司（或公司的部分股权）的购买者真正买到的东西是什么？是管理者？是市场？是技术？是产品？……（其实）他们所真正买到的是'一连串未来回报'（a Stream of Future Returns）。因而，为并购或其他目的而对一个企业进行估价时，只需预测这些未来回报，并将其折为现值。"

按照 Pratt 的以上论述，现金流量贴现模式的一般估价公式如下：

$$V = FRt/(1 + i)^t$$

式中：V 为企业的价值（或某部分权益的价值）；

　　　FRt 为第 t 年的回报（Future Returns）；

　　　i 为相关的折现率。

Pratt 所言的"未来利益"或"未来回报"主要有三种理解（或定义），即未来的现金流量、未来的净收益或未来的股利。因此，贴现模式又可分为三种具体的模式：①现金流量贴现模式（Discount Cash Flow Model，DCF）；②收益贴现模式；③股利贴现模式。

现金流量贴现法主要有以下要点：

（1）价值驱动器和现金流量预测

价值驱动器是指对公司现金流量水平起决定性作用的主要收入、成本或各种投资等。Rappaport 认为有五个重要的价值驱动器：销售量和销售收入的预计增长、营业边际利润、新固定资产投资、新运营资金投入、资本成本。收购方的收购后管理计划一般是为了改变上述的价值驱动器，以便用收购行动创造新价值。改变价值驱动器水平取决于支持收购的价值创造逻辑，驱动器水平的变动是互相依赖的，例如，可能只有增加营销、广告或产品开发，或者在固定资产和流动资产上增加投资，才能提高销售增长。价值驱动器的改变于是被解释为现金流入和流出的预测。

目标公司的税后现金流量一般预测 5～10 年以后，总的来说，预测时间间隔越大，准确性越差。不论预测的时间间隔是多少，在这个时期结束时，基于自由现金流量（FCF）的目标公司残值也要评估。通常，公司残值是以对长期现金流量的假设为基础，长期现金流量的假设则是以预测期最后一年的经营水平为基础。将预期自由现金流量贴现后，得出目标公司的整体价值，公司价值减去债务后就得出股票价值。

资本成本就是资本的加权平均成本（WACC），根据目标公司股票与债务的收购后成本衡量。如果收购后，由于目标公司产品或市场多样化导致的风险状况改变，那么，股票和债务的成本也将随之改变，因而必须调整收购后的资本成本以反映风险的变化。另外，若目标公司的收购前后资本结构不相同，WACC 也必须为此进行调整。

因此，$WACC = KeE/V + (1 - Tc)KdD/V + KpP/V$

式中：Ke 为股票成本；Kd 为债务成本；Kp 为优先股成本；E 为股票市值；D 为债务市值；P 为优先股市值；Tc 为公司税率；$V = E + D + P$ 为公司价值。

（2）评估资本加权平均成本

评估资本加权平均成本需要评估长期资本各个部分的成本，包括股东权益、优先股和债务，在股东权益方面，利润率（收益/股票价格）、红利率（红利/股价）不能全面反映股票对股东的机会成本。资本资产定价模型（the Capital Asset Pricing Model，CAPM）可用于评估目标公司股票的历史成本。CAPM 将投资者要求的收益，估价为无风险率（Risk – free Rate）和风险溢价的总和，风险溢价以整体市场风险溢价和股票风险为基础，其中，股票风险与市场有关。这种风险即为众所周知的系统风险，该风险的衡量尺度为：

$$股票预期收益 = 无风险收益率 + 市场溢价 \times \beta$$

$$市场溢价 = 市场预期收益 - 无风险收益率$$

式中：β 为股票收益对市场收益的敏感度。

β 通过运用历史股价数据进行计量经济学过程评估，在不同国家的投资顾问服务机构，可直接获得公开招股公司的 β 值。债务成本则较难评估，因为债务通常不可买卖。贷款利息可变时，实际支付的利息最近似真正的债务成本。但对于固定利率的债务，息票可能不能全面反映实际成本，优先股也可能出现类似问题。因此，在这两种情况下，资本成本评估得出的实际成本近似值可能不尽如人意。

评估了资本成本的各个部分后，就可通过各种形式的资本在目标公司的资本结构中所占比例来加权。相关资本结构是由收购方设想的收购后资本结构。

（3）决定购买价格

目标公司闲余现金流对收购方的价值是：

$$TVa = \sum \frac{FCFt}{(1 + WACC)^t} + \frac{Vt}{(1 + WACC)^t}$$

式中：TVa 为目标公司的收购后价值；$FCFt$ 为目标公司在 t 时期内的闲余现金流量；Vt 为目标公司在 t 时期的残值。

目标公司对收购方的总价值也可包括资产变卖和过户的收益、重组成本或养老基金盈余返还，这些变卖收益和养老基金盈余返还要按税后计算。目标公司债务和优先股要从总价值中减去，得出目标公司股票对收购方的价值。给目标公司股东的实际购买报酬一定要低于这个值，这样收购方股东才能从收购中获利。

实际上每个模式都可用来测试另一模式中假设的承受能力。例如，假设 PE 模式的评估是正确的，那么 DCF 模式中有关价值驱动器的假设就可能要重新检查。在两种模式中，DCF 模式信息更为集中，其分析也更为丰富，它允许进行详细的敏感度分析。虽然预计闲余现金流量和评估资本成本仍存在问题，但 DCF 模式在概念和分析上更为成熟。

五、交易结构设计

并购作为资本市场上的一种交易，其内容、形式、过程都比商品市场或资金市场上的交易复杂得多，这其中，结构设计是并购中最至关重要的一环。所谓结构设计是指买方或卖方为完成一个企业的最终交割而对该企业在资产、财务、税务、人员、法律等方面进行重组，设计出一个更易为市场所接受的"商品"的过程。企业的兼并收购中的结构设计是由并购交易的特性决定的，企业并购与商品买卖或资金拆放不同，后者一般具有标准化的属性，即交易活动中，买卖双方只需对一些要点如规格、数量、价格或金额、利率、期限等进行谈判即可，而企业不是一个标准化产品，而是一个动态的系统。尽管近百年来大规模的企业并购活动使人们积累了许多经验，如在财务评价、资产评估、税务评价等方面已形成了一些经验性方法，但在交易的可量化度和准确性方面仍然留下很大一块相当模糊的空间，结构设计就是将这块模糊的空间尽可能地澄清，使买卖双方比较容易地找到利益的平衡点。

如果把企业并购作为一个系统，那么结构设计就是核心环节，是关键程序，投资银行在企业并购中不论代表买方还是卖方，都要为客户进行结构设计以促成交易的成功，并最大限度地维护客户的利益。结构设计主要有以下原则：

（一）综合效益原则

企业开展并购活动，虽然直接动因各不相同，但基本目的却是一致的，即通过资本结合实现业务整合，以达到综合效益最大化，包括规模经济、财务税收、获得技术、品牌、开发能力、管理经验、营销网络等。所以，并购的成功与否不只是交易的实现，更在于企业的整体实力、盈利能力是否提高了。因此，在为企业设计并购结构时不仅要考虑资本的接收，更要顾及资本结合后业务的整合目标能否实现。

（二）系统化原则

结构设计通常要涉及六个方面的问题：第一，法律，包括并购企业所在国家的法律环境（商法、公司法、会计法、税法、反垄断法等）、不同并购方式的法律条件、企业内部法律（如公司章程等）。第二，财务，包括企业财务（资产、负债、税项、现金流量等）和并购活动本身的财务（价格、支付方式、融资方式、规模、成本等）。第三，人员，包括企业的高级管理人员、高级技术人员、熟练员工等。第四，市场网络（营销网、信息网、客户群等）。第五，特殊资源，包括专有技术，独特的自然资源、政府支持等。第六，环境，即企业所处的"关系网"（股东、债权人、关联企业、银行、行业工会等）。

这六大方面中，法律和财务通常是结构设计的核心。事实上，在有些并购活动中，人员、市场或专有技术也可能成为结构设计的最关键内容。如1989年底，我国航空技术进出口公司收购美国西雅图MAMCO公司旗下一家生产商用飞机配件的企业，因财务设计较好，双方很快签约。但不久，该交易被美国政府所属的外国人投资调查委员会以涉及尖端技术为由，引入"危及国家安全"的法案予以否决，并强迫我国航空技术进出口公司出售已购得的股票。又如一家日本公司收购一家有政府订货的美国公司，但因对此特殊"资源"未做深入调查，买后方知该公司必须为SCORP（小型企业）才能承接政府合约，但外国企业担任股东的公司不符合"小型企业"的资格。因此，并购后该公司不但使特殊资源（政府订货）消失，而且还可能要赔偿对政府的违约金。

（三）创新原则

企业并购如同定做异形服装，千差万别，由此决定企业并购结构设计是具有挑战性的工作，企业参与并购的目的各不相同，目标企业的状况各异，不同国家、地区、行业的企业所处的法律环境也存在很大差异，加之许多企业对并购具有高度防备，因此结构设计中创新就显得尤为重要。所谓创新就是在复杂的条件约束下，找出买卖双方的契合点，或在现有的法律结构的缝隙中寻找出实现并购的最佳途径（最经济、最易实现）或构建反并购的屏障。事实上，目前存在的多数并购模式或反并购模式都是既往投资银行专业人员在结构设计中创新的结果，如间接收购、杠杆收购、表决权信托以及反收购中的"毒丸"（Poison Pill）计划、死亡换股（Dead Swap）、财产锁定（Assets Lock – up）等。

（四）稳健原则

并购活动通常是企业经营发展中的战略性行为，其成败得失对交易双方均会产生重大影响，甚至决定公司的存亡。因此，投资银行作为企业的经纪人或财务顾问，在帮助企业设计并购结构方案时，一定要把握稳健原则，把风险控制到最低水平。一般而言，战略性并购活动属于企业长远利益行为，往往处置慎重，考虑周详，务求圆满成功。而机会性并购活动，常常会因为某一方面的利益诱因（财务、技术等某一方面有利可图）而忽略了潜在风险。通常并购活动中，在未完全调查清楚目标企业真实情况（有些方面很难在短期内了解清楚）或交易双方对未来经营策略可能难以达成共识的情况下，结构设计一般考虑分段购买或购买选择权（Option）的方案，以有效控制交易风险。

企业并购活动的复杂性决定了结构设计方法的复杂性、多样性。例如，并购目标的选择最早是借用经济学、商品学的一些方法，如产品生命周期法、经验曲线法、市场战略的盈利效果方法（PIMS），后来发展到指导性政策矩阵等。在资产评估环节有原值法、收益现值法、重置成本法、市价法、比较法等多种经验方法。并购的财务评价环节有内部收益率法，也有净现值法。与这些环节相比，结构设计过程所使用的方法通常不能用某一种或某几种已知的方法概括，尽管运筹学和计量经济学中的一些方法如优选法、线性及非线性规划、概率论等是结构设计人员在方法论方面的必备知识，但远远不够。

若并购方的收购目的是多元化的战略性行为，则通常要借用计量经济学模型、多元非线性规划、博弈论等方法去解决并购结构的基本框架设计问题。然而，不论结构设计的约束条件多与少，通常都不能单纯凭借一般的数学工具或模型来完成，它更多地依赖的是人的智力和经验，而不是既定的规范和流程。

六、并购完成后的整合

并购交易双方根据尽职调查和结构设计的结果谈判签约并执行交易之后，并购方将面临并购后的整合问题。

从中外企业并购的结果来看，至少50%以上的企业并购没有达到预期的效果，这会导致如高管层跳槽、大量员工流失、企业经营业绩下降等各种问题，这些问题大部分是由于并购后的管理整合失败造成的。因此，并购后对目标企业从业务战略、人力资源、企业文化、产品与市场营销、公司治理、财务和会计等方面进行整合是非常重要的一个环节。

（一）业务战略整合

企业业务战略整合是指并购方企业在综合分析目标企业情况后，将目标企业纳入其战略之内，使目标企业的所有资源服从并购方企业的总体战略以及为此所作的相应安排与调整，使并购方企业的各业务单位之间形成一个相互关联、互相配合的战略体系，从而取得战略上的协同效应的动态过程。

（二）公司治理结构的管理整合

对于刚刚完成并购的公司来说，公司治理结构的管理整合，主要是解决董事会的职责、经理层的组建和到位、股东利益的保护，以及内部风险控制等问题。

（三）人力资源的整合

跨国并购和跨所有制并购失败的原因很多，但关键问题之一就是人力资源整合的失败。并购后，人力资源的整合有两个方面的内容，一是外部整合，使并购双方人力资源的作用与并购的目标相整合；二是内部整合，使并购后新企业的人力资源管理的各种活动形成一个高效的工作系统。人力资源的整合是通过观念整合、人才配置整合、人力资源政策整合等方面来实现新企业人力资源的有效配置。

（四）企业文化的整合

文化差异是并购失败的主要原因之一，所有成功的多元化并购都需要有一个共同的团结核心，即有一个共同的文化或者"文化上的渊源"。影响企业文化的因素除了传统之外，还包括企业规模、企业性质、企业成立的时间、企业所处产业、地理位置等。企业文化的整合一般包括三种方式，即一种文化强加给另一种文化、两种文化并存并初步融合、创造一个混合型的文化。并购方应根据具体情况，选择合适的企业文化整合方式。

（五）产品与市场营销的整合

产品和市场营销的整合，首先，从对产品或服务的分析评估开始，应该对产品的生命周期进行分析评估，对产品的成长和盈利能力进行评估，在此基础上，对产品进行组合管理。其次，应该对营销过程进行整合，包括重新对市场进行细分，对营销渠道进行整合，包括对经销商、信息、资金流、物流和产品终端价格的管理等。最后，应该对市场营销管理机构进行整合，根据并购后新企业的实际需求设置合理的部门和组织机构。

（六）供应商的管理整合

企业完成并购后，对供应商的管理整合做的第一项工作应该是基于企业的业务定位和计划对现有并购与被并购企业的供应商进行评估，决定需要保留下来的供应商和不需要保持业务的供应商的名单，并重新与前者建立战略联盟关系。

（七）财务与会计的管理整合

要实现公司的业务增长和利益最大化，必须要通过财务手段来完成管理控制，通过会计信息来体现经营成果。对于并购双方企业来说，财务与会计管理整合的繁杂性、重要性、合法性、有效性较其他资源的管理整合相比有其特殊性。财务政策的管理整合至少包括投资管理、实物资产管理、货币资产管理和收益分配管理的整合。会计政策的管理整合至少包括在企业内部实行统一的会计政策和内部会计报表。并购完成后，被并购方的经营成果通过合并会计报表的形式被反映在并购方的财务报表中。

七、并购交易的风险

这里需要理清一个概念，即并购过程的成功不等于并购的成功，并购交易存在失败的风险。并购过程的成功仅仅说明并购交易得到了执行，但是并购交易的最终目的不一定能够实现。并购的整合阶段是成功创造价值的关键阶段，其特点是时间长，任务艰巨，而且很大程度上与前期的工作成果密切相关。并购交易的失败，除了外部因素，还来自于并购交易的各个环节，如并购战略的定位有误，选取了不合适的目标企业；没有进行充分的尽职调查，导致了重大的漏失和贻误；对目标企业的价值评估有误，导致并购交易的成本过高；并购交易的执行有误，带来法律和经济上的损失；没有及时制定整合战略或没有制定有效的整合战略，带来后续的整合失败；等等。

银监会发布的《指引》中，着重关注了战略风险、法律与合规风险、整合风险、经营风险以及财务风险等与并购有关的各项风险，并对以上风险的分析提出了具体的指导。这部分内容将在《指引》研读中详细论述。

八、并购法律法规和审批指导

并购交易需要符合法律法规。一方面，并购交易需要不违背现有的法律、部门规章，后文中附录了部分在并购交易中常见的法律规章，以供参考；另一方面，对于法律规定需要获得有权机关审核、批准的，要根据有关规定履行报批申请。申请时需要根据规定的流程进行，也需要按照要求制作申报文件。这里以办理外国投资者并购境内企业申报文件为例，来说明申报文件的具体内容。

（一）外国投资者以股权并购方式并购境内企业的，外国投资者应报送下列文件：

1. 被并购境内企业股东一致同意外国投资者股权并购的决议，或被并购境内企业同意外国投资者股权并购的股东大会决议。

2. 被并购境内企业依法变更设立为外商投资企业的申请书。

3. 并购后所设外商投资企业的合同、章程。

4. 外国投资者购买境内企业股东股权或认购境内企业增资的协议，此协议应适用我国法律，并应包括以下主要内容：

（1）协议各方的状况，包括名称（姓名），住所，法定代表人姓名、职务、国籍等；

（2）购买股权或认购增资的份额和价款；

（3）协议的履行期限、履行方式；

（4）协议各方的权利、义务；

（5）违约责任、争议解决方式；

（6）协议签署的时间、地点。

5. 被并购境内企业最近财务年度的财务审计报告。

6. 外国投资者的身份证明文件或开业证明、资信证明文件。

7. 被并购境内企业所投资企业的情况说明。

8. 被并购境内企业及其所投资企业的营业执照（副本）。

9. 被并购境内企业职工安置计划。

10. 外国投资者、被并购境内企业、债权人及其他当事人对被并购境内企业债权债务的处置协议。

11. 并购后所设外商投资企业的经营范围、规模、土地使用权的取得，涉及其他相关政府部门许可的，有关的许可文件应一并报送。

12. 审批、登记机关要求报送的其他材料。

（二）外国投资者以收购资产方式并购的，应报送下列文件：

1. 境内企业产权持有人或权力机构同意出售资产的决议。

2. 外商投资企业设立的申请书。

3. 拟设立的外商投资企业的合同、章程。

4. 拟设立的外商投资企业与境内企业签署的资产购买协议，或者，外国投资者与境内企业签署的资产购买协议，此协议应适用我国法律，并应包括以下主要内容：

（1）协议各方的自然状况，包括名称（姓名），住所，法定代表人姓名、职务、国籍等；

（2）拟购买资产的清单、价格；

（3）协议的履行期限、履行方式；

（4）协议各方的权利、义务；

（5）违约责任、争议解决方式；

（6）协议签署的时间、地点。

5. 被并购境内企业的章程、营业执照（副本）。

6. 被并购境内企业通知、公告债权人的证明。

7. 投资者的身份证明文件或开业证明、有关资信证明文件。

8. 被并购境内企业职工安置计划。

9. 外国投资者、被并购境内企业、债权人及其他当事人对被并购境内企业债权债务的处置协议。

10. 购买并运营境内企业的资产，涉及其他相关政府部门许可的，有关的许可文件应一并报送。

11. 审批、登记机关要求报送的其他材料。

投资者报送文件，应对文件依照规定进行分类，并附文件目录。规定报送的全部文件应用中文表述。

《商业银行并购贷款风险管理指引》研读

　　企业并购是实现产业结构优化升级的重要途径，并购能够给企业带来生产经营的协同效应，增强规模效应，企业通过并购可以更好地控制市场，增强竞争力。多样化的融资安排和充足的资金支持，以及系统的财务咨询服务是企业成功并购的重要支撑，并购金融服务是产业优化升级的助推器。在企业并购重组交易中，企业可以根据自身的情况和融资成本的比较选择多种融资方式，如私募、发行债券、定向增发、搭桥贷款、银行理财产品等。2008 年 12 月 6 日银监会出台了《商业银行并购贷款风险管理指引》（以下简称《指引》），并购贷款政策的出台对于促进我国企业以市场化融资方式进行并购整合，促进我国经济结构调整和产业优化升级具有重要意义。

　　所谓并购贷款，是商业银行向并购方企业或并购方控股子公司发放的，在协同效应为正的并购交易中，满足并购方并购资金需求的贷款。与传统贷款相比，并购贷款可以用于股本权益性投资，是一种不完全依赖于并购方现有信用，可以将目标企业的未来收益作为还款来源的贷款。由于并购交易的复杂性和风险性，导致并购贷款与传统的银行贷款相比，具有更高的复杂性和风险性，因此，也需要商业银行为此组建专门的尽职调查团队，在不同于传统贷款的经营体制下，通过实施尽职调查、开展并购财务顾问等手段来切实有效地控制风险。

第一章　总　　则

　　第一条　为规范商业银行并购贷款经营行为，提高商业银行并购贷款风险管理能力，促进银行业公平竞争，增强银行业竞争能力，维护银行业的合法、稳健运行，根据《中华人民共和国银行业监督管理法》、《中华人民共和国商业银行法》等法律法规，制定本指引。

研读：

《指引》制定的背景及意义如下

2008 年 12 月 6 日，中国银监会发布了《指引》，允许符合条件的商业银行开办并购贷款业务，规范商业银行并购贷款经营行为，引导银行业金融机构在并购贷款方面科学创新，满足企业和市场日益增长的并购融资需求。这标志着时隔 12 年，我国商业银行并购贷款业务正式解冻。

推出并购贷款，一方面，固然有监管层通过信贷政策和创新体制扶植企业发展和产业结构升级，为我国宏观经济健康稳健运行保驾护航的考虑；另一方面，在客观层面上，无论是从我国经济发展和企业的融资需求，还是从我国商业银行发展的成熟度而言，此时推出并购贷款业务都是适宜的。

首先，并购贷款业务有巨大的需求空间及增长潜力。

我国经济历经十余年的高速发展，培养了一大批优秀的龙头企业，这些企业有着经验丰富、积极进取的管理层，先进的盈利模式以及稳健的资产实力，希望通过产业内部以及相关产业间的企业并购，打通产业链，产生协同效应，形成规模经济，进一步做大做强企业。同时，我国经济面临的转型以及产业结构升级的现状，也使企业有着强烈的并购意愿。

作为社会经济的中坚力量——我国的国有企业，也迫切需要通过并购重组优化资源配置，提高企业综合竞争力。2008年12月16日，国资委领导曾明确提出，要在2010年之前将央企通过合并重组减少到80~100家。

目前波及全球的次贷危机也给我国优秀的民族企业提供了一个在逆境中通过并购重组做大做强，成为真正世界性产业领跑者的机会。回顾以往世界各国在经济起飞阶段金融资本对产业发展的支持历史就明白，像韩国三星、日本索尼这样的世界性品牌，均是在国内金融巨头的支持下，通过世界范围内的技术与产业并购重组，真正站到世界产业巅峰的。对于我国商业银行来说，如果能够与产业资本密切配合，建立起类似三星、索尼这样的世界产业巨头，无疑将获得巨大的经济和社会利益。因而，从长远来看，鼓励金融部门对产业部门并购重组的信贷支持势在必行，同时成功的合作也将使双方受益匪浅，这是双方建立合作的基石。

其次，我国的商业银行经过多年的发展，初步具备了开展并购贷款业务的实力及能力。

我国的商业银行经过多年的发展，已经具备了开展并购贷款业务的实力及能力。与十余年前相比，我国的商业银行在资产规模、人员素质、创新能力、风险辨识和控制能力等方面均取得了长足的进步。尤其是近几年来，随着银行综合经营业务的开展，各大商业银行纷纷成立了投资银行部，培养锻炼了一大批既精通传统商业银行业务操作，又熟悉境内外资本市场运作的综合型人才。随着各大商业银行的成功改制及上市，大部分商业银行都建立了完备的内部控制和内部风险管理制度，这些都为并购贷款业务的顺利开展铺平了道路。

最后，我国的并购市场不仅蕴含巨大的市场潜力，也拥有非常可观的回报率。

据统计，2007 年国内通过并购重组注入上市公司的资产共计约739 亿元，增加上市公司总市值 7 700 亿元，平均每股收益提高了75%。因此，并购业务无疑成为众多金融市场参与者垂涎的蛋糕，商业银行并购贷款业务的推出扫清了商业银行参与并购市场的障碍。同时，并购贷款和传统的股权融资相比，以其更低的资金成本、更大的融资规模以及商业银行"一揽子服务"的优势，更能获得广大融资需求方的青睐。以美国为例，其并购贷款业务大大刺激了并购活动的发展，数据显示，美国资本市场中，并购交易额一般是 IPO 融资额的10～20 倍。在推动并购业务大规模发展的同时，提供并购贷款业务的银行也获得了丰厚的回报。

第二条　本指引所称商业银行是指依照《中华人民共和国商业银行法》设立的商业银行法人机构。

研读：

《中华人民共和国商业银行法》第二条指出，"本法所称的商业银行是指依照本法和《中华人民共和国公司法》设立的吸收公共存款、发放贷款、办理结算等业务的企业法人。"在我国，商业银行通常被分为国有商业银行、股份制商业银行、城市商业银行和外资银行。然而并非所有的商业银行都可以开展并购贷款业务。根据《指引》要求，"允许符合以下条件的商业银行法人机构开展并购贷款业务"：

（1）有健全的风险管理和有效的内控机制；

（2）贷款损失专项准备充足率不低于100%；

（3）资本充足率不低于10%；

（4）一般准备余额不低于同期贷款余额的1%；

（5）有并购贷款尽职调查和风险评估的专业团队。

目前我国有5家国有商业银行（国家开发银行已成功改制为第5家大型国有商业银行），11家股份制商业银行（如招商银行、光大银行等），百余家城市商业银行（如北京银行、南京银行等）。上述商业银行只要符合《指引》规定的资质，皆可向银监会申请开展并购贷款业务。

符合上述条件的商业银行在开展并购贷款业务前，应按照《指引》的要求制定相应的并购贷款业务流程和内控制度，向监管机构报告后实施。商业银行开办并购贷款业务后，如发生不能持续满足以上所列条件的情况，应当停止办理新发生的并购贷款业务。

根据2002年制定的《商业银行内部控制指引》，商业银行内部控制是指商业银行为实现经营目标，通过制定和实施一系列制度、程序和方法，对风险进行事前防范、事中控制、事后监督和纠正的动态过程和机制。良好的内部控制制度可以有效地防范银行操作风险，因此，《指引》把这条要求列在了所有条件之首。然而，由于我国商业银行自身缺乏风险控制的文化、公司治理结构不完善、银行内部组织结构不合理等原因，我国商业银行的内部控制一直面临巨大的挑战。2008年6月28日，财政部、证监会、审计署、银监会、保监会联合发布了《企业内部控制基本规范》，该规范将内部控制科学定义为"是由企业董事会、监事会、经理层和全体员工实施的、旨在实现控制目标的过程"。内部控制的目标是"合理保证企业经营管理合法合规、资产安全、财务报告及相关信息真实完整，提高经营效率和效果，促进企业实现发展战略"。该规范的出台，有助于商业银行提高经营管理水平和风险防范能力。在我国商业银行不断改革开放的今天，监管当局和商业银行都已经认识到，只有强化银行内部控制系统才能有助于提高风险管理能力，提高业务运营效果。因此，《指引》对从事并购贷款业务的银行要求必须有健全的风险管理和有效的内控机制。

贷款损失专项准备充足率一般指金融企业根据贷款预计损失而计提的风险准备与应提准备之比，该指标反映了金融企业的风险抵补能力。目前我国大部分商业银行的专项准备充足率都高于100%。银监会统计显示，2009年末，国有商业银行贷款损失准备充足率达到180%，同比上升27个百分点，拨备覆盖率达到144.9%，同比上升35.1个百分点；股份制商业银行贷款损失准备充足率达到161.2%，拨备覆盖率达到202%，同比上升32.4个百分点。

资本充足率是指资本总额与加权风险资产总额的比例，该指标反映了商业银行在存款人和债权人的资产遭到损失之前，该银行能以自有资本承担损失的程度。《商业银行法》规定："商业银行的资本充足率不得低于8%"，除此之外，人民银行在其发布的《商业银行资本充足率管理办法》中更明确地规定了商业银行的资本充足率指标：资本总额与加权风险资产总额的比例不得低于8%，其中核心资本充足率不得低于4%，附属资本不得超过核心资本的100%，即资本总额月末平均余额与加权风险资产月末平均余额之间的比例应大于或等于8%，核心资本月末平均余额与加权风险资产月末平均余额的比例应大于或等于4%。关于开展并购贷款业务的银行资本充足率必须高于10%的规定，目的就在于抑制风险资产的过度膨胀，保护存款人和其他债权人的利益。

根据《银行贷款损失准备计提指引》，"一般准备是根据全部贷款余额的一定比例计提的、用于弥补尚未识别的可能性损失的准备。""银行应按季计提一般准备，一般准备年末余额应不低于年末贷款余额的1%。"

第三条 本指引所称并购，是指境内并购方企业通过受让现有股权、认购新增股权，或收购资产、承接债务等方式以实现合并或实际控制已设立并持续经营的目标企业的交易行为。

并购可由并购方通过其专门设立的无其他业务经营活动的全资或控股子公司（以下称子公司）进行。

第四条 本指引所称并购贷款，是指商业银行向并购方或其子公司发放的，用于支付并购交易价款的贷款。

研读：

第三条和第四条对并购和并购贷款下了定义。并购是一种形式多样、结构复杂、包含股本权益性投资在内的交易，并购贷款是用于支持并购交易的贷款。对并购贷款申请主体的宽松界定，反映了并购贷款不完全依赖于并购方企业、其还款来源可以目标企业为主这一不同于传统贷款的突出特点。

对并购方的研读：

并购方是指在并购交易中处于收购地位的一方，通常我们重点考察实际控制人的并购整合能力，它将在下一步控制目标企业。在并购交易中，并购方出于降低税务成本、自身管理便利或者规避管制等因素考虑，可能会设立或指派自己能够控制的一个或几个子公司或更下层级的公司签署有关并购交易合同并支付并购交易价款。商业银行在办理并购贷款时要根据实质重于形式的原则来判断并购交易的实际并购方。当并购方自己不直接签署并购交易合同时，借款的申请人可以是并购方自己，也可以是并购方的控制公司，包括按照传统来看不适合作为借款人的无其他经营业务的特殊目的子公司。

对目标企业的研读：

目标企业是并购交易的对象，需满足已设立并持续经营的条件。

目标企业已经设立并持续经营，反映了目标企业在并购整合后有望产生正的现金流，从而支持并购贷款的还款，这也是并购贷款的第一还款来源。目标企业，可以是一家公司，也可以是若干家公司，可以是股份公司，也可以是有限责任公司等其他类型的企业，从实质重于形式的角度看，目标企业还可以是某一个企业的分公司或业务分部、某一个工厂、某一个生产线等。

对并购交易的研读：

并购交易的形式是多样的，包括"通过受让现有股权、认购新增股权，或收购资产、承接债务等方式"。

受让现有股权。受让现有股权包括以各种资产（如现金或有价证券、其他有形或无形资产、并购方增发的股权等）向目标企业的所有者（股东）收购目标企业已发行在外的股权，以获得对目标企业的控制权。在这种收购方式下，目标企业的股权不变，只是股东结构改变了。

认购新增股权。认购新增股权包括以各种资产（如现金或有价证券、其他有形或无形资产）投入到目标企业，或者以相互增发换股的方式，取得目标企业增发的股权。

收购资产。理论上讲，资产是指资产负债表上的所有的资产项，通常并购方企业通过收购和运营目标企业的资产，来实现并购的目的。并购方企业收购的资产可以是目标企业的生产线、在建工程、生产设备、市场份额、某一个业务分部等有形资产，可以是目标企业的人力资源、组织能力、商誉等无形资产，可以是目标企业的全部资产。实践中，并购方企业购买资产后通过已有的企业或者新设的企业运营该资产，在并购方企业收购目标企业全部资产的情况下，目标企业一般会解散。

承接债务。理论上讲，债务是指资产负债表上的所有的负债项，通常包括三种形式。第一种形式指并购方代目标企业或目标企业指定的第三方偿还债务，以此为对价，取得目标企业的资产或股权；第二种形式指并购方代目标企业的所有者，或者所有者指定的第三方偿还债务，以此为对价，取得目标企业的股权；第三种形式指当目标企业所欠债务影响并购方对目标企业的控制权时，为了排除债权人对目标企业的影响，进一步取得对目标企业的控制权，并购方从目标企业的债权人手中收购债权，成为目标企业的债权人。前两种承接债务的方式中，并购方最终成为交易对手或其指定第三方的债务人，并偿还债务。在第三种方式中，并购方最终成为目标企业的债权人，并由此进一步取得对目标企业的控制权。通常收购法院或银行拍卖的破产企业资产时采取承接债务方式实现控制权。

《指引》对于并购的实现形式并无限制，并购主体可以根据实际需要，灵活采用以上一种或者多种交易方式的组合，来达到合并或者实际控制目标企业的目的。

对并购交易目的的研读：

并购的交易目的是合并或实际控制目标企业。这一点反映了并购贷款支持的是以控制为目的，通过获取目标企业的资源，创造协同价值的战略性并购，而不支持以财务投资为目的的投资性并购。对并购交易是否达到了目的应该从实质上去判断，这需要从并购的对象和交易的结果两个角度进行研读。

并购方实施并购的目的，可能是为了获得被并购方的生产线、无形资产、市场份额、人力资源等，这是并购交易的真正对象，是能够与并购方现有资源相结合产生正的协同效应的要素，而目标企业仅仅是这些要素的载体。并购交易的结果中，并购方应该初步达到并购交易的目的，即支付交易对价后，并购方要能够合并或实际控制目标企业和有关的经营性资产，具体形式为合并或实际控制目标企业或者与交易目的密切相关的目标企业的某一个业务分部、某一个分公司等。在某些特殊的交易结构下，目标企业可能在名义上仍独立于并购方，比如，在并购方整体收购目标企业全部资产与负债的情况下，交易结束后，名义上目标企业可能仍然存在，其股东构成也没有发生变化，但是，目标企业的所有经营性资产均被并购方收购，这也属于并购贷款所支持的并购交易。在另一些情况下，并购方可能通过收购目标企业的股东企业来获得目标企业的控制权。

并购交易的目的实质是合并或者实际控制。只有合并或者实际控制，才能够真正地控制所需要并购的要素，使这些要素服务于并购方整体战略，创造协同价值，下文将对合并和实际控制的含义加以进一步解释。在实践中，这一交易目的还包括在对目标企业已经拥有实际控制权的情况下，加强对其实际控制力度以避免丧失对目标企业的实际控制等。

对合并和实际控制的研读：

合并是指两家或两家以上的公司依契约或法令直接结合为一个公司的法律行为。企业合并从合并方式上划分，包括控股合并、吸收合并和新设合并三种方式（有些分类方式中，合并仅包括吸收合并和新设合并）。

1. 合并方（或购买方）通过企业合并交易或事项取得对被合并方（被购买方）的控制权，企业合并后能够通过所取得的股权等主导被合并方的生产经营决策并从被合并方的生产经营活动中获益，被合并方在企业合并后仍维持其独立法人资格继续经营的，为控股合并。

2. 合并方在企业合并中取得被合并方的全部净资产，并将有关资产、负债并入合并方自身的账簿和报表进行核算。企业合并后，注销被合并方的法人资格，由合并方持有合并中取得的被合并方的资产、负债，在新的基础上继续经营，该类合并为吸收合并。

3. 参与合并的各方在企业合并后法人资格均被注销，重新注册成立一家新的企业，由新注册成立的企业持有参与合并各企业的资产、负债，在新的基础上经营，为新设合并。

实际控制指的是自然人、法人或其他组织通过股权控制关系、协议或者其他安排实现的，能够决定公司的人事、财务和经营管理政策的一种权利。根据《公司法》相关规定，实际控制包括以下几种情形：

1. 控股股东持股比例为50%以上；

2. 控股股东持股不足50%，但享有的表决权已足以对股东会、股东大会的决议产生重大影响的股东；

3. 通过投资关系、协议或者其他安排，能够实际支配公司行为的非股东。

在实践中，一般采用"事实控制"的标准来判断是否构成实际控制。因此，在一项并购交易中，收购方对目标公司的控制，既可以通过合并，也可以通过持股比例控制、表决权支配控制、投资关系控制以及协议等途径来实现控制。具体主要表现为：对董事会和股东会的控制程度，是否对公司财务、人事、公司业务拓展、商标专利等其他重要资源具有控制力或产生巨大影响力等。

对境内企业的研读：

对于境内企业的具体定义，《指引》并没有明确规定。一般而言，境内企业应指注册在中国内地境内的企业和中国境内居民或企业控制的注册在境外的企业。

对于并购目标企业的注册地，《指引》并没有明确要求。结合我国当前以及未来的发展趋势，我们认为，短期内并购贷款仍然是以收购境内目标企业为主。但随着我国企业"走出去"步伐的加快，未来并购贷款也将成为我国政府支持中国企业海外并购的重要工具。实际上，我国的金融机构一直在中国企业"走出去"战略中扮演着重要角色，如在联想收购IBM个人电脑业务时，联想集团曾接受包括中国内地及香港银行在内的银团贷款。

并购贷款的含义

并购贷款是并购融资的重要来源，在并购资金筹措中占有重要的比重，参照国际市场的数据，50%～60%以上的并购交易使用现金支付。在现金支付中，来自银行的债务性资金占60%～70%以上。并购贷款并没有公认的定义，按照《指引》的规定，并购贷款是指商业银行为境内并购方企业实现合并或实际控制已设立并持续经营的目标企业，而向并购方或其子公司发放的用于支付并购交易价款的贷款。并购方获得并购贷款后，可以将资金用于直接向交易对手支付，可以偿还为支付并购交易价款所借入的其他融资，可以用于其他与并购有关的合理支出。即使并购交易在形式上已经交割完毕，仍可以向并购方发放并购贷款，以供其偿还之前为执行并购交易所进行的并购融资或替换自有资金等。

在并购贷款中，并购后目标企业的未来现金流非常重要，这是因为并购贷款具有以下特点：

1. 不完全依赖于并购方现有的信用，而传统的贷款依赖于并购方现有的信用；

2. 可以目标企业的未来现金流作为第一还款来源，而传统的贷款以项目或母公司的综合经营收入为第一还款来源；

3. 可以用未来取得的目标企业股权和资产作为担保。

并购贷款与并购交易的关系解析

并购贷款为并购交易提供了融资来源，而成功的并购交易又为并购贷款的本金和利息的偿还提供了保障。

首先，并购贷款为并购交易提供了融资来源，为并购方并购提供了财务杠杆。杠杆收购是国际通行的一种收购模式，适度的杠杆可以提高收购效率，加快企业优胜劣汰步伐，从而提升整体产业竞争能力。当然，杠杆收购的风险也很高，但是如果加以适当的利用，其风险可以有效地规避。对于并购贷款而言，《指引》里规定了"并购的资金来源中并购贷款所占比例不得高于50%"，这就有效地防止了实际操作中的过度杠杆化蕴含的风险。同时，对于商业银行的放贷规模，《指引》也作了限定，规定"商业银行全部并购贷款余额占同期本行核心资本净额的比例不应超过50%"，"商业银行对同一借款人的并购贷款余额占同期本行核心资本净额的比例不应超过5%"。另外，《指引》也规定了商业银行需要对并购方以及并购交易进行详尽的尽职调查和风险评估，其目的就是为了有效地规避风险。

其次，成功的并购交易又为并购贷款的本金和利息的偿还提供了保障。一般贷款的本利是由现有企业未来的盈利偿还，而并购贷款是由重组整合后的企业的现金流偿还，这是并购贷款和一般商业贷款最本质的区别。可以说，并购贷款的风险有多大，收益有多高，基本取决于并购交易能在多大程度上取得成功。

并购可以通过设立特殊目的子公司的形式进行

《指引》规定，"并购可由并购方通过其专门设立的无其他业务经营活动的全资或控股子公司（以下称子公司）进行。"这意味着《指引》允许并购主体通过设立特殊目的公司进行收购。

在企业并购交易中，在有些情况下，并购方直接并购目标公司，有些情况下，并购方会设定由某一个有经营业务的子公司负责并购目标公司，还有些情况则是先专门设立一个控股子公司（通常为100%控股），然后由该子公司作为收购方对目标公司进行收购，该子公司无其他任何经营活动。

在日常实践中，如果实际并购方通过设立特殊目的子公司，以子公司为主体进行收购，其最主要的目的是可以起到风险隔离的作用。并购是一项高风险的活动，不仅存在并购交易是否成功的不确定性，也有并购交易所带来的其他法律和财务风险。因此，通过设立子公司，以子公司为中介来实现母公司对目标公司并购的战略意图，可以起到风险隔离、有效保护母公司的效果。例如，为了实施并购，需要由子公司来签署有关合同，承担某些义务。如果发生并购交易的失败而产生损失，该损失可以限制在母公司对子公司的实际投入的范围内。尤其是在吸收合并的情况下，子公司将承接目标公司的所有现有及或有债务，包括隐形债务，通过子公司来收购就可以有效地避免母公司承担过大的风险。因此，由新设的特殊目的公司作为并购和贷款主体有助于风险隔离，保护母公司的利益。另外，通过子公司收购操作灵活，可以突破一些政策限制，如对并购方企业注册地的限制，对并购方企业经营范围的限制等。通过子公司收购，也可能是出于税收优惠等方面的考虑。通过子公司实施并购，除了风险隔离之外，还可能是由于母公司的分级管理体制等原因。

《指引》的这一规定无疑提高了并购贷款的可操作性，可谓一大亮点。然而，由于特殊目的子公司并无实际业务运作，在实际操作中，并购贷款发放银行往往有补充条款，比如对以子公司作为并购贷款申请人的公司融资类并购贷款，原则上要求并购方企业对并购贷款还款来源作出直接还款或补充还款承诺。同时，提供除此之外的其他足额有效的担保方式；又如子公司并购交易价款来源为并购方企业股东借款的，并购方企业承诺其对子公司股东借款清偿顺序位于银行贷款之后；再如在并购贷款合同中限制对已收购的目标企业股权的再次转让等。当然，对于预期协同效应明显，且风险可控的并购，商业银行也可以对子公司发放信用贷款。

第五条　商业银行开展并购贷款业务应当遵循依法合规、审慎经营、风险可控、商业可持续的原则。

第六条　商业银行应制定并购贷款业务发展策略，包括但不限于明确发展并购贷款业务的目标、并购贷款业务的客户范围及其主要风险特征，以及并购贷款业务的风险承受限额等。

在这一原则下，商业银行应关注并购交易和并购贷款合乎法律、

法规的要求，通过尽职调查、财务顾问等手段控制风险。同时，仅仅支持那些协同效应为正的并购交易。商业银行应制定业务发展策略，以在具体业务中贯彻上述原则。

研读：

依法合规：是指商业银行在开展并购贷款业务时应符合国家相关法律法规规定及要求，同时，也应符合商业银行内部对并购贷款业务的目标、客户范围及并购贷款业务的风险承受限额要求等。

审慎经营：由于并购贷款在我国尚属新兴事物，且由于并购贷款的复杂性超乎传统贷款，银监会因此要求商业银行在开展并购贷款业务时应遵循审慎原则。

风险可控：这是开展并购贷款业务的核心原则之一。在《指引》中，银监会对商业银行开展并购贷款业务涉及的"风险评估"以及"风险管理"作了详细的论述。并明确要求"商业银行应在内部组织并购贷款尽职调查和风险评估的专门团队……进行调查、分析和评估，并形成书面报告"。同时要求，该专门团队的负责人应"有3年以上并购从业经验，成员可包括但不限于并购专家、信贷专家、行业专家、法律专家和财务专家等"。

商业可持续：这一原则一方面体现了政府监管部门希望通过并购贷款扶植我国企业良好发展，优化产业结构升级的动机；另一方面也再次说明了并购贷款的目的。并购贷款的目的是支持协同效应为正效应的交易，而只有协同效应为正效应的交易才是商业可持续的交易。如果并购交易无法创造足够的协同效应，甚至协同效应为负，那么，该笔并购交易必然有损于并购方的持续健康发展，不具有商业可持续性。在这种情况下，即使并购方有能力偿还贷款，商业银行原则上也不应对其发放并购贷款支持其并购交易。

为贯彻以上原则，在并购贷款业务中，商业银行需要考虑一系列因素：

（1）是否符合国家的产业政策、环保政策以及相关银行的信贷政策；

（2）并购方企业所处行业是否稳定，在所属行业或区域内是否具备较强的市场领导力；

（3）财务运作是否稳健，资产负债结构是否合理，是否具备完成并购的财务实力；

（4）是否依法合规经营，是否有健全的经营管理体系，是否有良好的效益；

（5）并购方企业是否有不良商业信用记录，是否在金融机构有不良信用记录；

（6）与目标企业之间具有较高的产业相关度或战略相关性，通过并购能够获得目标企业的研发能力、关键技术与工艺、商标、特许权、供应或分销网络等战略性资源以提高其核心竞争能力；

（7）并购方在其所申请并购贷款的银行或其代理机构开立了基本账户或一般存款账户。

第七条　商业银行应按照管理强度高于其他贷款种类的原则建立相应的并购贷款管理制度和管理信息系统，确保业务流程、内控制度以及管理信息系统能够有效地识别、计量、监测和控制并购贷款的风险。

研读：

并购贷款是一项新业务，与传统信贷产品有很大不同，具有风险大、技术含量高等特点，因此，对于并购贷款业务，商业银行应实行专业化经营和管理。

商业银行对并购贷款的管理强度应高于其他贷款。因此，首先，商业银行应建立相应的并购贷款管理制度和管理信息系统，以有效地识别、计量、监测和控制并购贷款的风险；其次，应建立严格的措施，避免为逃避并购贷款的限制，以流动资金或其他名义变相发放并购贷款。

（1）对并购贷款的经营管理要求高

商业银行应由内部的并购专家牵头，包括贷款专家、法律专家、具备相关从业经验的业务骨干组成并购贷款专业化经营管理团队，共同进行并购贷款的营销、谈判、尽职调查、风险评估及贷后管理工作，并在此基础上制定并购贷款业务发展战略，包括但不限于明确发展并购贷款业务的目标、并购贷款业务的客户范围及主要风险特征以及并购贷款业务的风险承受限额等。

（2）对并购贷款的监管要求较高

对整个并购来说，并购交易资金的支付只是并购前期事项的结束，并购的整合与运营环节才刚刚开始，能否在整合运营中产生正的协同效应才是并购交易成败的关键。并购贷款银行不但要了解贷款主体并购方企业的经营动向，也应密切关注对目标企业的整合状况，应争取参与对目标企业的重大经营活动的决策，如资产出售、实质性改变经营范围，甚至目标企业再次并购重组等。如果商业银行能够充当并购方企业的整合运营期间的财务顾问，将极大地提高对并购贷款后续监管阶段的风险监控能力。

并购贷款的主要业务流程

一般而言，并购贷款的业务流程可以分为以下几个步骤：业务受理、尽职调查、风险评估、业务准入及业务审批、合同签订、贷款支用、贷后管理等环节。

业务受理：由并购贷款业务申请人（并购方企业或子公司）在确定目标企业后，向所在地商业银行经办机构提出申请，按照各银行的要求提供申请材料，如企业营业执照等基本资料，目标企业基本资料，并购方案和计划等。

尽职调查：由并购贷款专业团队组建的尽职调查队伍对并购方的依法合规经营情况，历史信用记录，并购方的并购能力、整合能力及财务能力等进行深入细致的调查了解。

风险评估：在尽职调查的基础上，由并购贷款专业团队对战略风险、法律与合规风险、整合风险、经营风险及财务风险等与并购有关的各项风险进行全面评估。

业务准入及业务审批：在尽职调查及风险评估的基础上，判断并购贷款是否符合国家法律法规以及各银行相应管理办法的要求，如并购贷款还款来源是否有充分保障，是否有充足的担保措施等，在此基础上进行业务审批。

合同签订：对审批通过的并购贷款，银行与申请人签订并购贷款业务合同，在合同中应明确各部分条款，如对申请人或新设合并企业重要财务指标的约束性条款，对申请人或新设合并企业的主要或专用账户的规定条款，某些特殊情况下获得的额外现金流用于提前还款的强制性条件，确保银行对重大事项知情权或认可权的申请人承诺条款等。

贷款支用：贷款发放后，商业银行按照有关规定定期进行贷后检查，如发现异常情况或出现影响资产质量的重大情况，应由经办机构向并购贷款专业团队报告，由并购贷款专业团队分析评估后，及时提出有针对性的风险控制措施。并购贷款存续期间，银行应定期评估并购双方或吸收合并后企业未来现金流的可预测性和稳定性，定期评估并购贷款业务申请人的还款计划与还款来源是否匹配，关注并购贷款业务申请人对并购贷款业务合同中关键条款的履行情况。一旦并购贷款业务发生违约，银行应及时采取贷款清收、保全以及处置抵（质）押物、依法接管企业经营权等风险控制措施。

贷后管理：并购贷款发放后，贷款银行应定期对并购方及并购后企业进行现场检查和非现场检查，及时对借款人进行风险评估，做好贷后检查、风险分类、到期催收等贷后管理工作。

第二章　风险评估

第八条　商业银行应在全面分析战略风险、法律与合规风险、整合风险、经营风险以及财务风险等与并购有关的各项风险的基础上评估并购贷款的风险。

商业银行并购贷款涉及跨境交易的，还应分析国别风险、汇率风险和资金过境风险等。

研读：

该条对《指引》风险评估一章进行了总体概括，列明了评估并购贷款风险时，应同时分析战略风险、法律与合规风险、整合风险、经营风险以及财务风险等与并购有关的各项风险，并购贷款涉及跨境交易的，还应分析国别风险、汇率风险和资金过境风险等。其中，有的风险因素是并购贷款所特有的风险，如整合风险；有的风险在一般贷款中同样包含，但是在并购贷款的风险评估中格外重要，如战略风险。对这些风险的分析，超出了传统贷款所涉及的范畴，为了全面分析各项风险，需要商业银行建立起由并购专家牵头，公司贷款专家、法律专家、风险管理专家等在内的并购贷款的专业团队来开展具体业务。

战略风险是并购双方战略整合未能达到预期效果，导致预期的战略协同效应不能实现的风险。并购贷款重点支持的是战略性并购，如果战略协同效应不能实现，整个并购交易可能不能实现正的协同效应，甚至有可能产生负的协同效应，导致并购失败。评估战略风险应从并购双方行业前景、市场结构、经营战略、管理团队、企业文化和股东支持等方面进行评估。战略风险评估的重点在于对并购交易本身可能形成的协同效应进行评估，这种协同效应可能来自并购双方产业相关和战略相关带来的协同，并购双方从战略、管理、技术和市场整合等方面取得额外回报的机会等。为判断这些可能存在的战略协同效应最终能否实现，商业银行应该重点评估并购后的预期战略成效及企业价值增长的动力来源、并购后新的管理团队实现新战略目标的可能性以及并购的投机性及相应的风险控制对策。同时，也要对协同效应未能实现时并购方可能采取的风险控制措施或退出策略进行评估。

并购交易合法合规是并购贷款发放的前提。法律与合规风险主要评估并购各方及并购交易本身是否存在违反法律法规的风险，评估内容包括：并购交易各方是否具备并购交易主体资格；并购交易是否按有关规定已经或即将获得批准，并履行必要的登记、公告等手续；法律法规对并购交易的资金来源是否有限制性规定等。在并购交易合法合规的前提下，也要确保并购贷款的合法合规，如并购贷款担保的法律结构是否合法有效并履行了必要的法定程序；借款人对还款现金流的控制是否合法合规；贷款人权利能否获得有效的法律保障；与并购、并购融资法律结构有关的其他方面的合规性。

并购整合是将并购前并购双方不同的运作体系（管理、生产、营销、服务、企业文化和形象）有机地结合成一个运作体系的过程。在整合过程中，并购双方的发展战略、组织结构、资产、业务和人力资源等方面都有可能发生冲突，如果不能及时有效地解决这些冲突，则任何一个方面的冲突都会导致整合效果不尽如人意，甚至导致并购失败。并购整合是并购协同效应实现的最关键环节，并购整合失败也是并购交易失败的最重要原因之一，因此，并购整合风险的评估对控制并购贷款风险具有非常重要的意义。商业银行应全面评估并购企业在发展战略、组织结构、资产、业务和人力资源等方面的整合能力，考虑企业是否能够实现正的协同效应。

并购后企业经营的主要风险包括行业发展和市场份额能否保持稳定或呈增长趋势，公司治理是否有效，管理团队是否稳定并且具有足够能力，技术是否成熟并能提高企业竞争力，财务管理是否有效等。财务风险主要体现在可能影响并购贷款还款能力的一些重要因素方面，包括并购后双方企业未来现金流及其稳定程度、并购交易定价、并购双方的分红策略、并购中使用的固定收益类工具以及汇率和利率变动等方面。

国别风险的一个被广泛使用的定义是由纳吉（Nagy，1984）提出的："国别风险是……损失的可能性，这种损失是由某个特定国家发生的事件所引起，而不是由私人企业或个人所引起。"国别风险的特点在于是由国家层面发生的事件所引起，而不是某个私人部门或个人层面的事件所引起。这些事件包括政治事件、经济政策、经济基本面等，对于私人部门来说是不可抗因素。在并购交易涉及跨境交易时，必须充分地评价所涉及国家的政治、经济、社会文化因素对并购贷款和并购交易的潜在影响和风险。

汇率风险又称外汇风险，指在经济主体持有或运用外汇的经济活动中，因汇率变动而蒙受损失的可能性。汇率风险通过两个方面对并购贷款的还款风险造成影响。首先，汇率的突然变动，可能导致并购交易中，并购方实际支付的对价发生变化，导致突然的资金压力，带来并购交易及后续整合的不确定性。其次，汇率的变动，可能导致目标企业价值的缩水，以及后续整合阶段能够创造的协同效应的削减，最终带来并购整合结果的不确定性。

对资金过境风险还没有一个统一的定义。资金跨越国境流通，在有外汇管制的国家（包括我国在内），需要履行一定的审批手续，这给并购交易的执行带来了不确定性，给并购贷款带来了风险。

以上分析的各种风险，彼此之间互相联系、相互影响。比如，外汇汇率的剧烈变动，首先带来的是汇率风险。其次，汇率的剧烈变动，可能导致有关国家经济形势的变动，甚至社会、政治形势的不稳定，也会带来国别风险。汇率风险与国别风险相结合，对并购后目标企业的经营产生了威胁，导致并购后企业经营风险的增加，从而增加了整合难度。

第九条   商业银行评估战略风险，应从并购双方行业前景、市场结构、经营战略、管理团队、企业文化和股东支持等方面，包括但不限于分析以下内容：

（一）并购双方的产业相关度和战略相关性，以及可能形成的协同效应；

（二）并购双方从战略、管理、技术和市场整合等方面取得额外回报的机会；

（三）并购后的预期战略成效及企业价值增长的动力来源；

（四）并购后新的管理团队实现新战略目标的可能性；

（五）并购的投机性及相应风险控制对策；

（六）协同效应未能实现时，并购方可能采取的风险控制措施或退出策略。

研读：

战略风险的评估原则

对战略风险的评估，核心在于评估企业的并购战略能否产生正的协同效应。在追求股东财富最大化的假设前提下，企业实施并购，其目的是通过并购后的整合来发挥协同效应，通过并购提高企业的整体价值，从而达到 $1+1>2$ 的效果。如果并购战略不能产生正的协同效应，那么即使并购方的实力较强，也可能在错误的战略下逐步走向亏损，原则上不应对其发放并购贷款。

协同效应的来源

并购的成败不在于是否完成了并购，而在于交易完成后是否达到了预期的目的，是否为并购者创造了价值。而战略性并购的根本目标是为了实现并购双方的协同效应，协同效应通常被定义为一种 $1+1>2$ 的效应，也就是说，并购双方的结合最终实现的价值大于它们分别单独存在的价值之和。由于并购双方所拥有的资源和能力之间存在互补性，双方的结合使得这些资源和能力的规模经济和范围经济得以充分发挥，从而创造出新的价值，这就是协同效应。从协同效应的来源来看，除了前述的分类方式，协同效应还可以分为经营协同效应、管理协同效应和财务协同效应三个主要方面。

（1）经营协同效应是指并购给企业生产经营活动在效率方面带来的变化及效率的提高所产生的效益，突出体现为规模经济和范围经济。

（2）管理协同效应是指任意两个管理能力不等的企业进行合并，合并后的企业表现将会受益于具有先进管理经验的企业的影响，综合管理效率得以提高，合并企业的总体表现将会优于两个单独企业的相加之和。

（3）财务协同效应是指并购给企业财务方面带来的种种效益，这种效益的取得不是由于效率的提高，而是由于税法、会计处理准则及证券交易等内在规定的作用而产生的一种纯现金流量上的收益。

并购交易目的的评估

并购贷款支持的是符合企业总体战略的战略性并购，不支持以短期投机获利为目的的投资性并购，因此，评估企业并购交易的目的主要是评估企业并购交易的战略目的。企业并购的战略目的，应该是通过协同效应的发挥来增加股东财富。但是，在面临委托—代理等问题的情况下，企业的实际控制人和高管层推动企业并购，其目的未必是增加股东财富，从而偏离了并购贷款所支持的原则。对企业并购真实目的的评估，难以完全从与并购方企业管理层的交谈中获得，需要尽职调查团队通过对并购交易的具体分析获得。只有当并购交易能够带来潜在的协同效应，并且并购方有能力挖掘并实现这一协同效应的情况下，才能够认为并购交易能产生协同效应。

在分析协同效应时，可以从三个角度来分析，包括：

（1）并购双方的产业相关度和战略相关性，以及可能形成的协同效应。这类协同效应主要发生在横向并购和纵向并购中。

在横向并购中，同一市场上提供同类、同种商品或服务的企业之间的并购，可以增加企业规模，带来规模经济，降低企业的生产成本，提高对供应商和下游厂商的谈判能力。

在纵向并购中，优势企业并购与本企业生产紧密相关的非本企业所有的上下游企业，从而形成纵向生产一体化，市场交易行为内部化有助于减少市场风险，节省交易费用，同时易于设置进入壁垒，还可以提高企业同供应商和买主的讨价还价能力。

（2）并购双方从战略、管理、技术和市场整合等方面取得额外回报的机会。这类协同效应可以发生在各种并购类型中，在混合并购中表现得较为明显。

（3）并购后的预期战略成效及企业价值增长的动力来源。尽职调查团队需要从并购方和目标企业的实际出发，分析其并购交易中带来协同效应的具体因素，并初步分析并购方对目标企业的整合能力和由此达到的战略成效。

并购交易预期能带来正的协同效应，需要满足两个条件：首先，通过上述分析，能够发现并购后企业价值增长的动力来源；其次，预计并购后并购方和目标企业的管理层有能力进行整合，发挥出协同效应。只有同时满足这两个条件的并购交易，才是预期能带来正的协同效应的并购，具有这种目的的并购交易，才是并购贷款应该支持的。

协同效应的评估

对协同效应的评估通常有两种思路，一种是整体评估法，另一种是分项加总法。

1. 整体评估法

协同效应整体评估的基本思路即是首先分别对并购双方单独进行

企业价值的评估，然后利用并购双方的历史和模拟预测数据对合并后企业的总体价值进行评估，合并后企业的总体价值减去并购双方独立价值之和就是协同效应。也就是说，假设 A、B 两个企业合并，那么其协同效应计算公式为：

$$协同效应 = V(A + B) - (VA + VB)$$

这种评估方法以并购的最终效果，即企业价值增值为出发点，并不深究协同效应发挥作用的中间环节和过程，因此，称为协同效应的整体评估法。

运用整体评估法估算协同效应，在对并购双方独立价值和并购后企业总体价值进行评估时，通常应该采用收益法（现金流贴现法）来评估企业价值，而不能采用成本法来估值，因为成本法并没有考虑企业组织成本、无形资产等诸多不可计量因素对企业价值的影响。

2. 分项加总法

协同效应的分项加总法，就是对协同效应所表现的各主要方面，在详细的定性分析基础上，分别进行定量分析预测，并按照其作用年限折现后加总。由于采用的是分项加总的思路，分项加总法首先要对协同效应进行分类，然后分别评估每一种协同效应的数值和作用年份，并将评估结果汇总加入到对目标企业的独立预测报表中，最后将这些分项协同效应按年份加总后进行折现，即可得到整个交易总的协同效应值。

如前所述，从大的分类来看，并购交易的协同效应主要来自于经营协同效应、管理协同效应和财务协同效应三个方面。在对协同效应进行评估时，通常也是从这三个方面对可能存在的协同效应进行分析评估。由于并购交易的复杂性，同样的目标企业与不同的收购企业之间的协同效应也是不同的，因此分项评估协同效应时应该深入并购交易的各个方面去分析，分项加总法并不存在一个固定的模式。表1是对最常见的并购协同效应的简单归类（实际的并购协同效应并不限于下述方面）。

表1　　　　　　　　　　　常见的并购协同效应

协同效应的来源		协同效应类型	实现条件
管理协同效应	管理人员削减	有形	1. 一些有规划和控制才能的公司工作人员在一定程度上未被充分利用 2. 两公司在管理效率上存在差异 3. 处于同一行业或相关行业
	部分行政官员解职	有形	
	办公机构精简	有形	
	办公地点合并	有形	
	在收购方有效的管理下目标公司管理效率的提高	质量型	
经营协同效应	规模经济带来的固定成本摊薄　厂房、设备的折旧	有形	行业中存在着规模经济，并且在合并之前，公司的经营水平达不到实现规模经济的潜在要求
	采购费用		
	生产人员工资		
	销售力量合并、营销规模扩张带来的营销费用节约　销售人员裁员	有形	
	销售机构合并		
	广告支出摊薄		
	利用对方销售网络进入新市场带来的销售量增加	有形	
	研究与开发力量合并带来的革新能力提高	质量型	
	管理及劳动专业化水平提高带来的劳动生产率提高	质量型	
	相关产品/服务间投入要素共享带来的成本节约　能源、热力重复使用	有形	1. 不同产品/服务之间存在可以共享的投入要素 2. 一旦这些投入要素被用于生产一种产品/服务，它们就可以被第二种产品的生产过程免费利用
	人才、技术、计算机系统共享		
	市场领导地位增强带来的定价弹性及企业知名度提高	质量型	反垄断法的制约
	交易费用节约　搜寻目标和价格的成本		1. 上下游企业间并购 2. 边际交易费用≥边际组织费用
	签约成本		
	收取货款成本	有形	
	广告成本		
	生产过程一体化带来的技术经济性能直接节约某些生产环节的成本	有形	
	存货的瞬时供应能够降低存货管理成本和资金占用	有形	
	降低资产专用性风险，提高产品稳定性	质量型	

	协同效应的来源		协同效应类型	实现条件
财务协同效应	"共同保险"效应带来的企业举债能力增强	杠杆率提高，赋税责任减少	有形	1. 双方公司现金流相关性较小 2. 收购企业处于低需求增长行业，而目标企业所在行业投资机会较多，且现金流量较低
		目标公司可以享受收购方较低的贷款利率		
	内部资金替代外部资金带来的综合资本成本下降		有形	
	证券发行与交易成本的规模经济	债券发行利率降低	有形	
		股东要求的风险回报率下降		
		发行证券的固定成本摊薄（注册、法律、印刷费等）		
	利用经营亏损递延		有形	
	换股、发行可转换债券带来的纳税递延		有形	

资料来源：张秋生、王东：《企业兼并与重组》，北方交通大学出版社，2001。

协同效应的整体评估法考虑的因素较为全面，但是整体评估法所采用的现金流贴现的估值方法受主观因素的影响更大。相比之下，分项加总法更为客观，但分项加总法可能遗漏某些可以产生协同效应的因素。

风险评估要点

为了规避战略风险给商业银行带来的巨大损失，商业银行需要分析并购方的并购战略、并购目标、整合能力等，其侧重点和传统贷款有所不同，需要根据每一笔并购交易的具体情况加以分析判断。

首先，要了解企业并购的战略目标并根据企业的并购战略来进一步评估其风险。从并购主体来看，一个处于成长性行业中的公司倾向于企业间的横向并购，以实现占据该行业领先地位的战略意图，而一个已经占据相当大的市场份额的行业领先者，更倾向于通过并购实现多角化的经营战略，降低经营单一化的风险。在以财务协同效应为目的的混合型并购中，企业现金流的相关性越小，并购越能带来较大的稳定性。

商业银行要根据不同企业的并购战略来进一步评估其风险。横向并购双方的产业相关度较高，并购者可以扩张产品线，降低市场竞争压力，通过提高市场占有率来提升企业价值，但需要考虑市场营销的综合效益，如对生产设备和专业技术的收购，则要注重分析产品和专利技术的市场前景，企业的发展战略能否适应产品市场的变化。纵向并购涉及上下游的垂直整合，企业希望借此巩固现有的市场地位，在现有市场上获取更大利润。商业银行需要分析销售网络或供应商是不是企业发展的限制因素，上下游企业能否获得与企业相当的利润率，并购后企业能否切实降低成本维持可持续的价值增长。多元化的并购是企业多角化战略的必要步骤，银行需要分析新领域的前景如何；会不会受到新技术新政策的影响；会不会有很多企业争相进入该领域，导致该领域竞争激烈，在较短的时间内就出现产能过剩；企业在完成这项并购后，有没有系统的后续计划来争夺在新领域的优势；等等。

其次，需要关注并购交易中其他潜在对手的影响，需要分析并购标的的具体情况。银行需要了解其他竞争者是否也在与目标企业接触，或者竞争者已收购了更好的并购目标，他们是否也有相似的并购意向或持有不同的观点，并购交易达成后竞争者又会有什么样的竞争手段，很多时候竞争者会看到一些并购者所没有注意的问题，对这些问题的了解有助于对并购交易战略风险的把握。对并购标的的调查要点我们将在下一部分阐述。

最后，也是战略风险评估中最复杂的一环，就是需要对并购方进行详细的尽职调查（这一调查对于分析法律合规风险、财务风险、整合风险等同样重要）。并购项目的成功很大程度上依赖于企业管理者自身的素质和竞争对手的反应。银行需要重点考察并购者的文化素质、市场经验、战略眼光能否驾驭新企业，新的管理团队的水平是否具备足够的战略执行能力，能否迅速调整以适应新战略。在对并购方企业的调查中我们一般需要对以下情况进行了解：

（1）并购方历史沿革。一般包括设立情况及曾用名称，最近3年的控股权变动情况、主营业务发展变化情况和主要财务指标（包括总资产、净资产、主营业务收入、利润总额、净利润）。

企业的名称及主营业务的变更隐含着具体的企业发展的轨迹与战略思路，更体现了企业对主营业务的经验，通过观察企业的历史沿革有利于了解企业的发展战略及其行业经验、管理经验。经常性变换其主营业务和企业战略的企业，其持续盈利能力往往存在较大不确定性，有关的并购交易，往往不属于并购贷款所支持的战略性并购企业。

（2）并购方企业的盈利模式。企业的盈利模式是否具备竞争优势，即企业是否存在核心竞争力。核心竞争力，是企业组织中的积累性知识总和，是企业独特的竞争能力，有利于企业效率的提高，能够使企业在创造价值和降低成本方面比竞争对手更优秀。特别是关于如何协调不同的生产技能和整合多种技术的知识，并据此获得超越其他竞争对手的独特能力。而核心竞争力的基础是企业的核心技术，即企业的核心能力。优秀的并购交易应该能够提高企业的核心竞争力，有助于企业核心竞争力的发挥，或者能够帮助企业培养新的核心竞争力。

（3）并购方行业地位与产品。包括分析企业所处行业与服务市场的发展状况及主要趋势，分析目标市场、市场规模和地域分布，分析企业的产品及其市场地位，审视现有的和潜在的市场份额、产品的优缺点、竞争对手及其产品、行业发展趋势和未来可能发生的技术革新等。行业地位反映了企业的管理水平、成本控制水平、行业定价权、质量控制水平、战略规划水平等，而产品所处的生命周期则决定了企业未来现金流的稳定性。

在横向并购中，并购贷款应该首先支持行业龙头企业或者排名靠前的企业所发起的并购。在一个行业从分散走向集中的过程中，只有少量企业能够在激烈的并购重组中存活下去，如果支持行业中落后企业之间的整合，会对并购贷款产生很大的风险。

（4）并购方企业的并购经验。调查企业是否经历过本行业或其他行业并购行为，并对目标企业进行了成功整合，同时实施并购的有关人员是否发生重大变动。如果企业具有成功的并购案例，或者有着具有并购整合经验的人力资源，说明企业具有较强的收购目标企业的管理、整合方面的经验。如果企业缺乏这类经验，那么需要对企业为并购所进行的准备充分程度进行初步评估。必要时应要求企业聘请商业银行或其他专业机构充当并购交易和并购整合的顾问。

除此以外，并购方是否有足以支持并购交易及整合的财务能力、并购方管理层的重大变动、并购方近期重大事件等因素，也是对并购方进行尽职调查中所应该包含的内容。

第十条 商业银行评估法律与合规风险，包括但不限于分析以下内容：

（一）并购交易各方是否具备并购交易主体资格；

（二）并购交易是否按有关规定已经或即将获得批准，并履行必要的登记、公告等手续；

（三）法律法规对并购交易的资金来源是否有限制性规定；

（四）担保的法律结构是否合法有效并履行了必要的法定程序；

（五）借款人对还款现金流的控制是否合法合规；

（六）贷款人权利能否获得有效的法律保障；

（七）与并购、并购融资法律结构有关的其他方面的合规性。

研读：

并购交易合法合规风险

为控制与并购贷款有关的法律与合规风险，商业银行应对并购交易以及并购贷款有关内容是否合法合规进行审查，必要时可以求助外部律师事务所，对以下内容发表意见：

（1）并购方和交易对方是否具备相应的主体资格，是否依法设立并有效存续。

（2）本次交易是否已履行必要的批准或授权程序，相关的批准和授权是否合法有效；本次交易是否构成关联交易；构成关联交易的，是否已依法履行必要的信息披露义务和审议批准程序；本次交易涉及的须呈报有关主管部门批准的事项是否已获得有效批准；本次交易的相关合同和协议是否合法有效。

（3）标的资产（包括标的股权所涉及企业的主要资产）的权属状况是否清晰，权属证书是否完备有效；尚未取得完备权属证书的，应说明取得权属证书是否存在法律障碍；标的资产是否存在产权纠纷或潜在纠纷，如有，应说明对本次交易的影响；标的资产是否存在抵押、担保或其他权利受到限制的情况，如有，应说明对本次交易的影响。

（4）本次交易涉及的债权债务的处理及其他相关权利、义务的处理是否合法有效，其实施或履行是否存在法律障碍和风险。

（5）并购方、交易对方和其他相关各方是否已充分提交涉及本次并购的合同，是否存在应当披露而未披露的合同、协议、安排或其他事项。

（6）本次交易是否符合相关法律、法规、规章和规范性文件的规定，是否存在法律障碍，是否存在其他可能对本次交易构成影响的法律问题和风险。

抵押担保的法律结构与审查

由于担保条件作为对并购贷款风险的保障，它的存在可以降低借款人的道德风险，在贷款违约情形出现后，担保对尽可能地挽回信贷资产损失的意义重大。因此，并购贷款担保的法律结构和法律审查也是其法律风险防范的一个重点。

根据《中华人民共和国担保法》（以下简称《担保法》），担保的方式包括保证、抵押、质押、留置和定金五种方式。在并购贷款中最常用的担保方式有资产抵押、股权质押和第三方担保三种。

1. 资产抵押

资产抵押是最常见的一种担保形式。根据《中华人民共和国物权法》（以下简称《物权法》）第一百八十条规定，债务人或者第三人有权处分的下列财产可以抵押：

（1）建筑物和其他土地附着物；

（2）建设用地使用权；

（3）以招标、拍卖、公开协商等方式取得的荒地等土地承包经营权；

（4）生产设备、原材料、半成品、产品；

（5）正在建造的建筑物、船舶、航空器；

（6）交通运输工具；

（7）法律、行政法规未禁止抵押的其他财产。

对于以资产抵押作为并购贷款担保的情形，贷款人应该对抵押资产进行下述方面的审查：

（1）审查抵押资产是否符合法律规定

审查抵押资产是否属于《担保法》、《物权法》列明的可抵押财产范围，建筑物和其他土地附着物；建设用地使用权；以招标、拍卖、公开协商等方式取得的荒地等土地承包权；生产设备、原材料、半成品、产品；正在建造的建筑物、船舶、航空器；交通运输工具；法律、行政法规未禁止抵押的其他财产。

审查抵押资产是否属于《物权法》列明的禁止抵押的财产，土地所有权；耕地、宅基地、自留地、自留山等集体所有的土地使用权，但法律规定可以抵押的除外；学校、幼儿园、医院等以公益为目的的事业单位、社会团体的教育设施、医疗卫生设施和其他社会公益设施；所有权、使用权不明或者有争议的财产；依法被查封、扣押、监管的财产；法律、行政法规规定不得抵押的其他财产。

（2）审查是否办理抵押登记手续

建筑物、土地使用权设立抵押的，应当办理不动产登记手续，并且建筑物与该建筑物占用范围内的土地使用权应一并抵押，未一并抵押的建筑物或土地使用权视为一并抵押。

以生产设备、原材料等动产抵押的，应当在财产所在地的工商行政管理部门办理登记。

交通运输工具设立抵押的，应当在车辆管理部门办理登记手续。

（3）审查抵押物是否存在瑕疵

抵押物上是否存在租赁关系；在抵押物为土地使用权的情形下是否存在闲置期间较长而面临被政府无偿收回的风险；抵押物土地出让金是否足额缴付；抵押物是否被法院或公安机关民事查封或刑事扣押等。

抵押物是否存在先前抵押、第三方优先权或同等顺序的优先受偿权，如未受清偿的破产企业职工债权优先权、建设工程承包价款优先受偿权、划拨土地的出让金优先补偿权、国家税收权等。

2. 股权质押

根据《物权法》第二百二十三条规定，债务人或者第三人有权以"可以转让的基金份额、股权"出质。对于以股权质押作为并购贷款担保的情形，贷款人应该对质押股权进行下述方面的审查：

（1）质押股权是否符合法律规定

审查股权质押是否经过其他股东的同意，是否记载于股东名册，是否取得了出质人的出资证明。

（2）质押股权是否办理交付或登记手续

以证券登记结算机构登记的股票出质的，应当在证券登记结算机构办理登记手续；以其他股权出质的，应当在工商行政管理部门办理登记手续。

（3）质押股权是否有权利瑕疵

审查质押股权是否已为其他贷款设立过担保，是否存在被查封、扣押等限制。

3. 第三方担保

第三方担保是以第三方的信用来进行担保。对于以第三方担保作为并购贷款担保的情形，贷款人应该对保证人主体资格、保证方式、保证范围、保证期间和最高保证额等方面进行审查：

（1）保证人主体资格的审查

保证人主体资格是否符合法律法规规定。《担保法》规定，国家机关以及学校、幼儿园、医院等以公益为目的的事业单位、社会团体、企业法人的分支机构、职能部门不能作为担保人。保证人是否具备代为清偿的能力，即使是合法的担保主体，如其本身资产及经营状况较差，也难以为主债务提供有力的担保。

（2）保证方式的审查

保证人的保证方式包括一般保证和连带保证，在并购贷款中，一般应要求保证人承担连带保证责任，加重保证人担保责任，这样有利于债务追偿。

（3）保证范围的审查

应审查保证合同是否就保证范围进行了明确约定，有没有约定的法定保证范围，具体应包括：主债权、利息、违约金、损害赔偿金、实现债权的费用等。

（4）保证期间的审查

应审查保证合同是否就保证期间进行了明确约定，这将影响到担保债权的诉讼时效保护问题。对保证期间的约定应该明确，最好约定为主债务履行期限届满之日起2年。

（5）最高保证额的审查

应审查保证合同是否约定了最高保证额，贷款额度是否在该保证人承担保证责任的最高限额内。还应审查对最高保证额是否约定明确的期限，每笔贷款是否约定保证期间等。

并购方的其他保障性条款

由于并购交易较为复杂，尽职调查难以完全了解目标公司的资产、负债和其他或有事项，并购交易合同也往往难以充分地对这些情况进行描述，所以，为了切实保障并购方的利益，一般在并购合同中需要对以下"保证条款"进行明确。商业银行办理并购贷款同样应该关注这些保障条款，在并购交易合同中没有类似条款时，应作为财务顾问提示客户，并评估对并购交易可能产生的不利影响。

保证条款的主要内容应包括但不限于：

（1）公司的合法性。相关法律文件的有效性、法律主体成立性、对公司股权所有的真实性和合法性、股权未经设质等其他担保。

（2）公司对其账册上注明的有形和无形资产的合法拥有的权利范围及其限制（条件）。

（3）保证公司重大合同的权利和义务。

（4）对公司或有负债的说明、法律状态的维持（不转让或新设合同权利）。

（5）最低损害数额。

（6）合理的保证期限（如知识产权的有效期和税务违法的追诉期、政府的批准期限等）。

（7）买方的及时违约通知条款和合理的补救措施条款。

（8）（可选）卖方应赔偿买方负责事由，卖方的总责任不超过收购合同的总价条款。

（9）（可选）多个卖方的连带责任条款。

（10）并购交易中第三方攻击的预防。

保证条款是买卖双方从法律上界定被并购企业资产的最主要内容，也是卖方违约时买方权利的最主要保障，目的是买卖双方都明确地知晓交易的标的为何物，即其在法律上所定义的财务、经营和资产范围，所包含的权利和义务是什么。并购合同中应用最直接、合理、科学、专业和没有歧义的语言使买卖双方达成共识，以减少今后的纠纷、误解和矛盾。

第十一条　商业银行评估整合风险，包括但不限于分析并购双方是否有能力通过以下方面的整合实现协同效应：

（一）发展战略整合；

（二）组织整合；

（三）资产整合；

（四）业务整合；

（五）人力资源及文化整合。

研读：

并购的目的在于实现并购双方的协同效应，而协同效应的实现又取决于并购整合的效果，如果并购方的整合能力不足，预期的协同效应将难以实现，甚至导致并购交易的失败。对于并购能力的评估，《指引》指出，商业银行应该通过发展战略整合、组织整合、资产整合、业务整合、人力资源及文化整合等几个主要方面对并购企业的并购能力进行评估。

1. 发展战略整合的能力

战略是企业发展的核心。战略整合包括战略决策组织的一体化及各子系统战略目标、手段、步骤的一体化，是指并购企业在综合分析目标企业情况后，将目标企业纳入其发展战略内，使目标企业的各种资源服从并购企业的总体战略及相关安排与调整，从而取得一种战略上的协同效应。

事实证明，并购一家在经营战略上不能相互配合的公司，或并购后双方不能作出相互协调统一的并购后经营战略，即使价格再便宜，也会后患无穷。反之，如果并购双方的经营战略能够有机地整合起来，则会为今后的整合工作奠定良好的基础。

评估并购方的发展战略整合能力不仅要对并购方的总体发展战略的合理性、科学性进行评估，同时也要结合被并购方与并购方之间的资源和能力的匹配程度进行分析，并对并购方企业管理团队的领导能力等方面进行综合评估，判断其发展战略是否可以得到贯彻落实。

2. 组织整合的能力

随着并购双方业务活动与管理活动的整合，双方的组织机构也会发生变化。并购完成后，并购企业会根据具体情况调整组织机构。并购企业有时把目标企业作为一个相对独立的整体加以管理，有时又可能将目标企业进行分解，并入本企业的相应子系统。

对并购方组织整合能力进行评估时，应该首先对并购方企业本身的组织管理结构进行评估，判断这种组织结构是否合理。其次，应该对并购双方的组织结构之间的差异进行分析，了解并购方是否有整合被并购方组织机构的计划方案，判断并购方是否能够将这种组织结构移植到被并购方，以提高被并购方的管理效率。

3. 业务及资产整合的能力

业务活动整合是指要联合、调整和协调采购、产品开发、生产、营销、财务等各项职能活动。并购后的企业可以将一些业务活动合并，包括相同的生产线、研究开发活动、分销渠道、促销活动等，同时放弃一些多余的活动，如多余的生产、服务活动，并协调各种业务活动的衔接。

评估并购方业务整合能力时，首先应该了解并购方是否制订了业务整合方案，在深入了解双方业务情况的基础上，对业务整合方案的科学合理性进行评估，据此评判并购方的业务整合能力。

进行整合时还需要考虑有关债务安排问题。如果并购交易涉及债权债务转移的，应当详细分析该债权债务的基本情况、已取得债权人书面同意的情况，分析未获得同意部分的债务金额、债务形成原因、到期日，并购方是否已对该部分债务的处理作出妥善安排，判断交易完成后并购方是否存在偿债风险和其他或有风险。如果并购标的原控股股东对其拥有的资金大量占用，或者因为管理交易而形成大量对并购标的的应付款项，则本次并购交易对此必须进行安排以保障并购方的利益。

4. 人力资源及文化整合的能力

人力资源和企业文化整合是并购整合中难度最大、最为关键的环节之一，而人力资源和文化的整合也是并购取得最终成功的最关键因素之一。

人才是企业最重要的资源之一，尤其是高层管理人员、技术人才与熟练工人。相当一部分并购交易本身的目标就是为了获得目标企业的关键人才资源，在高新技术领域的并购尤其如此。对并购企业人力资源整合能力的评估应该重点关注并购方管理层对待人才的态度，并购双方人力资源政策的差异，以及是否在并购前制订了慰留关键员工的计划，整合计划是否对被并购方员工的安置作出了恰当的安排。如果涉及被并购方存在工会的情况，还应该关注并购方与工会的谈判情况。

第十二条 商业银行评估经营及财务风险，包括但不限于分析以下内容：

（一）并购后企业经营的主要风险，如行业发展和市场份额是否能保持稳定或呈增长趋势，公司治理是否有效，管理团队是否稳定并且具有足够能力，技术是否成熟并能提高企业竞争力，财务管理是否有效等；

（二）并购双方的未来现金流及其稳定程度；

（三）并购股权（或资产）定价高于目标企业股权（或资产）合理估值的风险；

（四）并购双方的分红策略及其对并购贷款还款来源造成的影响；

（五）并购中使用的固定收益类工具及其对并购贷款还款来源造成的影响；

（六）汇率和利率等因素变动对并购贷款还款来源造成的影响。

研读：

评估并购后企业的经营风险

企业的经营风险，尤其是并购后企业的经营风险，是影响并购企业偿还并购贷款能力的最重要因素之一。影响企业经营风险的因素很多，主要的因素包括以下方面：

（1）市场需求

市场对企业所提供的产品或服务的需求越稳定，经营风险就越小；反之，经营风险则越大。市场的需求通常受到宏观经济、行业发展的影响，行业内部的产业组织结构、公司的技术水平、产品的竞争能力等因素也会对企业的需求产生影响。

（2）公司业务的竞争能力

公司业务的竞争能力可以体现在产品生产成本、产品定价能力等诸多方面。生产成本越低，定价能力越强，表明公司的竞争能力越强，公司的经营风险也就越低。

另外，公司的成本结构也能在一定程度上反映公司的竞争能力。在企业全部成本中，固定成本所占比重较大时，单位产品分摊的固定成本额就多。若产品量发生变动，单位产品分摊的固定成本会随之变动，最后导致利润更大幅度地变动，经营风险就大；反之，经营风险就小。

（3）公司的管理水平

公司的管理水平往往决定了一个公司的竞争能力，公司的法人治理结构、公司内部组织机构的设置、管理团队的管理能力、公司员工的素质、公司文化等都会影响公司的管理水平。

并购后企业的财务风险是并购贷款另一个重要的风险因素，即使公司业务运作良好，但是如果公司的现金流安排出现问题，也会导致整个并购后企业陷入财务困境。

对并购目标的估值

对并购目标进行估值是并购交易中的重要一环。在办理并购贷款时，商业银行应该对并购目标的估值作出自己的判断，并据此评估并购交易价格的合理性，判断企业未来还款的风险。如果交易价格明显高于并购目标的合理价值，那么，即使产生了协同效应，并购方从并购目标中所获得的收益仍可能低于其支付的对价，从而导致并购贷款的还款风险。

商业银行应该结合资产的盈利能力、财务状况，分析并购合同中并购双方的交易价格及其确定依据，对其中估值依据（净资产、未分配利润、隐藏利润、合理溢价依据等）各个项目的合理性、对交易价格的合理性进行判断。同时，尽职调查人员可以参考市场估值法、可比公司估值法、现金流折现法等对并购标的进行估值并加以比较。

1. 交易标的估值可参考市场估值法

（1）账面价值也许是最简单的方法。它是根据公司的财务报表，将所有资产减去所有负债计算得出。这一方法的好处是所有数字通常都是现成的，但它也有很多的缺点：一是账面价值不能反映资产和负债的公允市值或账外负债，相反，它只反映历史价值，并且受公司会计处理方法的严重影响。二是对无形资产如商誉、专利和商标可能会忽略不计或以低值记录。三是账面价值忽略了盈利潜力、现金流量等。尽管有这些缺点，在评估资产价值时账面价值还是有相当大的参考意义。

（2）相关资产在最近3年曾进行资产评估或者交易的，应当分析历史评估价值、交易价格、交易对方情况等。

（3）如收购交易标的实质为收购资产（即拟收购公司的主要资产为资源使用权，如收购房地产项目公司的实质是为了获得土地使用权，收购矿产公司的实质是为了获得矿产权），则需要考察周边同类（或可比项目）上述资产的最新交易价格，以评估估值方法的合理性。

2. 可比公司估值法

可比公司估值法也称相对估值法，是指对企业进行估值时，对可比较的或者代表性的公司进行分析，尤其注意有着相似业务的公司股票的新近发行以及相似规模的其他公司股票新近的首次公开发行，以获得估值基础。主承销商审查可比较的发行公司的初次定价和它们在二级市场的表现，然后根据发行公司的特质进行价格调整，为新股发行进行估价。在运用可比公司估值法时，可以采用比率指标进行比较，比率指标包括 P/E（市盈率）、P/B（市净率）、EV/EBITDA（企业价值与利息、所得税、折旧、摊销前收益的比率）等。其中最常用的比率指标是市盈率和市净率。

在运用这一方法时，要关注以下方面来评估其合理性：

（1）可比上市公司拥有类似的行业、产品、市场、管理、资本结构和竞争地位等。

（2）可比公司数目取决于其业务的相似性。指导性公司的数目取决于其业务的相似性，如果能找到与目标企业极为相似的公司，便不需要找太多指导性公司进行比较。即使找不到完全吻合的可比对象，也可借鉴业内代表而作出估值。

（3）取得可供用来"衡量价值"的财务报表变数，通常包括（或者以一系列行业上市公司估值平均值为基础数据）：净收入、利息及税前收益、利息税负折旧及摊销前收益、净收益、股东权益、现金流量（净流量或总流量）等。

（4）最常用的指导性公司方法是利息及税前收益倍数，利息、税负、折旧及摊销前收益倍数和价格/账面价值倍数法。如果公司比行业中平均规模小，并购方应使用比适用于同业领先公司和其他公司稍低的价格倍数。

（5）最终的估值结果需要排除上市公司流动性溢价因素（如并购标的为非上市公司）及并购标的增加的控制权溢价。

3. 现金流折现法

现金流折现法是对企业未来的现金流量及其风险进行预期，然后选择合理的折现率，将未来的现金流量折合成现值的估值方法。

使用此法关键在于合理的预期或确定有关的取值。一是根据历史数据与预期未来收入增长率来合理预期企业未来存续期各年度的现金流量；二是要找到一个合理的公允的折现率，折现率的大小取决于未来现金流量的风险，风险越大，要求的折现率就越高。

现金流折现法的预测年限一般要超过并购融资期限，但不应超过目标资产合理的存续周期（如并购对象为房地产项目公司的，应不超过项目开发周期）。

评估并购后企业的财务风险

评估并购后企业的财务风险，需要在掌握企业未来业务发展规划和投融资安排的基础上建立财务模型，对企业未来的现金流情况进行模拟，并利用财务模型在对公司销售情况作出保守预测的基础上，对公司的盈利及现金流情况进行压力测试以判断并购后企业是否存在现金断流的情况。

要特别关注并购交易所采取的融资方式对企业现金流的影响。并购交易之后，企业的资本结构中往往会加入巨额债务，这会使企业背负沉重的财务压力，企业具备全部或某些以下的特点才能承受财务负担：

（1）充足的现金流量。必须具备充足的现金流量来维持运营和偿还巨额债务，在评估杠杆收购的现金流量时这是最重要的一个标准。

（2）经验丰富的管理队伍。拥有强有力的管理队伍、称职的首席执行官和财务总监是杠杆收购中最至关重要的因素。高举债的财务压力不允许经营出现失误，管理队伍必须在交易完结当日起便开始实施整合战略。

（3）产品可行性。坚固的市场地位对杠杆收购的买方来说是十分重要的。基于固有的金融风险，举债经营的公司承受不起某年或某季度的经营不善，因为公司没有资本可以作为缓冲。拥有高市场份额的公司通常可以度过经济滑坡，经营风险较低。

（4）低技术含量或无技术含量的产品线。出于偿债要求，公司通常没有剩余的现金用于研发或购置资本设备，需要不断投入资金开发产品或需要不断购置资本设备的公司，通常不能负担因举债而产生的额外现金支出。

（5）少量的现有负债。这通常提供了额外贷款的能力。

并购贷款和传统贷款的一项重要区别在于借款人往往是使用目标企业的分红来偿还并购贷款。例如，在控股型并购中，并购方虽然取得了目标企业的控股权，但是并购方并不能随意占用子公司的资金，而是受到各种约束，尤其是在子公司为上市公司的情况下。此时，并购方从目标企业取得现金的方式只有目标企业分红，因此目标企业的分红能力

（如分红不能超过当年实现净利润与未分配利润、盈余公积之和，必须在留存法定公积金之后才可以分红，利润应首先用于弥补以往年度累计亏损等）以及目标企业的分红策略（如曾对股东承诺采用转增股本的方式来扩大股本等）都会对并购方未来的现金流量产生影响。

企业实施并购可能同时使用并购贷款和其他固定收益类融资工具。除了应关注这些固定收益类融资工具对企业现金流的影响之外，我们还需要关注这些固定收益类融资工具有关发行条款中对企业经营活动以及财务比率的约束，并合理评估这些因素对企业经营活动和现金流的影响，以及对并购贷款偿还所产生的影响。

第十三条　商业银行应在全面分析与并购有关的各项风险的基础上，建立审慎的财务模型，测算并购双方未来财务数据，以及对并购贷款风险有重要影响的关键财务杠杆和偿债能力指标。

第十四条　商业银行应在财务模型测算的基础上，充分考虑各种不利情形对并购贷款风险的影响。

上述不利情形包括但不限于：

（一）并购双方的经营业绩（包括现金流）在还款期内未能保持稳定或呈增长趋势；

（二）并购双方的治理结构不健全，管理团队不稳定或不能胜任；

（三）并购后并购方与目标企业未能产生协同效应；

（四）并购方与目标企业存在关联关系，尤其是并购方与目标企业受同一实际控制人控制的情形。

<u>研读：</u>

为了更准确地测算并购贷款的风险，商业银行应该按照准则要

求，在对企业经营数据（如产量、价格、主要原材料成本等）作出谨慎预测的基础上，建立并购后企业的财务预测模型，预测并购后企业在并购贷款期限内的资产负债表、利润表和现金流量表。

在财务预测模型的基础上，商业银行应该全面分析并购后企业在并购贷款期限内的盈利能力、偿债能力等财务指标，尤其要关注在考虑了并购贷款及公司其他负债的偿还计划之后的现金流及净现金余额情况，分析并购后企业可能存在的财务风险。

在财务预测模型的基础上，商业银行还应该在对经营数据合理假设的基础上，针对经营数据（如产量、销售价格、主要原材料成本等）进行压力测试，假设并购后企业遭遇不利经营环境情况下的财务风险，并分析出现这些不利条件的可能性以及对并购贷款的影响等。上述不利情形包括但不限于：

（1）并购双方的经营业绩（包括现金流）在还款期内未能保持稳定或呈增长趋势；

（2）并购双方的治理结构不健全，管理团队不稳定或不能胜任；

（3）并购后并购方与目标企业未能产生协同效应；

（4）并购方与目标企业存在关联关系，尤其是并购方与目标企业受同一实际控制人控制的情形。

上述的关联关系中，以下的关联并购行为风险相对较小：

① 国家鼓励的大型国有企业为执行国家对经济调整或资产重组目的进行的整合，需要进行的关联收购行为；

② 符合政府监管部门政策、相关规划而进行的关联收购行为；

③ 为了达到机构、业务、资产、财务、人员整合的战略目标，实现股东利益最大化而进行的集团内部收购行为。

> **第十五条**　商业银行应在全面评估并购贷款风险的基础上，综合判断借款人的还款资金来源是否充足，还款来源与还款计划是否匹配，借款人是否能够按照合同约定支付贷款利息和本金等，并提出并购贷款质量下滑时可采取的应对措施或退出策略，形成贷款评审报告。

研读：

形成贷款评审报告是并购贷款风险评估的最后步骤，是在综合商业银行对并购双方战略风险、法律与合规风险、整合风险、经营风险以及财务风险等与并购有关的各项风险的全面评估的基础上，重点对借款人的还款资金来源是否充足，还款来源与还款计划是否匹配，借款人是否能够按照合同约定支付贷款利息和本金等问题作出综合判断的基础上，对是否发放并购贷款作出初步意见。

由于并购贷款的风险较大，因此还应分析在并购贷款质量下滑时可能采取的应对措施或退出策略。必要时，应在合同中对商业银行采取这些措施的权利加以进一步的保障。

第三章　风险管理

> **第十六条**　商业银行全部并购贷款余额占同期本行核心资本净额的比例不应超过50%。
>
> **第十七条**　商业银行应按照本行并购贷款业务发展策略，分别按单个借款人、企业集团、行业类别对并购贷款集中度建立相

应的限额控制体系。

　　商业银行对同一借款人的并购贷款余额占同期本行核心资本净额的比例不应超过5%。

　　第十八条　并购的资金来源中并购贷款所占比例不应高于50%。

研读：

　　为有效控制并购贷款风险，《指引》提出了一系列明确的量化监管标准。由于并购交易和并购融资的复杂性，《指引》在设定风险管理指标时，在强制性要求基础上采用了较多原则性的指导方式，以利于商业银行结合自身特点，因地制宜地设计内部的业务流程和管理制度。

　　贷款余额指标

　　对并购贷款的集中度和大额风险暴露，《指引》规定了两项指标要求：一是全部并购贷款余额占同期本行核心资本净额的比例不应超过50%；二是对同一借款人的并购贷款余额占同期本行核心资本净额的比例不应超过5%。

　　《巴塞尔资本协议》把商业银行的资本区分为核心资本和补充资本。核心资本又称一级资本，具体包括实收资本和公开储备，《巴塞尔资本协议》规定，核心资本至少应占全部资本的50%。补充资本又称二级资本、附属资本，具体包括非公开储备、资产重估储备、普通准备金、混合资本工具、长期债务。补充资本占全部资本的比例最多不超过50%。我国《商业银行资本充足率管理办法》第十二条规定，商业银行资本包括核心资本和附属资本。核心资本包括实收资本或普通股、资本公积、盈余公积、未分配利润和少数股权。附属资本包括重估储备、一般准备、优先股、可转换债券、混合资本债券和长期次级债务。第十三条规定，商业银行的附属资本不得超过核心资本的100%，计入附属资本的长期次级债务不得超过核心资本的50%。资本是银行发生损失的缓冲剂，《指引》规定全部并购贷款余额占同期本行核心资本净额的比例不应超过50%，是为了保证商业银行抗风险的能力，旨在促进银行强化风险管理，提高风险管理水平。

融资杠杆率指标

控制并购融资的杠杆率是降低并购贷款风险的重要手段，参考国际市场的经验，《指引》规定了并购的资金来源中并购贷款所占比例不应高于50%。

并购交易中并购方所需的资金包括三个部分：首先，最主要的部分是支付给交易对手的对价部分，包括现金、股票、债券等形式在内；其次是并购后整合期间所需资金；最后是并购交易中实施尽职调查、聘请中介机构、缴纳有关税费等所需资金。

第十九条　并购贷款期限一般不超过五年。

研读：

《指引》要求，并购贷款期限原则上不要超过五年，这是因为即使对于较为复杂的并购，从支付对价、整合开始到产生收益，一般在两年内即可完成。对于协同效应明显，整合难度较低的并购，产生收益的时间更短，产生的收益更大。在并购贷款开办初期，从审慎的角度规定贷款期限原则上不低于五年，是希望商业银行能够首先支持那些协同效应较为明显的交易，这有助于控制并购贷款的风险。考虑到并购贷款最多占据并购交易所需资金的一半，协同效应较为明显的并购交易中，并购方经过五年的经营已经有能力归还并购贷款。

并购贷款的目的是支持企业的并购交易行为，而不是为了满足企业其他方面的资金需求。在实践中，商业银行应对并购交易未来可产生的协同效应进行充分的评估，根据预期的整合速度和收益产生的时间来确定并购贷款的还款时间和还款进度。如对于并购标的为房地产项目公司的并购交易，并购贷款的还款期不应晚于房地产项目完结时。

但是，对于一些产生收益所需时间较长的大型并购交易，如果属于国家政策积极支持的，关系国家产业战略的并购交易，在贷款风险可控的情况下，也可以规定较长的贷款期限。

具体贷款还款方式可以根据并购交易特征及预期的未来现金流状况，采取到期一次还本付息，或者合同另行约定分期还款的方式。

> **第二十条** 商业银行应具有与其并购贷款业务规模和复杂程度相适应的足够数量的熟悉并购相关法律、财务、行业等知识的专业人员。

研读：

由于并购贷款与传统信贷业务相比，在法律、财务、行业等方面的知识和技能上对信贷人员都提出了更高的专业性要求。因此，银监会要求商业银行对并购贷款在业务受理、尽职调查、风险评估、合同签订、贷款发放、贷后管理等主要业务环节及内控体系中加强专业化的管理与控制。按照《指引》的要求，开展并购贷款业务的商业银行应拥有与其并购贷款业务规模和复杂程度相适应的足够数量的熟悉并购相关法律、财务、行业等知识的专业人员。具体而言，商业银行应在内部组织并购贷款尽职调查和风险评估的专门团队，专门团队的负责人应有三年以上并购从业经验，成员可包括但不限于并购专家、信贷专家、行业专家、法律专家和财务专家等。商业银行可根据并购交易的复杂性、专业性和技术性，聘请中介机构进行有关调查并在风险评估时使用该中介机构的调查报告。

第二十一条　商业银行应在并购贷款业务受理、尽职调查、风险评估、合同签订、贷款发放、贷后管理等主要业务环节以及内部控制体系中加强专业化的管理与控制。

研读:

《指引》提出了全面风险管理的要求,要求商业银行对并购贷款在业务受理、尽职调查、风险评估、合同签订、贷款发放、分期还款计划、贷后管理等主要业务环节及内控体系中加强专业化的管理与控制。其中值得一提的是,《指引》还在业务受理的基本条件、尽职调查的组织、借款合同基本条款和关键条款的设计、贷后管理等方面进行了细化,具有很强的指导性。商业银行应根据《指引》提出的全面风险管理的要求,制作并购贷款业务管理办法、实施细则、操作流程及借款合同等文本,严格从业务受理到贷后管理各个环节的管理。特别值得注意的是,商业银行在制作借款合同文本时,应仔细研究《指引》关于借款合同关键条款的原则性要求,设计出符合《指引》要求的相关条款,切实防范和保障商业银行信贷资产的安全。

第二十二条　商业银行受理的并购贷款申请应符合以下基本条件:

(一)并购方依法合规经营,信用状况良好,没有信贷违约、逃废银行债务等不良记录;

(二)并购交易合法合规,涉及国家产业政策、行业准入、反垄断、国有资产转让等事项的,应按适用法律法规和政策要求,取得有关方面的批准和履行相关手续;

(三)并购方与目标企业之间具有较高的产业相关度或战略相

> 关性，并购方通过并购能够获得目标企业的研发能力、关键技术与工艺、商标、特许权、供应或分销网络等战略性资源以提高其核心竞争能力。

研读：

该条进一步对并购方的资质作了限定，规定并购方依法合规经营，信用状况良好，没有信贷违约、逃废银行债务等不良记录。同时对并购交易所涉及的法律法规进一步做了强调，规定凡涉及国家产业政策、行业准入、反垄断、国有资产转让等事项的，应按适用法律法规和政策要求，取得有关方面批准，履行相关手续等。

此外，按照循序渐进、控制风险的指导思想，银监会鼓励商业银行在现阶段开展并购贷款业务时主要支持战略性的并购，以更好地支持我国企业通过并购提高核心竞争能力，推动行业重组。因此，《指引》提出在银行贷款支持的并购交易中，并购方与目标企业之间应具有较高的产业相关度或战略相关性，并购方通过并购能够获得研发能力、关键技术与工艺、商标、特许权、供应及分销网络等战略性资源以提高其核心竞争能力。在实践中，并购方能否通过并购获得目标企业的这些战略性资源，需要谨慎地分析。

并购交易的标的主要包括股权或其他构成可独立核算会计主体的经营性资产。在分析并购方能否通过并购获得有关战略性资源时，需要分析并购交易标的的完整性，对并购标的的主营业务、财务状况进行调查。具体调查对象如下：

1. 交易标的的完整性

（1）是否依法获得所有权，包括对交易标的的描述（如为股权则说明名称、企业性质、注册地、主要办公地点、法定代表人、注册资本、成立日期、税务登记证号码、历史沿革，如为其他资产则说明相关资产的名称、类别），交易对手如何获得相应的法定所有权等。

交易标的为企业股权的，应当分析该企业是否存在出资不实或影响其合法存续的情况；交易标的为有限责任公司股权的，应当分析是否已取得该公司其他股东的同意或者符合公司章程规定的转让前置条件。

交易标的为土地使用权、矿业权等资源类权利的（或者主要资产为土地使用权、矿业权等资源类权利的企业股权），应当分析是否已取得相应的权属证书、是否已具备相应的开发或开采条件、是否已经缴纳了土地出让金等。

对于房地产企业并购标的更需要谨慎，要调查有关土地转让合同、土地证、建筑规划许可证等有关合同和证件、分析有关地块是否属于限制用地等。

同时，对原购入资产款项是否缴纳完毕进行分析，以判断是否已依法获得所有权。

（2）产权权属情况。产权权属情况需要分析该经营性资产的产权或控制关系，包括其主要股东或权益持有人及持有股权或权益的比例、公司章程中可能对本次交易产生影响的主要内容或相关投资协议、原高管人员的安排、是否存在影响该资产独立性的协议或其他安排（如让渡经营管理权、收益权等），主要资产的权属状况、对外担保情况及主要负债情况，是否存在抵押、质押等权利限制，是否涉及诉讼、仲裁、司法强制执行等重大争议或者存在妨碍权属转移的其他情况。

如果通过其他隐藏协议或业已执行的司法程序约束了经营性资产的独立性，则为本次交易的合法性提出了疑问，也为后续资产整合中出现问题埋下了伏笔。

（3）其他完整性。交易标的涉及立项、环保、行业准入、用地、规划、施工建设等有关报批事项的，应当分析是否已取得相应的许可证书或相关主管部门的批复文件。

如果没有获得相关的政府批文，则需要进一步对生产运营是否违反国家的法律及规定进行分析，在估值中也需要对此进行考虑。

2. 交易标的的主营业务，主要包括：

（1）主要产品或服务的用途。

（2）主要产品的工艺流程图或服务的流程图。

（3）主要经营模式，包括采购模式、生产模式和销售模式。

（4）列表说明报告期内各期主要产品（或服务）的产能、产量、销量、销售收入、产品或服务的主要消费群体、销售价格的变动情况；报告期内各期向前5名客户的合计销售额占当期销售总额的百分比，向单个客户的销售比例超过总额的50%或严重依赖于少数客户的，应当说明其名称及销售比例，如该客户为交易对方及其关联方，则应当说明产品最终实现销售的情况。受同一实际控制人控制的销售客户，应当合并计算销售额。

如企业对单个客户依赖度太大或主要依赖于出口，则其主营业务与并购方相结合后是否具备互补将决定其后续的整合及盈利能力。目标企业与大客户的长期业务的稳定性是否会因为股东的变更而发生变化等也是一个方面。

（5）报告期内主要产品的原材料和能源及其供应情况，主要原材料和能源的价格变动趋势、主要原材料和能源占成本的比重；报告期内各期向前5名供应商合计的采购额占当期采购总额的百分比，向单个供应商的采购比例超过总额的50%或严重依赖于少数供应商的，应当披露其名称及采购比例。受同一实际控制人控制的供应商，应当合并计算采购额。

如企业依赖主要的供应商份额过大，则需要进一步核实其与供应商所签订的供应合同，销售价格与市场价格相比的合理性，是否存在长期稳定的供应条款。

（6）技术依赖。如并购标的对原控股股东存在明显的技术依赖（如共用控股股东后台技术数据库支持、与原控股股东共享专利、完全依赖于控股股东品牌授权等），则需要并购方对其自建能力或者对原控股股东是否进行完全的技术转让进行评估。

（7）存在高危险、重污染情况的，应当了解安全生产及污染治理情况、因安全生产及环境保护原因受到处罚的情况、最近三年相关费用成本支出及未来支出的情况，了解是否符合国家关于安全生产和环境保护的要求。

需要关注并购标的是否是合法生产，环保设施、环保支出和费用是否一致。此类支出是否逐年增长、是否可以持续生产、是否存在关停并转的风险均决定了此类并购标的的价值。必要时可能需要获得省级环保部门意见、跨省的和特别规定的环保部门意见。

要重点关注对于历史上出现过环保问题的企业，因为可能会给并购方带来损失，同时也对并购方的管理能力提出挑战，对并购贷款产生威胁。

（8）主要产品和服务的质量控制情况，包括质量控制标准、质量控制措施、出现的质量纠纷等。

（9）主要产品生产技术所处的阶段，如处于基础研究、试生产、小批量生产或大批量生产阶段。

3. 主要资产形态

（1）生产经营所使用的主要生产设备、房屋建筑物及其取得和使用情况、成新率或尚可使用年限，主要运行状况，是否属于国家淘汰关停设备。

（2）商标、专利、非专利技术、土地使用权、水面养殖权、探矿权、采矿权等主要无形资产的数量，取得方式和时间，使用情况，使用期限或保护期，最近一期期末账面价值，以及上述资产对拟购买资产生产经营的重要程度。

（3）拥有的特许经营权的情况，主要包括特许经营权的取得情况，特许经营权的期限、费用标准，以及对拟购买资产持续生产经营的影响。

（4）交易标的涉及许可他人使用自己所有的资产，或者作为被许可方使用他人资产的，应当简要披露许可合同的主要内容，包括许可人、被许可人、许可使用的具体资产内容、许可方式、许可年限、许可使用费等，以及合同的履行情况。若交易标的涉及的资产存在纠纷或潜在纠纷的，应当明确说明。

从市场角度，对上述资产形态的了解决定了公司拥有的资产是否具备价值。而从并购方角度，需要分析交易标的对并购方是否属于互补性资产或无效资产，是否对并购方具有协同效应。

4. 交易标的的主要财务状况

（1）基本财务指标真实性与异常性

分析交易标的最近三年主营业务发展情况和最近两年经审计的主要财务指标。包括但不限于资产总额、资产净额、可准确核算的收入或费用额。

交易标的的某项财务指标如有异常，则需要进一步核实此项异常的可行性理由，如行业特征、市场发生变化等，从而判断此项资产的价值是否合理。

（2）是否存在滥用会计政策问题

如某项重要会计处理明显不符合会计准则，是否存在滥用会计政策和会计估计说明了并购标的的会计处理是否值得信赖。需要进一步核实对并购标的的会计处理的真实性和完整性，否则有可能并购标的会计基础薄弱，内控不健全，存在重大风险。可能的问题包括：安全费用的随意提取、减值准备的随意提取等。

（3）会计政策差异的处理

详细分析交易标的重大会计政策或会计估计与并购方是否存在较

大差异，或者按规定将要进行变更的，应当分析重大会计政策或会计估计的差异或变更对交易标的利润产生的影响。

（4）业绩依赖于税收优惠、财政补贴等非经常性损益

如果并购标的的盈利能力完全依赖于非主营业务，则其后续的持续盈利能力值得怀疑。

（5）税务问题

目标企业是否存在"偷税漏税"，如果存在上述现象，将会为并购方带来或有负债。

第二十三条　商业银行应在内部组织并购贷款尽职调查和风险评估的专门团队，对本指引第九条到第十五条的内容进行调查、分析和评估，并形成书面报告。

前款所称专门团队的负责人应有三年以上并购从业经验，成员可包括但不限于并购专家、信贷专家、行业专家、法律专家和财务专家等。

研读：

受理并购贷款业务申请后，商业银行应尽快组建并购贷款专业团队对如下内容开展尽职调查和风险评估，并形成书面报告。并购贷款专业团队除按照商业银行现行相关制度对并购方企业和目标企业经营情况进行调查外，还应重点调查了解以下内容：

（1）并购方企业依法合规经营情况；

（2）历史信用记录，有无信贷违约、逃废银行债务等不良记录；

（3）并购方企业与目标企业的研发能力、关键技术和工艺、行业准入和技术壁垒、商标等直接影响其核心竞争力的关键因素；

（4）并购方企业与目标企业之间是否具有较高的产业相关度和战

略相关性；

（5）并购方企业能否通过并购实现整合延伸产业链，提高产品利润率；

（6）并购方企业能否通过行业整合，实现规模化和集约化效应，提升生产效率，提高市场竞争力；

（7）子公司注册的合法合规性，以及资本金的到位情况。

并购贷款专业团队应对并购交易合规性开展调查，应重点调查了解以下内容：

（1）并购交易涉及的法律法规；

（2）并购双方所属行业的产业政策；

（3）担保方式是否合法、合规。

并购贷款专业团队应对并购交易可行性进行调查，重点调查了解以下内容：

（1）并购交易的自有资金调查，包括自有资金来源、落实方式、成本、期限等；

（2）目标企业的股东和组织结构，以及直接控制人和相关股东对并购交易的态度；

（3）并购交易的方式（吸收合并、股权收购、资产收购等）；

（4）股权或资产的收购方式（协议转让、要约收购等）；

（5）目标公司的股权或资产溢价情况。

并购贷款专业团队在进行尽职调查时，应尽量从多渠道、多维度获取各方面信息，信息来源包括但不限于并购方、目标企业、并购方聘请的中介机构、独立第三方机构、互联网等，力求进行全面客观的分析评价。

第二十四条 商业银行可根据并购交易的复杂性、专业性和技术性，聘请中介机构进行有关调查并在风险评估时使用该中介机构的调查报告。

有前款所述情形的，商业银行应建立相应的中介机构管理制度，并通过书面合同明确中介机构的法律责任。

研读：

并购贷款作为定期贷款的一种，与其他类别贷款的一个显著区别在于高杠杆和并购交易带来的风险。高杠杆可以通过各项指标来控制，而并购交易风险中不确定因素很多，对这些风险识别和控制的效果，取决于并购贷款团队的能力。由银行内部组成的并购团队，不仅有助于控制成本，而且能更好地理解和贯彻银行内部的风险控制机制。《指引》第二十三条要求并购贷款银行应在内部组织并购贷款尽职调查和风险评估的专业团队，成员可包括但不限于并购专家、信贷专家、行业专家、法律专家和财务专家等。《指引》第二十四条又规定，根据并购交易的复杂性、专业性和技术性，银行可以聘请中介机构进行有关调查并在风险评估时使用该中介机构的调查报告。这说明银行一是可以聘请外部专家参与并购团队的调查工作，进行尽职调查和风险评估；二是银行可以直接聘请外部中介机构，负责尽职调查和风险评估。对于并购贷款银行而言，能否组建一个专业、富有经验的并购贷款团队，对于并购贷款的风险控制是非常重要的，银行应对内部或内外部组成的专业团队的经验和胜任能力进行评价和确认，从而提高并购贷款的成功率。

一般来说，聘请外部专家需要明确以下问题：

（1）专家的判断标准；

（2）需要外部专家哪方面的能力；

（3）由谁聘请，对谁负责，与银行风险管理部门是什么关系；

（4）外部专家对评估意见应当负哪些责任。

聘请外部中介机构需要明确以下问题：

（1）何时需要外部中介机构；

（2）需要什么样的外部中介机构；

（3）如何评价外部中介机构的胜任能力；

（4）由谁聘请，对谁负责，与银行风险管理部门是什么关系；

（5）尽职调查和风险评估的内容和要求，对外部中介机构应负的责任要求。

第二十五条 商业银行应要求借款人提供充足的能够覆盖并购贷款风险的担保，包括但不限于资产抵押、股权质押、第三方保证，以及符合法律规定的其他形式的担保。

原则上，商业银行对并购贷款所要求的担保条件应高于其他贷款种类。以目标企业股权质押时，商业银行应采用更为审慎的方法评估其股权价值和确定质押率。

研读：

并购贷款的最大特点是不以借款人的偿债能力作为借款的条件，而是以被并购对象的偿债能力作为条件。所以，在抵押担保环节上，经常是以被并购对象的股权和资产以及浮动资产作为抵押担保，如果不足，再用借款人自身的资产进行担保。

由于并购贷款的风险较一般的商业银行贷款风险高，所以，商业银行应审慎地评估并购后企业的未来现金流能否充分地覆盖并购贷款本息，在存在较大不确定性的前提下，并购贷款的借款人要提供充足的能够覆盖并购贷款风险的担保，担保方式包括但不限于资产抵押、股权质押、第三方保证，以及符合法律规定的其他形式的担保。

要求资产抵押的银行要调查资产是否为目标企业或并购方的合法

所有，是否设置抵押或已解除设置抵押。资产抵押登记严格按照《担保法》规定办理。

办理股权质押的股权应依法可以流通，即公司章程等内部规章法律文件对公司股权的质押转让未作出限制或禁止性规定，且此质押之前必须是未设立质押或有效质押已解除，即借款人对所质押的股权必须拥有完全的所有权。股票质押登记，则应当按照《物权法》的规定到证券登记机构办理出质登记。对于非上市公司股权质押，应当按照《物权法》和《工商行政管理机关股权出质登记办法》的规定，到工商行政管理部门办理出质登记。由于股权价值很大程度上取决于并购后目标企业的经营状况，且有较大的不确定性，因此，当企业以目标企业股权质押时，商业银行应采用更为审慎的方法评估其股权价值和确定质押率。

第三方保证担保要特别注意关联企业互相保证担保，而最终把风险全部转嫁给银行。

第二十六条　商业银行应根据并购贷款风险评估结果，审慎确定借款合同中贷款金额、期限、利率、分期还款计划、担保方式等基本条款的内容。

研读略。

第二十七条　商业银行应在借款合同中约定保护贷款人利益的关键条款，包括但不限于：

（一）对借款人或并购后企业重要财务指标的约束性条款；

　　（二）对借款人特定情形下获得的额外现金流用于提前还款的强制性条款；

　　（三）对借款人或并购后企业的主要或专用账户的监控条款；

　　（四）确保贷款人对重大事项知情权或认可权的借款人承诺条款。

研读：

　　经并购贷款专业团队审核，经办机构与申请人签订并购贷款业务合同，合同中应至少明确如下保护银行利益的关键条款。

对申请人或新设合并企业重要财务指标的约束性条款

　　在贷款存续期间内，商业银行可以对企业重要财务指标制定约束性条款，并在触犯条款约束时要求企业提前还款或提供抵押担保等。具体指标可以包括以下部分或全部：

　　（1）债务人的净资产；

　　（2）流动比率；

　　（3）偿债保障比率；

　　（4）贷款期保障比率；

　　（5）债务/资本比率，净资产负债率；

　　（6）息税折旧摊销前利润；

　　（7）EBITDA 利润率增长产生的现金流；

　　（8）贷款到期前，经营、投资和筹资活动产生的净现金流最低值。

约定提前还款的强制性条件

　　由于并购交易的目的具有特殊性，所以当借款人因战略变化、特殊事件等原因决定处置并购标的的一部分或全部时，或者由于其他原因从目标企业获得大笔现金（如目标企业处置自身资产而产生大量现金，或者减资、大额分红等，这些事件足以影响之后目标企业的公允价值)，商业银行应有权要求借款人提前偿还贷款。

除此之外，在下列情况下，贷款人可要求并购方及股东提前偿还贷款，并承担不能提前还款的违约责任：

(1) 并购交易被法院和政府命令停止或宣布无效；

(2) 并购无法完成交割或完成交割后无法移交或移交后并购方无法对目标企业获得实质性控制；

(3) 预计外的非不可抗力使得交易无法按计划进行或不能实现并购战略或无法确定是否能够实现；

(4) 法律或监管机构认定贷款不合法或贷款人出现公众知晓的流动性风险或外汇管制、国际金融封锁等国别风险，导致无法继续提供贷款，贷款人有权取消贷款。

约定对重大事项知情权或认可权的申请人承诺条款

通过这些条款，确保商业银行能够及时地监控并购贷款的风险，保护其合法权利：

(1) 通过完善债权人治理权落实债权人的知情权或同意权，如至少获得推荐一名董事席位或监事席位的表决权；完善并购后企业的治理，设立独立董事席位，使债权人享有外部独立董事推介权。

(2) 涉及如重要股东变化、重大投资变化等影响企业持续经营的重大事项，借款人应在第一时间通知债权人。

(3) 影响企业持续经营的重大事项需经过债权人同意才能调整。

(4) 若影响企业经营的重大事项未经债权人同意而变化，债权人应当视同已经危及贷款偿还，并有权决定是否提前收回贷款。

第二十八条　商业银行应通过本指引第二十七条所述的关键条款约定在并购双方出现以下情形时可采取的风险控制措施：

（一）重要股东的变化；

（二）重大投资项目变化；

（三）营运成本的异常变化；

（四）品牌、客户、市场渠道等的重大不利变化；

（五）产生新的重大债务或对外担保；

（六）重大资产出售；

（七）分红策略的重大变化；

（八）影响企业持续经营的其他重大事项。

研读略。

第二十九条　商业银行应在借款合同中约定提款条件以及与贷款支付使用相关的条款，提款条件应至少包括并购方自筹资金已足额到位和并购合规性条件已满足等内容。

研读：

只有在下述所有的条件已满足并获得贷款人满意时，借款人才有权利提取贷款，贷款人才有义务发放贷款：

（1）并购交易按照法律和章程的规定，获得了并购双方股东会、董事会、工会等机关的必要批准，并完成了涉及协议和文件的批准；

（2）并购交易需要的审批、行政许可已经获得批准，已经履行了必要的备案或核准程序；

（3）并购方自筹资金或支付对价已按照合同到位；

（4）贷款人律师已就借款人的法律地位、并购交易支付方式和条件、贷款协议相关事项以及贷款并购交易合同等发表法律意见；

（5）在每次提款前，所有与贷款有关的政策、法律没有发生变化，借款人没有发生违约事项等。

贷款人应约定并购贷款的用途以控制风险：

（1）贷款仅用于本次并购交易并完全依照所附的清单条件使用；

（2）按照并购方案实施交易，未经贷款人的同意，不得改变并购双方的交割、价格、担保和违约责任等实质性合同条件；

（3）未经贷款人同意，不得改变资金支付方式、分期支付额、支付时点；

（4）并购贷款不会用于未经贷款人同意的其他任何用途。

第三十条　商业银行应在借款合同中约定，借款人有义务在贷款存续期间定期报送并购双方、担保人的财务报表以及贷款人需要的其他相关资料。

研读：

商业银行应在借款合同中约定借款人有义务在贷款存续期内定期向贷款人提供相关材料，材料中应当至少包括并购双方、担保人的年度财务报表，还可以包括以下部分或者全部材料：

（1）企业的月、季、半年度财务报告；

（2）定期或临时股东会、董事会决议；

（3）企业履行社会责任的情况；

（4）税务部门纳税稽查情况；

（5）有关政府监管机构的定期或临时监察结果；

（6）任何第三方组织或机构公开或非公开对借款人的评价、评论或批评，任何执法、司法机构对借款人进行的调查（依法保密的除外）；

（7）借款人以及担保人受到任何执法、司法机构的处罚决定，或任何银行账户、财产采取了限制令；

（8）其他约定材料。

第三十一条 商业银行在贷款存续期间，应定期评估并购双方未来现金流的可预测性和稳定性，定期评估借款人的还款计划与还款来源是否匹配。

第三十二条 商业银行在贷款存续期间，应密切关注借款合同中关键条款的履行情况。

研读：

这两条规定一方面对商业银行在并购贷款存续期内的工作作出了要求，要求银行定期对并购方与目标企业的现金流的可预测性和稳定性进行评估，从而做到对贷款风险的及时监控。另一方面，这里也再次强调了，应对借款人的还款计划与还款来源是否匹配进行评估，判断是否应根据合同约定，要求借款人提前还款。

在贷款存续期间有效监管借款合同关键条款履行情况是比较困难的事情。《指引》中规定的行为方式包括：借款人有义务在贷款存续期间定期报送并购双方、担保人的财务报表以及贷款人需要的其他相关资料。并购贷款出现不良时，商业银行应及时采取贷款清收、保全，以及处置抵（质）押物、依法接管企业经营权等风险控制措施。

《指引》对有效监控提出了系统的要求，包括建立相应的限额控制体系、审慎确定借款合同内容、应定期评估并购双方财务状况、对并购贷款进行风险分类和计提拨备、至少每年对并购贷款业务进行内部检查和独立的内部审计并对其风险状况进行全面评估，等等。

> **第三十三条**　商业银行应按照不低于其他贷款种类的频率和标准对并购贷款进行风险分类和计提拨备。

研读略。

> **第三十四条**　并购贷款出现不良时，商业银行应及时采取贷款清收、保全，以及处置抵（质）押物、依法接管企业经营权等风险控制措施。

研读：

并购贷款与一般贷款的一个区别在于并购贷款往往以目标公司的股权作为质押。由于我国法律不允许银行持股，当企业贷款出现不良时，银行只能通过破产程序，由法院决定由谁担任管理人，银行并非必然能成为接管人。企业出现危机，银行作为最大的债权人，只能看着危机企业进一步恶化，却不能为挽回贷款损失、防止社会资源的浪费而有所作为。

然而，《指引》首次在监管规则中引入接管概念，要求贷款银行在特定情形下，依法接管企业，意义重大，也是并购贷款与传统贷款的一项不同。为此，还需要进一步完善《公司法》、《破产法》的立法或司法解释，使银行在接管企业上获得更大的主动权，参与推动危机企业的拯救，保全债权。同时，在现有法律和制度框架下，鼓励银行通过协议约定等方式，间接通过表决权委托、股权信托等方式，在出现危及贷款安全情形下，直接接管或委托第三方托管企业。

第三十五条　商业银行应明确并购贷款业务内部报告的内容、路线和频率，并应至少每年对并购贷款业务的合规性和资产价值变化进行内部检查和独立的内部审计，对其风险状况进行全面评估。

当出现并购贷款集中度趋高、风险分类趋降等情形时，商业银行应提高内部报告、检查和评估的频率。

第三十六条　商业银行在并购贷款不良率上升时应加强对以下内容的报告、检查和评估：

（一）并购贷款担保的方式、构成和覆盖贷款本息的情况；

（二）针对不良贷款所采取的清收和保全措施；

（三）处置质押股权的情况；

（四）依法接管企业经营权的情况；

（五）并购贷款的呆账核销情况。

研读略。

第四章　附　　则

第三十七条　本指引所称并购双方是指并购方与目标企业。

第三十八条　本指引由中国银行业监督管理委员会负责解释。

第三十九条　本指引自发布之日起施行。

研读略。

并购业务法律法规汇编

　　并购交易是否符合法律法规的规定和要求，是管理并购贷款风险时需要了解的一个重要方面。每一笔并购交易，根据它们在交易方、并购标的、交易结构等方面的差异，会涉及不同的法律法规。本篇将其中比较重要或在并购交易中经常涉及的部分法律法规摘录，以供读者参考，但是这些内容不能完全覆盖实际业务之所需，需要从业人员根据具体并购交易的内容，进一步搜寻所涉及的相关法律法规。同时，提请读者关注有关领域是否有新出台的法律法规，以及有关法律法规的修订、解释等。

中国银监会关于印发《商业银行并购贷款风险管理指引》的通知

2008 年 12 月 6 日　银监发［2008］84 号

各银监局，开发银行，各国有商业银行、股份制商业银行：

　　为规范银行并购贷款行为，提高银行并购贷款风险管理能力，加强银行业对经济结构调整和资源优化配置的支持力度，保持经济平稳较快发展，促进行业整合和产业升级，我会制订了《商业银行并购贷款风险管理指引》。现将该指引印发给你们，并就有关事项通知如下：

一、允许符合以下条件的商业银行法人机构开展并购贷款业务：

（一）有健全的风险管理和有效的内控机制；

（二）贷款损失专项准备充足率不低于100%；

（三）资本充足率不低于10%；

（四）一般准备余额不低于同期贷款余额的1%；

（五）有并购贷款尽职调查和风险评估的专业团队。

符合上述条件的商业银行在开展并购贷款业务前，应按照《商业银行并购贷款风险管理指引》制定相应的并购贷款业务流程和内控制度，向监管机构报告后实施。

商业银行开办并购贷款业务后，如发生不能持续满足以上所列条件的情况，应当停止办理新发生的并购贷款业务。

二、商业银行要深入贯彻落实科学发展观，按照依法合规、审慎经营、风险可控、商业可持续的原则积极稳妥地开展并购贷款业务，要在构建并购贷款全面风险管理框架、有效控制贷款风险的基础上，满足合理的并购融资需求。

三、银监会各级派出机构要加强对商业银行并购贷款业务的监督管理，定期开展现场检查和非现场监管，发现商业银行不符合并购贷款业务开办条件或违反《商业银行并购贷款风险管理指引》有关规定，不能有效控制并购贷款风险的，可依据有关法律法规采取责令商业银行暂停并购贷款业务等监管措施。

请各银监局将本通知转发至辖内各城市商业银行、农村商业银行、外商独资银行、中外合资银行。

商业银行并购贷款风险管理指引

第一章　总　　则

第一条　为规范商业银行并购贷款经营行为，提高商业银行并购贷款风险管理能力，促进银行业公平竞争，增强银行业竞争能力，维护银行业的合法、稳健运行，根据《中华人民共和国银行业监督管理法》、《中华人民共和国商业银行法》等法律法规，制定本指引。

第二条 本指引所称商业银行是指依照《中华人民共和国商业银行法》设立的商业银行法人机构。

第三条 本指引所称并购，是指境内并购方企业通过受让现有股权、认购新增股权，或收购资产、承接债务等方式以实现合并或实际控制已设立并持续经营的目标企业的交易行为。

并购可由并购方通过其专门设立的无其他业务经营活动的全资或控股子公司（以下称子公司）进行。

第四条 本指引所称并购贷款，是指商业银行向并购方或其子公司发放的，用于支付并购交易价款的贷款。

第五条 商业银行开展并购贷款业务应当遵循依法合规、审慎经营、风险可控、商业可持续的原则。

第六条 商业银行应制定并购贷款业务发展策略，包括但不限于明确发展并购贷款业务的目标、并购贷款业务的客户范围及其主要风险特征，以及并购贷款业务的风险承受限额等。

第七条 商业银行应按照管理强度高于其他贷款种类的原则建立相应的并购贷款管理制度和管理信息系统，确保业务流程、内控制度以及管理信息系统能够有效地识别、计量、监测和控制并购贷款的风险。

第二章 风险评估

第八条 商业银行应在全面分析战略风险、法律与合规风险、整合风险、经营风险以及财务风险等与并购有关的各项风险的基础上评估并购贷款的风险。

商业银行并购贷款涉及跨境交易的，还应分析国别风险、汇率风险和资金过境风险等。

第九条　商业银行评估战略风险，应从并购双方行业前景、市场结构、经营战略、管理团队、企业文化和股东支持等方面，包括但不限于分析以下内容：

（一）并购双方的产业相关度和战略相关性，以及可能形成的协同效应；

（二）并购双方从战略、管理、技术和市场整合等方面取得额外回报的机会；

（三）并购后的预期战略成效及企业价值增长的动力来源；

（四）并购后新的管理团队实现新战略目标的可能性；

（五）并购的投机性及相应风险控制对策；

（六）协同效应未能实现时，并购方可能采取的风险控制措施或退出策略。

第十条　商业银行评估法律与合规风险，包括但不限于分析以下内容：

（一）并购交易各方是否具备并购交易主体资格；

（二）并购交易是否按有关规定已经或即将获得批准，并履行必要的登记、公告等手续；

（三）法律法规对并购交易的资金来源是否有限制性规定；

（四）担保的法律结构是否合法有效并履行了必要的法定程序；

（五）借款人对还款现金流的控制是否合法合规；

（六）贷款人权利能否获得有效的法律保障；

（七）与并购、并购融资法律结构有关的其他方面的合规性。

第十一条　商业银行评估整合风险，包括但不限于分析并购双方是否有能力通过以下方面的整合实现协同效应：

（一）发展战略整合；

（二）组织整合；

（三）资产整合；

（四）业务整合；

（五）人力资源及文化整合。

第十二条　商业银行评估经营及财务风险，包括但不限于分析以下内容：

（一）并购后企业经营的主要风险，如行业发展和市场份额是否能保持稳定或呈增长趋势，公司治理是否有效，管理团队是否稳定并且具有足够能力，技术是否成熟并能提高企业竞争力，财务管理是否有效等；

（二）并购双方的未来现金流及其稳定程度；

（三）并购股权（或资产）定价高于目标企业股权（或资产）合理估值的风险；

（四）并购双方的分红策略及其对并购贷款还款来源造成的影响；

（五）并购中使用的固定收益类工具及其对并购贷款还款来源造成的影响；

（六）汇率和利率等因素变动对并购贷款还款来源造成的影响。

第十三条　商业银行应在全面分析与并购有关的各项风险的基础上，建立审慎的财务模型，测算并购双方未来财务数据，以及对并购贷款风险有重要影响的关键财务杠杆和偿债能力指标。

第十四条　商业银行应在财务模型测算的基础上，充分考虑各种不利情形对并购贷款风险的影响。

上述不利情形包括但不限于：

（一）并购双方的经营业绩（包括现金流）在还款期内未能保持稳定或呈增长趋势；

（二）并购双方的治理结构不健全，管理团队不稳定或不能胜任；

（三）并购后并购方与目标企业未能产生协同效应；

（四）并购方与目标企业存在关联关系，尤其是并购方与目标企业受同一实际控制人控制的情形。

第十五条　商业银行应在全面评估并购贷款风险的基础上，综合判断借款人的还款资金来源是否充足，还款来源与还款计划是否匹配，借款人是否能够按照合同约定支付贷款利息和本金等，并提出并购贷款质量下滑时可采取的应对措施或退出策略，形成贷款评审报告。

第三章　风险管理

第十六条　商业银行全部并购贷款余额占同期本行核心资本净额的比例不应超过50%。

第十七条　商业银行应按照本行并购贷款业务发展策略，分别按单个借款人、企业集团、行业类别对并购贷款集中度建立相应的限额控制体系。

商业银行对同一借款人的并购贷款余额占同期本行核心资本净额的比例不应超过5%。

第十八条　并购的资金来源中并购贷款所占比例不应高于50%。

第十九条　并购贷款期限一般不超过五年。

第二十条　商业银行应具有与其并购贷款业务规模和复杂程度相适应的足够数量的熟悉并购相关法律、财务、行业等知识的专业人员。

第二十一条　商业银行应在并购贷款业务受理、尽职调查、风险评估、合同签订、贷款发放、贷后管理等主要业务环节以及内部控制体系中加强专业化的管理与控制。

第二十二条　商业银行受理的并购贷款申请应符合以下基本条件：

（一）并购方依法合规经营，信用状况良好，没有信贷违约、逃废银行债务等不良记录；

（二）并购交易合法合规，涉及国家产业政策、行业准入、反垄断、国有资产转让等事项的，应按适用法律法规和政策要求，取得有关方面的批准和履行相关手续；

（三）并购方与目标企业之间具有较高的产业相关度或战略相关性，并购方通过并购能够获得目标企业的研发能力、关键技术与工艺、商标、特许权、供应或分销网络等战略性资源以提高其核心竞争能力。

第二十三条 商业银行应在内部组织并购贷款尽职调查和风险评估的专门团队，对本指引第九条到第十五条的内容进行调查、分析和评估，并形成书面报告。

前款所称专门团队的负责人应有三年以上并购从业经验，成员可包括但不限于并购专家、信贷专家、行业专家、法律专家和财务专家等。

第二十四条 商业银行可根据并购交易的复杂性、专业性和技术性，聘请中介机构进行有关调查并在风险评估时使用该中介机构的调查报告。

有前款所述情形的，商业银行应建立相应的中介机构管理制度，并通过书面合同明确中介机构的法律责任。

第二十五条 商业银行应要求借款人提供充足的能够覆盖并购贷款风险的担保，包括但不限于资产抵押、股权质押、第三方保证，以及符合法律规定的其他形式的担保。

原则上，商业银行对并购贷款所要求的担保条件应高于其他贷款种类。以目标企业股权质押时，商业银行应采用更为审慎的方法评估其股权价值和确定质押率。

第二十六条 商业银行应根据并购贷款风险评估结果，审慎确定借款合同中贷款金额、期限、利率、分期还款计划、担保方式等基本条款的内容。

第二十七条 商业银行应在借款合同中约定保护贷款人利益的关键条款，包括但不限于：

（一）对借款人或并购后企业重要财务指标的约束性条款；

（二）对借款人特定情形下获得的额外现金流用于提前还款的强制性条款；

（三）对借款人或并购后企业的主要或专用账户的监控条款；

（四）确保贷款人对重大事项知情权或认可权的借款人承诺条款。

第二十八条 商业银行应通过本指引第二十七条所述的关键条款约定在并购双方出现以下情形时可采取的风险控制措施：

（一）重要股东的变化；

（二）重大投资项目变化；

（三）营运成本的异常变化；

（四）品牌、客户、市场渠道等的重大不利变化；

（五）产生新的重大债务或对外担保；

（六）重大资产出售；

（七）分红策略的重大变化；

（八）影响企业持续经营的其他重大事项。

第二十九条 商业银行应在借款合同中约定提款条件以及与贷款支付使用相关的条款，提款条件应至少包括并购方自筹资金已足额到位和并购合规性条件已满足等内容。

第三十条 商业银行应在借款合同中约定，借款人有义务在贷款存续期间定期报送并购双方、担保人的财务报表以及贷款人需要的其他相关资料。

第三十一条 商业银行在贷款存续期间，应定期评估并购双方未来现金流的可预测性和稳定性，定期评估借款人的还款计划与还款来源是否匹配。

第三十二条 商业银行在贷款存续期间，应密切关注借款合同中关键条款的履行情况。

第三十三条　商业银行应按照不低于其他贷款种类的频率和标准对并购贷款进行风险分类和计提拨备。

第三十四条　并购贷款出现不良时，商业银行应及时采取贷款清收、保全，以及处置抵（质）押物、依法接管企业经营权等风险控制措施。

第三十五条　商业银行应明确并购贷款业务内部报告的内容、路线和频率，并应至少每年对并购贷款业务的合规性和资产价值变化进行内部检查和独立的内部审计，对其风险状况进行全面评估。

当出现并购贷款集中度趋高、风险分类趋降等情形时，商业银行应提高内部报告、检查和评估的频率。

第三十六条　商业银行在并购贷款不良率上升时应加强对以下内容的报告、检查和评估：

（一）并购贷款担保的方式、构成和覆盖贷款本息的情况；

（二）针对不良贷款所采取的清收和保全措施；

（三）处置质押股权的情况；

（四）依法接管企业经营权的情况；

（五）并购贷款的呆账核销情况。

第四章　附　　则

第三十七条　本指引所称并购双方是指并购方与目标企业。

第三十八条　本指引由中国银行业监督管理委员会负责解释。

第三十九条　本指引自发布之日起施行。

中华人民共和国证券法（2005 年修订）

（1998 年 12 月 29 日第九届全国人民代表大会常务委员会第六次会议通过，2004 年 8 月 28 日第十届全国人民代表大会常务委员会第十一次会议修正，2005 年 10 月 27 日第十届全国人民代表大会常务委员会第十八次会议修订，2005 年 10 月 27 日中华人民共和国主席令第四十三号公布，自 2006 年 1 月 1 日起施行）

第一章 总 则

第一条 为了规范证券发行和交易行为，保护投资者的合法权益，维护社会经济秩序和社会公共利益，促进社会主义市场经济的发展，制定本法。

第二条 在中华人民共和国境内，股票、公司债券和国务院依法认定的其他证券的发行和交易，适用本法；本法未规定的，适用《中华人民共和国公司法》和其他法律、行政法规的规定。

政府债券、证券投资基金份额的上市交易，适用本法；其他法律、行政法规另有规定的，适用其规定。

证券衍生品种发行、交易的管理办法，由国务院依照本法的原则规定。

第三条 证券的发行、交易活动，必须实行公开、公平、公正的原则。

第四条 证券发行、交易活动的当事人具有平等的法律地位，应当遵守自愿、有偿、诚实信用的原则。

第五条 证券的发行、交易活动，必须遵守法律、行政法规；禁止欺诈、内幕交易和操纵证券市场的行为。

第六条　证券业和银行业、信托业、保险业实行分业经营、分业管理，证券公司与银行、信托、保险业务机构分别设立。国家另有规定的除外。

第七条　国务院证券监督管理机构依法对全国证券市场实行集中统一监督管理。

国务院证券监督管理机构根据需要可以设立派出机构，按照授权履行监督管理职责。

第八条　在国家对证券发行、交易活动实行集中统一监督管理的前提下，依法设立证券业协会，实行自律性管理。

第九条　国家审计机关依法对证券交易所、证券公司、证券登记结算机构、证券监督管理机构进行审计监督。

第二章　证券发行

第十条　公开发行证券，必须符合法律、行政法规规定的条件，并依法报经国务院证券监督管理机构或者国务院授权的部门核准；未经依法核准，任何单位和个人不得公开发行证券。

有下列情形之一的，为公开发行：

（一）向不特定对象发行证券的；

（二）向特定对象发行证券累计超过二百人的；

（三）法律、行政法规规定的其他发行行为。

非公开发行证券，不得采用广告、公开劝诱和变相公开方式。

第十一条　发行人申请公开发行股票、可转换为股票的公司债券，依法采取承销方式的，或者公开发行法律、行政法规规定实行保荐制度的其他证券的，应当聘请具有保荐资格的机构担任保荐人。

保荐人应当遵守业务规则和行业规范，诚实守信，勤勉尽责，对发行人的申请文件和信息披露资料进行审慎核查，督导发行人规范运作。

保荐人的资格及其管理办法由国务院证券监督管理机构规定。

第十二条 设立股份有限公司公开发行股票，应当符合《中华人民共和国公司法》规定的条件和经国务院批准的国务院证券监督管理机构规定的其他条件，向国务院证券监督管理机构报送募股申请和下列文件：

（一）公司章程；

（二）发起人协议；

（三）发起人姓名或者名称，发起人认购的股份数、出资种类及验资证明；

（四）招股说明书；

（五）代收股款银行的名称及地址；

（六）承销机构名称及有关的协议。

依照本法规定聘请保荐人的，还应当报送保荐人出具的发行保荐书。

法律、行政法规规定设立公司必须报经批准的，还应当提交相应的批准文件。

第十三条 公司公开发行新股，应当符合下列条件：

（一）具备健全且运行良好的组织机构。

（二）具有持续盈利能力，财务状况良好。

（三）最近三年财务会计文件无虚假记载，无其他重大违法行为。

（四）经国务院批准的国务院证券监督管理机构规定的其他条件。

上市公司非公开发行新股，应当符合经国务院批准的国务院证券监督管理机构规定的条件，并报国务院证券监督管理机构核准。

第十四条 公司公开发行新股，应当向国务院证券监督管理机构报送募股申请和下列文件：

（一）公司营业执照；

（二）公司章程；

（三）股东大会决议；

（四）招股说明书；

（五）财务会计报告；

（六）代收股款银行的名称及地址；

（七）承销机构名称及有关的协议。

依照本法规定聘请保荐人的，还应当报送保荐人出具的发行保荐书。

第十五条　公司对公开发行股票所募集资金，必须按照招股说明书所列资金用途使用。改变招股说明书所列资金用途，必须经股东大会作出决议。擅自改变用途而未作纠正的，或者未经股东大会认可的，不得公开发行新股。

第十六条　公开发行公司债券，应当符合下列条件：

（一）股份有限公司的净资产不低于人民币三千万元，有限责任公司的净资产不低于人民币六千万元；

（二）累计债券余额不超过公司净资产的百分之四十；

（三）最近三年平均可分配利润足以支付公司债券一年的利息；

（四）筹集的资金投向符合国家产业政策；

（五）债券的利率不超过国务院限定的利率水平；

（六）国务院规定的其他条件。

公开发行公司债券筹集的资金，必须用于核准的用途，不得用于弥补亏损和非生产性支出。

上市公司发行可转换为股票的公司债券，除应当符合第一款规定的条件外，还应当符合本法关于公开发行股票的条件，并报国务院证券监督管理机构核准。

第十七条　申请公开发行公司债券，应当向国务院授权的部门或者国务院证券监督管理机构报送下列文件：

（一）公司营业执照；

（二）公司章程；

（三）公司债券募集办法；

（四）资产评估报告和验资报告；

（五）国务院授权的部门或者国务院证券监督管理机构规定的其他文件。

依照本法规定聘请保荐人的，还应当报送保荐人出具的发行保荐书。

第十八条　有下列情形之一的，不得再次公开发行公司债券：

（一）前一次公开发行的公司债券尚未募足；

（二）对已公开发行的公司债券或者其他债务有违约或者延迟支付本息的事实，仍处于继续状态；

（三）违反本法规定，改变公开发行公司债券所募资金的用途。

第十九条　发行人依法申请核准发行证券所报送的申请文件的格式、报送方式，由依法负责核准的机构或者部门规定。

第二十条　发行人向国务院证券监督管理机构或者国务院授权的部门报送的证券发行申请文件，必须真实、准确、完整。

为证券发行出具有关文件的证券服务机构和人员，必须严格履行法定职责，保证其所出具文件的真实性、准确性和完整性。

第二十一条　发行人申请首次公开发行股票的，在提交申请文件后，应当按照国务院证券监督管理机构的规定预先披露有关申请文件。

第二十二条　国务院证券监督管理机构设发行审核委员会，依法审核股票发行申请。

发行审核委员会由国务院证券监督管理机构的专业人员和所聘请的该机构外的有关专家组成，以投票方式对股票发行申请进行表决，提出审核意见。

发行审核委员会的具体组成办法、组成人员任期、工作程序，由国务院证券监督管理机构规定。

第二十三条 国务院证券监督管理机构依照法定条件负责核准股票发行申请。核准程序应当公开，依法接受监督。

参与审核和核准股票发行申请的人员，不得与发行申请人有利害关系，不得直接或者间接接受发行申请人的馈赠，不得持有所核准的发行申请的股票，不得私下与发行申请人进行接触。

国务院授权的部门对公司债券发行申请的核准，参照前两款的规定执行。

第二十四条 国务院证券监督管理机构或者国务院授权的部门应当自受理证券发行申请文件之日起三个月内，依照法定条件和法定程序作出予以核准或者不予核准的决定，发行人根据要求补充、修改发行申请文件的时间不计算在内；不予核准的，应当说明理由。

第二十五条 证券发行申请经核准，发行人应当依照法律、行政法规的规定，在证券公开发行前，公告公开发行募集文件，并将该文件置备于指定场所供公众查阅。

发行证券的信息依法公开前，任何知情人不得公开或者泄露该信息。

发行人不得在公告公开发行募集文件前发行证券。

第二十六条 国务院证券监督管理机构或者国务院授权的部门对已作出的核准证券发行的决定，发现不符合法定条件或者法定程序，尚未发行证券的，应当予以撤销，停止发行。已经发行尚未上市的，撤销发行核准决定，发行人应当按照发行价并加算银行同期存款利息返还证券持有人；保荐人应当与发行人承担连带责任，但是能够证明自己没有过错的除外；发行人的控股股东、实际控制人有过错的，应当与发行人承担连带责任。

第二十七条 股票依法发行后，发行人经营与收益的变化，由发行人自行负责；由此变化引致的投资风险，由投资者自行负责。

第二十八条　发行人向不特定对象发行的证券，法律、行政法规规定应当由证券公司承销的，发行人应当同证券公司签订承销协议。证券承销业务采取代销或者包销方式。

证券代销是指证券公司代发行人发售证券，在承销期结束时，将未售出的证券全部退还给发行人的承销方式。

证券包销是指证券公司将发行人的证券按照协议全部购入或者在承销期结束时将售后剩余证券全部自行购入的承销方式。

第二十九条　公开发行证券的发行人有权依法自主选择承销的证券公司。证券公司不得以不正当竞争手段招揽证券承销业务。

第三十条　证券公司承销证券，应当同发行人签订代销或者包销协议，载明下列事项：

（一）当事人的名称、住所及法定代表人姓名；

（二）代销、包销证券的种类、数量、金额及发行价格；

（三）代销、包销的期限及起止日期；

（四）代销、包销的付款方式及日期；

（五）代销、包销的费用和结算办法；

（六）违约责任；

（七）国务院证券监督管理机构规定的其他事项。

第三十一条　证券公司承销证券，应当对公开发行募集文件的真实性、准确性、完整性进行核查；发现有虚假记载、误导性陈述或者重大遗漏的，不得进行销售活动；已经销售的，必须立即停止销售活动，并采取纠正措施。

第三十二条　向不特定对象发行的证券票面总值超过人民币五千万元的，应当由承销团承销。承销团应当由主承销和参与承销的证券公司组成。

第三十三条　证券的代销、包销期限最长不得超过九十日。

证券公司在代销、包销期内，对所代销、包销的证券应当保证先行出售给认购人，证券公司不得为本公司预留所代销的证券和预先购入并留存所包销的证券。

第三十四条　股票发行采取溢价发行的，其发行价格由发行人与承销的证券公司协商确定。

第三十五条　股票发行采用代销方式，代销期限届满，向投资者出售的股票数量未达到拟公开发行股票数量百分之七十的，为发行失败。发行人应当按照发行价并加算银行同期存款利息返还股票认购人。

第三十六条　公开发行股票，代销、包销期限届满，发行人应当在规定的期限内将股票发行情况报国务院证券监督管理机构备案。

第三章　证券交易

第一节　一般规定

第三十七条　证券交易当事人依法买卖的证券，必须是依法发行并交付的证券。

非依法发行的证券，不得买卖。

第三十八条　依法发行的股票、公司债券及其他证券，法律对其转让期限有限制性规定的，在限定的期限内不得买卖。

第三十九条　依法公开发行的股票、公司债券及其他证券，应当在依法设立的证券交易所上市交易或者在国务院批准的其他证券交易场所转让。

第四十条　证券在证券交易所上市交易，应当采用公开的集中交易方式或者国务院证券监督管理机构批准的其他方式。

第四十一条　证券交易当事人买卖的证券可以采用书面形式或者国务院证券监督管理机构规定的其他形式。

第四十二条　证券交易以现货和国务院规定的其他方式进行交

易。

第四十三条 证券交易所、证券公司和证券登记结算机构的从业人员、证券监督管理机构的工作人员以及法律、行政法规禁止参与股票交易的其他人员，在任期或者法定限期内，不得直接或者以化名、借他人名义持有、买卖股票，也不得收受他人赠送的股票。

任何人在成为前款所列人员时，其原已持有的股票，必须依法转让。

第四十四条 证券交易所、证券公司、证券登记结算机构必须依法为客户开立的账户保密。

第四十五条 为股票发行出具审计报告、资产评估报告或者法律意见书等文件的证券服务机构和人员，在该股票承销期内和期满后六个月内，不得买卖该种股票。

除前款规定外，为上市公司出具审计报告、资产评估报告或者法律意见书等文件的证券服务机构和人员，自接受上市公司委托之日起至上述文件公开后五日内，不得买卖该种股票。

第四十六条 证券交易的收费必须合理，并公开收费项目、收费标准和收费办法。

证券交易的收费项目、收费标准和管理办法由国务院有关主管部门统一规定。

第四十七条 上市公司董事、监事、高级管理人员、持有上市公司股份百分之五以上的股东，将其持有的该公司的股票在买入后六个月内卖出，或者在卖出后六个月内又买入，由此所得收益归该公司所有，公司董事会应当收回其所得收益。但是，证券公司因包销购入售后剩余股票而持有百分之五以上股份的，卖出该股票不受六个月时间限制。

公司董事会不按照前款规定执行的，股东有权要求董事会在三十日内执行。公司董事会未在上述期限内执行的，股东有权为了公司的利益以自己的名义直接向人民法院提起诉讼。

公司董事会不按照第一款的规定执行的，负有责任的董事依法承担连带责任。

第二节　证券上市

第四十八条　申请证券上市交易，应当向证券交易所提出申请，由证券交易所依法审核同意，并由双方签订上市协议。

证券交易所根据国务院授权的部门的决定安排政府债券上市交易。

第四十九条　申请股票、可转换为股票的公司债券或者法律、行政法规规定实行保荐制度的其他证券上市交易，应当聘请具有保荐资格的机构担任保荐人。

本法第十一条第二款、第三款的规定适用于上市保荐人。

第五十条　股份有限公司申请股票上市，应当符合下列条件：

（一）股票经国务院证券监督管理机构核准已公开发行。

（二）公司股本总额不少于人民币三千万元。

（三）公开发行的股份达到公司股份总数的百分之二十五以上；公司股本总额超过人民币四亿元的，公开发行股份的比例为百分之十以上。

（四）公司最近三年无重大违法行为，财务会计报告无虚假记载。

证券交易所可以规定高于前款规定的上市条件，并报国务院证券监督管理机构批准。

第五十一条　国家鼓励符合产业政策并符合上市条件的公司股票上市交易。

第五十二条　申请股票上市交易，应当向证券交易所报送下列文件：

（一）上市报告书；

（二）申请股票上市的股东大会决议；

（三）公司章程；

（四）公司营业执照；

（五）依法经会计师事务所审计的公司最近三年的财务会计报告；

（六）法律意见书和上市保荐书；

（七）最近一次的招股说明书；

（八）证券交易所上市规则规定的其他文件。

第五十三条　股票上市交易申请经证券交易所审核同意后，签订上市协议的公司应当在规定的期限内公告股票上市的有关文件，并将该文件置备于指定场所供公众查阅。

第五十四条　签订上市协议的公司除公告前条规定的文件外，还应当公告下列事项：

（一）股票获准在证券交易所交易的日期；

（二）持有公司股份最多的前十名股东的名单和持股数额；

（三）公司的实际控制人；

（四）董事、监事、高级管理人员的姓名及其持有本公司股票和债券的情况。

第五十五条　上市公司有下列情形之一的，由证券交易所决定暂停其股票上市交易：

（一）公司股本总额、股权分布等发生变化不再具备上市条件；

（二）公司不按照规定公开其财务状况，或者对财务会计报告作虚假记载，可能误导投资者；

（三）公司有重大违法行为；

（四）公司最近三年连续亏损；

（五）证券交易所上市规则规定的其他情形。

第五十六条　上市公司有下列情形之一的，由证券交易所决定终止其股票上市交易：

（一）公司股本总额、股权分布等发生变化不再具备上市条件，在证券交易所规定的期限内仍不能达到上市条件；

（二）公司不按照规定公开其财务状况，或者对财务会计报告作虚假记载，且拒绝纠正；

（三）公司最近三年连续亏损，在其后一个年度内未能恢复盈利；

（四）公司解散或者被宣告破产；

（五）证券交易所上市规则规定的其他情形。

第五十七条　公司申请公司债券上市交易，应当符合下列条件：

（一）公司债券的期限为一年以上；

（二）公司债券实际发行额不少于人民币五千万元；

（三）公司申请债券上市时仍符合法定的公司债券发行条件。

第五十八条　申请公司债券上市交易，应当向证券交易所报送下列文件：

（一）上市报告书；

（二）申请公司债券上市的董事会决议；

（三）公司章程；

（四）公司营业执照；

（五）公司债券募集办法；

（六）公司债券的实际发行数额；

（七）证券交易所上市规则规定的其他文件。

申请可转换为股票的公司债券上市交易，还应当报送保荐人出具的上市保荐书。

第五十九条　公司债券上市交易申请经证券交易所审核同意后，签订上市协议的公司应当在规定的期限内公告公司债券上市文件及有关文件，并将其申请文件置备于指定场所供公众查阅。

第六十条　公司债券上市交易后，公司有下列情形之一的，由证券交易所决定暂停其公司债券上市交易：

（一）公司有重大违法行为；

（二）公司情况发生重大变化不符合公司债券上市条件；

（三）发行公司债券所募集的资金不按照核准的用途使用；

（四）未按照公司债券募集办法履行义务；

（五）公司最近二年连续亏损。

第六十一条　公司有前条第（一）项、第（四）项所列情形之一经查实后果严重的，或者有前条第（二）项、第（三）项、第（五）项所列情形之一，在限期内未能消除的，由证券交易所决定终止其公司债券上市交易。

公司解散或者被宣告破产的，由证券交易所终止其公司债券上市交易。

第六十二条　对证券交易所作出的不予上市、暂停上市、终止上市决定不服的，可以向证券交易所设立的复核机构申请复核。

第三节　持续信息公开

第六十三条　发行人、上市公司依法披露的信息，必须真实、准确、完整，不得有虚假记载、误导性陈述或者重大遗漏。

第六十四条　经国务院证券监督管理机构核准依法公开发行股票，或者经国务院授权的部门核准依法公开发行公司债券，应当公告招股说明书、公司债券募集办法。依法公开发行新股或者公司债券的，还应当公告财务会计报告。

第六十五条　上市公司和公司债券上市交易的公司，应当在每一会计年度的上半年结束之日起二个月内，向国务院证券监督管理机构和证券交易所报送记载以下内容的中期报告，并予公告：

（一）公司财务会计报告和经营情况；

（二）涉及公司的重大诉讼事项；

（三）已发行的股票、公司债券变动情况；

（四）提交股东大会审议的重要事项；

（五）国务院证券监督管理机构规定的其他事项。

第六十六条　上市公司和公司债券上市交易的公司，应当在每一会计年度结束之日起四个月内，向国务院证券监督管理机构和证券交易所报送记载以下内容的年度报告，并予公告：

（一）公司概况；

（二）公司财务会计报告和经营情况；

（三）董事、监事、高级管理人员简介及其持股情况；

（四）已发行的股票、公司债券情况，包括持有公司股份最多的前十名股东的名单和持股数额；

（五）公司的实际控制人；

（六）国务院证券监督管理机构规定的其他事项。

第六十七条　发生可能对上市公司股票交易价格产生较大影响的重大事件，投资者尚未得知时，上市公司应当立即将有关该重大事件的情况向国务院证券监督管理机构和证券交易所报送临时报告，并予公告，说明事件的起因、目前的状态和可能产生的法律后果。

下列情况为前款所称重大事件：

（一）公司的经营方针和经营范围的重大变化；

（二）公司的重大投资行为和重大的购置财产的决定；

（三）公司订立重要合同，可能对公司的资产、负债、权益和经营成果产生重要影响；

（四）公司发生重大债务和未能清偿到期重大债务的违约情况；

（五）公司发生重大亏损或者重大损失；

（六）公司生产经营的外部条件发生的重大变化；

（七）公司的董事、三分之一以上监事或者经理发生变动；

（八）持有公司百分之五以上股份的股东或者实际控制人，其持有股份或者控制公司的情况发生较大变化；

（九）公司减资、合并、分立、解散及申请破产的决定；

（十）涉及公司的重大诉讼，股东大会、董事会决议被依法撤销或者宣告无效；

（十一）公司涉嫌犯罪被司法机关立案调查，公司董事、监事、高级管理人员涉嫌犯罪被司法机关采取强制措施；

（十二）国务院证券监督管理机构规定的其他事项。

第六十八条　上市公司董事、高级管理人员应当对公司定期报告签署书面确认意见。

上市公司监事会应当对董事会编制的公司定期报告进行审核并提出书面审核意见。

上市公司董事、监事、高级管理人员应当保证上市公司所披露的信息真实、准确、完整。

第六十九条　发行人、上市公司公告的招股说明书、公司债券募集办法、财务会计报告、上市报告文件、年度报告、中期报告、临时报告以及其他信息披露资料，有虚假记载、误导性陈述或者重大遗漏，致使投资者在证券交易中遭受损失的，发行人、上市公司应当承担赔偿责任；发行人、上市公司的董事、监事、高级管理人员和其他直接责任人员以及保荐人、承销的证券公司，应当与发行人、上市公司承担连带赔偿责任，但是能够证明自己没有过错的除外；发行人、上市公司的控股股东、实际控制人有过错的，应当与发行人、上市公司承担连带赔偿责任。

第七十条　依法必须披露的信息，应当在国务院证券监督管理机构指定的媒体发布，同时将其置备于公司住所、证券交易所，供社会公众查阅。

第七十一条　国务院证券监督管理机构对上市公司年度报告、中期报告、临时报告以及公告的情况进行监督，对上市公司分派或者配售新股的情况进行监督，对上市公司控股股东和信息披露义务人的行为进行监督。

证券监督管理机构、证券交易所、保荐人、承销的证券公司及有关人员，对公司依照法律、行政法规规定必须作出的公告，在公告前不得泄露其内容。

第七十二条　证券交易所决定暂停或者终止证券上市交易的，应当及时公告，并报国务院证券监督管理机构备案。

第四节　禁止的交易行为

第七十三条　禁止证券交易内幕信息的知情人和非法获取内幕信息的人利用内幕信息从事证券交易活动。

第七十四条　证券交易内幕信息的知情人包括：

（一）发行人的董事、监事、高级管理人员；

（二）持有公司百分之五以上股份的股东及其董事、监事、高级管理人员，公司的实际控制人及其董事、监事、高级管理人员；

（三）发行人控股的公司及其董事、监事、高级管理人员；

（四）由于所任公司职务可以获取公司有关内幕信息的人员；

（五）证券监督管理机构工作人员以及由于法定职责对证券的发行、交易进行管理的其他人员；

（六）保荐人、承销的证券公司、证券交易所、证券登记结算机构、证券服务机构的有关人员；

（七）国务院证券监督管理机构规定的其他人。

第七十五条　证券交易活动中，涉及公司的经营、财务或者对该公司证券的市场价格有重大影响的尚未公开的信息，为内幕信息。

下列信息皆属内幕信息：

（一）本法第六十七条第二款所列重大事件；

（二）公司分配股利或者增资的计划；

（三）公司股权结构的重大变化；

（四）公司债务担保的重大变更；

（五）公司营业用主要资产的抵押、出售或者报废一次超过该资产的百分之三十；

（六）公司的董事、监事、高级管理人员的行为可能依法承担重大损害赔偿责任；

（七）上市公司收购的有关方案；

（八）国务院证券监督管理机构认定的对证券交易价格有显著影响的其他重要信息。

第七十六条 证券交易内幕信息的知情人和非法获取内幕信息的人，在内幕信息公开前，不得买卖该公司的证券，或者泄露该信息，或者建议他人买卖该证券。

持有或者通过协议、其他安排与他人共同持有公司百分之五以上股份的自然人、法人、其他组织收购上市公司的股份，本法另有规定的，适用其规定。

内幕交易行为给投资者造成损失的，行为人应当依法承担赔偿责任。

第七十七条 禁止任何人以下列手段操纵证券市场：

（一）单独或者通过合谋，集中资金优势、持股优势或者利用信息优势联合或者连续买卖，操纵证券交易价格或者证券交易量；

（二）与他人串通，以事先约定的时间、价格和方式相互进行证券交易，影响证券交易价格或者证券交易量；

（三）在自己实际控制的账户之间进行证券交易，影响证券交易价格或者证券交易量；

（四）以其他手段操纵证券市场。

操纵证券市场行为给投资者造成损失的，行为人应当依法承担赔偿责任。

第七十八条 禁止国家工作人员、传播媒介从业人员和有关人员编造、传播虚假信息，扰乱证券市场。

禁止证券交易所、证券公司、证券登记结算机构、证券服务机构及其从业人员，证券业协会、证券监督管理机构及其工作人员，在证券交易活动中作出虚假陈述或者信息误导。

各种传播媒介传播证券市场信息必须真实、客观，禁止误导。

第七十九条 禁止证券公司及其从业人员从事下列损害客户利益的欺诈行为：

（一）违背客户的委托为其买卖证券；

（二）不在规定时间内向客户提供交易的书面确认文件；

（三）挪用客户所委托买卖的证券或者客户账户上的资金；

（四）未经客户的委托，擅自为客户买卖证券，或者假借客户的名义买卖证券；

（五）为牟取佣金收入，诱使客户进行不必要的证券买卖；

（六）利用传播媒介或者通过其他方式提供、传播虚假或者误导投资者的信息；

（七）其他违背客户真实意思表示，损害客户利益的行为。

欺诈客户行为给客户造成损失的，行为人应当依法承担赔偿责任。

第八十条 禁止法人非法利用他人账户从事证券交易；禁止法人出借自己或者他人的证券账户。

第八十一条 依法拓宽资金入市渠道，禁止资金违规流入股市。

第八十二条 禁止任何人挪用公款买卖证券。

第八十三条 国有企业和国有资产控股的企业买卖上市交易的股票，必须遵守国家有关规定。

第八十四条 证券交易所、证券公司、证券登记结算机构、证券服务机构及其从业人员对证券交易中发现的禁止的交易行为，应当及时向证券监督管理机构报告。

第四章　上市公司的收购

第八十五条　投资者可以采取要约收购、协议收购及其他合法方式收购上市公司。

第八十六条　通过证券交易所的证券交易，投资者持有或者通过协议、其他安排与他人共同持有一个上市公司已发行的股份达到百分之五时，应当在该事实发生之日起三日内，向国务院证券监督管理机构、证券交易所作出书面报告，通知该上市公司，并予公告；在上述期限内，不得再行买卖该上市公司的股票。

投资者持有或者通过协议、其他安排与他人共同持有一个上市公司已发行的股份达到百分之五后，其所持该上市公司已发行的股份比例每增加或者减少百分之五，应当依照前款规定进行报告和公告。在报告期限内和作出报告、公告后二日内，不得再行买卖该上市公司的股票。

第八十七条　依照前条规定所作的书面报告和公告，应当包括下列内容：

（一）持股人的名称、住所；

（二）持有的股票的名称、数额；

（三）持股达到法定比例或者持股增减变化达到法定比例的日期。

第八十八条　通过证券交易所的证券交易，投资者持有或者通过协议、其他安排与他人共同持有一个上市公司已发行的股份达到百分之三十时，继续进行收购的，应当依法向该上市公司所有股东发出收购上市公司全部或者部分股份的要约。

收购上市公司部分股份的收购要约应当约定，被收购公司股东承诺出售的股份数额超过预定收购的股份数额的，收购人按比例进行收购。

第八十九条　依照前条规定发出收购要约，收购人必须事先向国务院证券监督管理机构报送上市公司收购报告书，并载明下列事项：

（一）收购人的名称、住所；

（二）收购人关于收购的决定；

（三）被收购的上市公司名称；

（四）收购目的；

（五）收购股份的详细名称和预定收购的股份数额；

（六）收购期限、收购价格；

（七）收购所需资金额及资金保证；

（八）报送上市公司收购报告书时持有被收购公司股份数占该公司已发行的股份总数的比例。

收购人还应当将上市公司收购报告书同时提交证券交易所。

第九十条　收购人在依照前条规定报送上市公司收购报告书之日起十五日后，公告其收购要约。在上述期限内，国务院证券监督管理机构发现上市公司收购报告书不符合法律、行政法规规定的，应当及时告知收购人，收购人不得公告其收购要约。

收购要约约定的收购期限不得少于三十日，并不得超过六十日。

第九十一条　在收购要约确定的承诺期限内，收购人不得撤销其收购要约。收购人需要变更收购要约的，必须事先向国务院证券监督管理机构及证券交易所提出报告，经批准后，予以公告。

第九十二条　收购要约提出的各项收购条件，适用于被收购公司的所有股东。

第九十三条　采取要约收购方式的，收购人在收购期限内，不得卖出被收购公司的股票，也不得采取要约规定以外的形式和超出要约的条件买入被收购公司的股票。

第九十四条　采取协议收购方式的，收购人可以依照法律、行政法规的规定同被收购公司的股东以协议方式进行股份转让。

以协议方式收购上市公司时，达成协议后，收购人必须在三日内将该收购协议向国务院证券监督管理机构及证券交易所作出书面报告，并予公告。

在公告前不得履行收购协议。

第九十五条 采取协议收购方式的，协议双方可以临时委托证券登记结算机构保管协议转让的股票，并将资金存放于指定的银行。

第九十六条 采取协议收购方式的，收购人收购或者通过协议、其他安排与他人共同收购一个上市公司已发行的股份达到百分之三十时，继续进行收购的，应当向该上市公司所有股东发出收购上市公司全部或者部分股份的要约。但是，经国务院证券监督管理机构免除发出要约的除外。

收购人依照前款规定以要约方式收购上市公司股份，应当遵守本法第八十九条至第九十三条的规定。

第九十七条 收购期限届满，被收购公司股权分布不符合上市条件的，该上市公司的股票应当由证券交易所依法终止上市交易；其余仍持有被收购公司股票的股东，有权向收购人以收购要约的同等条件出售其股票，收购人应当收购。

收购行为完成后，被收购公司不再具备股份有限公司条件的，应当依法变更企业形式。

第九十八条 在上市公司收购中，收购人持有的被收购的上市公司的股票，在收购行为完成后的十二个月内不得转让。

第九十九条 收购行为完成后，收购人与被收购公司合并，并将该公司解散的，被解散公司的原有股票由收购人依法更换。

第一百条 收购行为完成后，收购人应当在十五日内将收购情况报告国务院证券监督管理机构和证券交易所，并予公告。

第一百零一条 收购上市公司中由国家授权投资的机构持有的股份，应当按照国务院的规定，经有关主管部门批准。

国务院证券监督管理机构应当依照本法的原则制定上市公司收购

的具体办法。

第五章　证券交易所

第一百零二条　证券交易所是为证券集中交易提供场所和设施，组织和监督证券交易，实行自律管理的法人。

证券交易所的设立和解散，由国务院决定。

第一百零三条　设立证券交易所必须制定章程。

证券交易所章程的制定和修改，必须经国务院证券监督管理机构批准。

第一百零四条　证券交易所必须在其名称中标明证券交易所字样。其他任何单位或者个人不得使用证券交易所或者近似的名称。

第一百零五条　证券交易所可以自行支配的各项费用收入，应当首先用于保证其证券交易场所和设施的正常运行并逐步改善。

实行会员制的证券交易所的财产积累归会员所有，其权益由会员共同享有，在其存续期间，不得将其财产积累分配给会员。

第一百零六条　证券交易所设理事会。

第一百零七条　证券交易所设总经理一人，由国务院证券监督管理机构任免。

第一百零八条　有《中华人民共和国公司法》第一百四十七条规定的情形或者下列情形之一的，不得担任证券交易所的负责人：

（一）因违法行为或者违纪行为被解除职务的证券交易所、证券登记结算机构的负责人或者证券公司的董事、监事、高级管理人员，自被解除职务之日起未逾五年；

（二）因违法行为或者违纪行为被撤销资格的律师、注册会计师或者投资咨询机构、财务顾问机构、资信评级机构、资产评估机构、验证机构的专业人员，自被撤销资格之日起未逾五年。

第一百零九条　因违法行为或者违纪行为被开除的证券交易所、

证券登记结算机构、证券服务机构、证券公司的从业人员和被开除的国家机关工作人员，不得招聘为证券交易所的从业人员。

第一百一十条　进入证券交易所参与集中交易的，必须是证券交易所的会员。

第一百一十一条　投资者应当与证券公司签订证券交易委托协议，并在证券公司开立证券交易账户，以书面、电话以及其他方式，委托该证券公司代其买卖证券。

第一百一十二条　证券公司根据投资者的委托，按照证券交易规则提出交易申报，参与证券交易所场内的集中交易，并根据成交结果承担相应的清算交收责任；证券登记结算机构根据成交结果，按照清算交收规则，与证券公司进行证券和资金的清算交收，并为证券公司客户办理证券的登记过户手续。

第一百一十三条　证券交易所应当为组织公平的集中交易提供保障，公布证券交易即时行情，并按交易日制作证券市场行情表，予以公布。

未经证券交易所许可，任何单位和个人不得发布证券交易即时行情。

第一百一十四条　因突发性事件而影响证券交易的正常进行时，证券交易所可以采取技术性停牌的措施；因不可抗力的突发性事件或者为维护证券交易的正常秩序，证券交易所可以决定临时停市。

证券交易所采取技术性停牌或者决定临时停市，必须及时报告国务院证券监督管理机构。

第一百一十五条　证券交易所对证券交易实行实时监控，并按照国务院证券监督管理机构的要求，对异常的交易情况提出报告。

证券交易所应当对上市公司及相关信息披露义务人披露信息进行监督，督促其依法及时、准确地披露信息。

证券交易所根据需要，可以对出现重大异常交易情况的证券账户限制交易，并报国务院证券监督管理机构备案。

第一百一十六条 证券交易所应当从其收取的交易费用和会员费、席位费中提取一定比例的金额设立风险基金。风险基金由证券交易所理事会管理。

风险基金提取的具体比例和使用办法，由国务院证券监督管理机构会同国务院财政部门规定。

第一百一十七条 证券交易所应当将收存的风险基金存入开户银行专门账户，不得擅自使用。

第一百一十八条 证券交易所依照证券法律、行政法规制定上市规则、交易规则、会员管理规则和其他有关规则，并报国务院证券监督管理机构批准。

第一百一十九条 证券交易所的负责人和其他从业人员在执行与证券交易有关的职务时，与其本人或者其亲属有利害关系的，应当回避。

第一百二十条 按照依法制定的交易规则进行的交易，不得改变其交易结果。对交易中违规交易者应负的民事责任不得免除；在违规交易中所获利益，依照有关规定处理。

第一百二十一条 在证券交易所内从事证券交易的人员，违反证券交易所有关交易规则的，由证券交易所给予纪律处分；对情节严重的，撤销其资格，禁止其入场进行证券交易。

第六章　证券公司

第一百二十二条 设立证券公司，必须经国务院证券监督管理机构审查批准。未经国务院证券监督管理机构批准，任何单位和个人不得经营证券业务。

第一百二十三条 本法所称证券公司是指依照《中华人民共和国公司法》和本法规定设立的经营证券业务的有限责任公司或者股份有

限公司。

第一百二十四条 设立证券公司，应当具备下列条件：

（一）有符合法律、行政法规规定的公司章程；

（二）主要股东具有持续盈利能力，信誉良好，最近三年无重大违法违规记录，净资产不低于人民币二亿元；

（三）有符合本法规定的注册资本；

（四）董事、监事、高级管理人员具备任职资格，从业人员具有证券从业资格；

（五）有完善的风险管理与内部控制制度；

（六）有合格的经营场所和业务设施；

（七）法律、行政法规规定的和经国务院批准的国务院证券监督管理机构规定的其他条件。

第一百二十五条 经国务院证券监督管理机构批准，证券公司可以经营下列部分或者全部业务：

（一）证券经纪；

（二）证券投资咨询；

（三）与证券交易、证券投资活动有关的财务顾问；

（四）证券承销与保荐；

（五）证券自营；

（六）证券资产管理；

（七）其他证券业务。

第一百二十六条 证券公司必须在其名称中标明证券有限责任公司或者证券股份有限公司字样。

第一百二十七条 证券公司经营本法第一百二十五条第（一）项至第（三）项业务的，注册资本最低限额为人民币五千万元；经营第（四）项至第（七）项业务之一的，注册资本最低限额为人民币一亿元；经营第（四）项至第（七）项业务中两项以上的，注册资本最低限额为人民币五亿元。证券公司的注册资本应当是实缴资本。

国务院证券监督管理机构根据审慎监管原则和各项业务的风险程度，可以调整注册资本最低限额，但不得少于前款规定的限额。

第一百二十八条　国务院证券监督管理机构应当自受理证券公司设立申请之日起六个月内，依照法定条件和法定程序并根据审慎监管原则进行审查，作出批准或者不予批准的决定，并通知申请人；不予批准的，应当说明理由。

证券公司设立申请获得批准的，申请人应当在规定的期限内向公司登记机关申请设立登记，领取营业执照。

证券公司应当自领取营业执照之日起十五日内，向国务院证券监督管理机构申请经营证券业务许可证。未取得经营证券业务许可证，证券公司不得经营证券业务。

第一百二十九条　证券公司设立、收购或者撤销分支机构，变更业务范围或者注册资本，变更持有百分之五以上股权的股东、实际控制人，变更公司章程中的重要条款，合并、分立、变更公司形式、停业、解散、破产，必须经国务院证券监督管理机构批准。

证券公司在境外设立、收购或者参股证券经营机构，必须经国务院证券监督管理机构批准。

第一百三十条　国务院证券监督管理机构应当对证券公司的净资本，净资本与负债的比例，净资本与净资产的比例，净资本与自营、承销、资产管理等业务规模的比例，负债与净资产的比例，以及流动资产与流动负债的比例等风险控制指标作出规定。

证券公司不得为其股东或者股东的关联人提供融资或者担保。

第一百三十一条　证券公司的董事、监事、高级管理人员，应当正直诚实，品行良好，熟悉证券法律、行政法规，具有履行职责所需的经营管理能力，并在任职前取得国务院证券监督管理机构核准的任职资格。

有《中华人民共和国公司法》第一百四十七条规定的情形或者下列情形之一的，不得担任证券公司的董事、监事、高级管理人员：

（一）因违法行为或者违纪行为被解除职务的证券交易所、证券登记结算机构的负责人或者证券公司的董事、监事、高级管理人员，自被解除职务之日起未逾五年；

（二）因违法行为或者违纪行为被撤销资格的律师、注册会计师或者投资咨询机构、财务顾问机构、资信评级机构、资产评估机构、验证机构的专业人员，自被撤销资格之日起未逾五年。

第一百三十二条 因违法行为或者违纪行为被开除的证券交易所、证券登记结算机构、证券服务机构、证券公司的从业人员和被开除的国家机关工作人员，不得招聘为证券公司的从业人员。

第一百三十三条 国家机关工作人员和法律、行政法规规定的禁止在公司中兼职的其他人员，不得在证券公司中兼任职务。

第一百三十四条 国家设立证券投资者保护基金。证券投资者保护基金由证券公司缴纳的资金及其他依法筹集的资金组成，其筹集、管理和使用的具体办法由国务院规定。

第一百三十五条 证券公司从每年的税后利润中提取交易风险准备金，用于弥补证券交易的损失，其提取的具体比例由国务院证券监督管理机构规定。

第一百三十六条 证券公司应当建立健全内部控制制度，采取有效隔离措施，防范公司与客户之间、不同客户之间的利益冲突。

证券公司必须将其证券经纪业务、证券承销业务、证券自营业务和证券资产管理业务分开办理，不得混合操作。

第一百三十七条 证券公司的自营业务必须以自己的名义进行，不得假借他人名义或者以个人名义进行。

证券公司的自营业务必须使用自有资金和依法筹集的资金。

证券公司不得将其自营账户借给他人使用。

第一百三十八条 证券公司依法享有自主经营的权利，其合法经营不受干涉。

第一百三十九条 证券公司客户的交易结算资金应当存放在商业银行，以每个客户的名义单独立户管理。具体办法和实施步骤由国务院规定。

证券公司不得将客户的交易结算资金和证券归入其自有财产。禁止任何单位或者个人以任何形式挪用客户的交易结算资金和证券。证券公司破产或者清算时，客户的交易结算资金和证券不属于其破产财产或者清算财产。非因客户本身的债务或者法律规定的其他情形，不得查封、冻结、扣划或者强制执行客户的交易结算资金和证券。

第一百四十条 证券公司办理经纪业务，应当置备统一制定的证券买卖委托书，供委托人使用。采取其他委托方式的，必须作出委托记录。

客户的证券买卖委托，不论是否成交，其委托记录应当按照规定的期限，保存于证券公司。

第一百四十一条 证券公司接受证券买卖的委托，应当根据委托书载明的证券名称、买卖数量、出价方式、价格幅度等，按照交易规则代理买卖证券，如实进行交易记录；买卖成交后，应当按照规定制作买卖成交报告单交付客户。

证券交易中确认交易行为及其交易结果的对账单必须真实，并由交易经办人员以外的审核人员逐笔审核，保证账面证券余额与实际持有的证券相一致。

第一百四十二条 证券公司为客户买卖证券提供融资融券服务，应当按照国务院的规定并经国务院证券监督管理机构批准。

第一百四十三条 证券公司办理经纪业务，不得接受客户的全权委托而决定证券买卖、选择证券种类、决定买卖数量或者买卖价格。

第一百四十四条 证券公司不得以任何方式对客户证券买卖的收

益或者赔偿证券买卖的损失作出承诺。

第一百四十五条 证券公司及其从业人员不得未经过其依法设立的营业场所私下接受客户委托买卖证券。

第一百四十六条 证券公司的从业人员在证券交易活动中，执行所属的证券公司的指令或者利用职务违反交易规则的，由所属的证券公司承担全部责任。

第一百四十七条 证券公司应当妥善保存客户开户资料、委托记录、交易记录和与内部管理、业务经营有关的各项资料，任何人不得隐匿、伪造、篡改或者毁损。上述资料的保存期限不得少于二十年。

第一百四十八条 证券公司应当按照规定向国务院证券监督管理机构报送业务、财务等经营管理信息和资料。国务院证券监督管理机构有权要求证券公司及其股东、实际控制人在指定的期限内提供有关信息、资料。

证券公司及其股东、实际控制人向国务院证券监督管理机构报送或者提供的信息、资料，必须真实、准确、完整。

第一百四十九条 国务院证券监督管理机构认为有必要时，可以委托会计师事务所、资产评估机构对证券公司的财务状况、内部控制状况、资产价值进行审计或者评估。具体办法由国务院证券监督管理机构会同有关主管部门制定。

第一百五十条 证券公司的净资本或者其他风险控制指标不符合规定的，国务院证券监督管理机构应当责令其限期改正；逾期未改正，或者其行为严重危及该证券公司的稳健运行、损害客户合法权益的，国务院证券监督管理机构可以区别情形，对其采取下列措施：

（一）限制业务活动，责令暂停部分业务，停止批准新业务；

（二）停止批准增设、收购营业性分支机构；

（三）限制分配红利，限制向董事、监事、高级管理人员支付报酬、提供福利；

（四）限制转让财产或者在财产上设定其他权利；

（五）责令更换董事、监事、高级管理人员或者限制其权利；

（六）责令控股股东转让股权或者限制有关股东行使股东权利；

（七）撤销有关业务许可。

证券公司整改后，应当向国务院证券监督管理机构提交报告。国务院证券监督管理机构经验收，符合有关风险控制指标的，应当自验收完毕之日起三日内解除对其采取的前款规定的有关措施。

第一百五十一条　证券公司的股东有虚假出资、抽逃出资行为的，国务院证券监督管理机构应当责令其限期改正，并可责令其转让所持证券公司的股权。

在前款规定的股东按照要求改正违法行为、转让所持证券公司的股权前，国务院证券监督管理机构可以限制其股东权利。

第一百五十二条　证券公司的董事、监事、高级管理人员未能勤勉尽责，致使证券公司存在重大违法违规行为或者重大风险的，国务院证券监督管理机构可以撤销其任职资格，并责令公司予以更换。

第一百五十三条　证券公司违法经营或者出现重大风险，严重危害证券市场秩序、损害投资者利益的，国务院证券监督管理机构可以对该证券公司采取责令停业整顿、指定其他机构托管、接管或者撤销等监管措施。

第一百五十四条　在证券公司被责令停业整顿、被依法指定托管、接管或者清算期间，或者出现重大风险时，经国务院证券监督管理机构批准，可以对该证券公司直接负责的董事、监事、高级管理人员和其他直接责任人员采取以下措施：

（一）通知出境管理机关依法阻止其出境；

（二）申请司法机关禁止其转移、转让或者以其他方式处分财产，或者在财产上设定其他权利。

第七章　证券登记结算机构

第一百五十五条　证券登记结算机构是为证券交易提供集中登记、存管与结算服务，不以营利为目的的法人。

设立证券登记结算机构必须经国务院证券监督管理机构批准。

第一百五十六条　设立证券登记结算机构，应当具备下列条件：

（一）自有资金不少于人民币二亿元；

（二）具有证券登记、存管和结算服务所必需的场所和设施；

（三）主要管理人员和从业人员必须具有证券从业资格；

（四）国务院证券监督管理机构规定的其他条件。

证券登记结算机构的名称中应当标明证券登记结算字样。

第一百五十七条　证券登记结算机构履行下列职能：

（一）证券账户、结算账户的设立；

（二）证券的存管和过户；

（三）证券持有人名册登记；

（四）证券交易所上市证券交易的清算和交收；

（五）受发行人的委托派发证券权益；

（六）办理与上述业务有关的查询；

（七）国务院证券监督管理机构批准的其他业务。

第一百五十八条　证券登记结算采取全国集中统一的运营方式。

证券登记结算机构章程、业务规则应当依法制定，并经国务院证券监督管理机构批准。

第一百五十九条　证券持有人持有的证券，在上市交易时，应当全部存管在证券登记结算机构。

证券登记结算机构不得挪用客户的证券。

第一百六十条　证券登记结算机构应当向证券发行人提供证券持有人名册及其有关资料。

证券登记结算机构应当根据证券登记结算的结果，确认证券持有人持有证券的事实，提供证券持有人登记资料。

证券登记结算机构应当保证证券持有人名册和登记过户记录真实、准确、完整，不得隐匿、伪造、篡改或者毁损。

第一百六十一条　证券登记结算机构应当采取下列措施保证业务的正常进行：

（一）具有必备的服务设备和完善的数据安全保护措施；

（二）建立完善的业务、财务和安全防范等管理制度；

（三）建立完善的风险管理系统。

第一百六十二条　证券登记结算机构应当妥善保存登记、存管和结算的原始凭证及有关文件和资料。其保存期限不得少于二十年。

第一百六十三条　证券登记结算机构应当设立证券结算风险基金，用于垫付或者弥补因违约交收、技术故障、操作失误、不可抗力造成的证券登记结算机构的损失。

证券结算风险基金从证券登记结算机构的业务收入和收益中提取，并可以由结算参与人按照证券交易业务量的一定比例缴纳。

证券结算风险基金的筹集、管理办法，由国务院证券监督管理机构会同国务院财政部门规定。

第一百六十四条　证券结算风险基金应当存入指定银行的专门账户，实行专项管理。

证券登记结算机构以证券结算风险基金赔偿后，应当向有关责任人追偿。

第一百六十五条　证券登记结算机构申请解散，应当经国务院证券监督管理机构批准。

第一百六十六条　投资者委托证券公司进行证券交易，应当申请开立证券账户。证券登记结算机构应当按照规定以投资者本人的名义为投资者开立证券账户。

投资者申请开立账户，必须持有证明中国公民身份或者中国法人资格的合法证件。国家另有规定的除外。

第一百六十七条　证券登记结算机构为证券交易提供净额结算服务时，应当要求结算参与人按照货银对付的原则，足额交付证券和资金，并提供交收担保。

在交收完成之前，任何人不得动用用于交收的证券、资金和担保物。

结算参与人未按时履行交收义务的，证券登记结算机构有权按照业务规则处理前款所述财产。

第一百六十八条　证券登记结算机构按照业务规则收取的各类结算资金和证券，必须存放于专门的清算交收账户，只能按业务规则用于已成交的证券交易的清算交收，不得被强制执行。

第八章　证券服务机构

第一百六十九条　投资咨询机构、财务顾问机构、资信评级机构、资产评估机构、会计师事务所从事证券服务业务，必须经国务院证券监督管理机构和有关主管部门批准。

投资咨询机构、财务顾问机构、资信评级机构、资产评估机构、会计师事务所从事证券服务业务的审批管理办法，由国务院证券监督管理机构和有关主管部门制定。

第一百七十条　投资咨询机构、财务顾问机构、资信评级机构从事证券服务业务的人员，必须具备证券专业知识和从事证券业务或者证券服务业务二年以上经验。认定其证券从业资格的标准和管理办法，由国务院证券监督管理机构制定。

第一百七十一条　投资咨询机构及其从业人员从事证券服务业务不得有下列行为：

（一）代理委托人从事证券投资；

（二）与委托人约定分享证券投资收益或者分担证券投资损失；

（三）买卖本咨询机构提供服务的上市公司股票；

（四）利用传播媒介或者通过其他方式提供、传播虚假或者误导投资者的信息；

（五）法律、行政法规禁止的其他行为。

有前款所列行为之一，给投资者造成损失的，依法承担赔偿责任。

第一百七十二条　从事证券服务业务的投资咨询机构和资信评级机构，应当按照国务院有关主管部门规定的标准或者收费办法收取服务费用。

第一百七十三条　证券服务机构为证券的发行、上市、交易等证券业务活动制作、出具审计报告、资产评估报告、财务顾问报告、资信评级报告或者法律意见书等文件，应当勤勉尽责，对所依据的文件资料内容的真实性、准确性、完整性进行核查和验证。其制作、出具的文件有虚假记载、误导性陈述或者重大遗漏，给他人造成损失的，应当与发行人、上市公司承担连带赔偿责任，但是能够证明自己没有过错的除外。

第九章　证券业协会

第一百七十四条　证券业协会是证券业的自律性组织，是社会团体法人。

证券公司应当加入证券业协会。

证券业协会的权力机构为全体会员组成的会员大会。

第一百七十五条　证券业协会章程由会员大会制定，并报国务院证券监督管理机构备案。

第一百七十六条　证券业协会履行下列职责：

（一）教育和组织会员遵守证券法律、行政法规；

（二）依法维护会员的合法权益，向证券监督管理机构反映会员的建议和要求；

（三）收集整理证券信息，为会员提供服务；

（四）制定会员应遵守的规则，组织会员单位的从业人员的业务培训，开展会员间的业务交流；

（五）对会员之间、会员与客户之间发生的证券业务纠纷进行调解；

（六）组织会员就证券业的发展、运作及有关内容进行研究；

（七）监督、检查会员行为，对违反法律、行政法规或者协会章程的，按照规定给予纪律处分；

（八）证券业协会章程规定的其他职责。

第一百七十七条　证券业协会设理事会。理事会成员依章程的规定由选举产生。

第十章　证券监督管理机构

第一百七十八条　国务院证券监督管理机构依法对证券市场实行监督管理，维护证券市场秩序，保障其合法运行。

第一百七十九条　国务院证券监督管理机构在对证券市场实施监督管理中履行下列职责：

（一）依法制定有关证券市场监督管理的规章、规则，并依法行使审批或者核准权；

（二）依法对证券的发行、上市、交易、登记、存管、结算，进行监督管理；

（三）依法对证券发行人、上市公司、证券公司、证券投资基金管理公司、证券服务机构、证券交易所、证券登记结算机构的证券业务活动，进行监督管理；

（四）依法制定从事证券业务人员的资格标准和行为准则，并监督实施；

（五）依法监督检查证券发行、上市和交易的信息公开情况；

（六）依法对证券业协会的活动进行指导和监督；

（七）依法对违反证券市场监督管理法律、行政法规的行为进行查处；

（八）法律、行政法规规定的其他职责。

国务院证券监督管理机构可以和其他国家或者地区的证券监督管理机构建立监督管理合作机制，实施跨境监督管理。

第一百八十条　国务院证券监督管理机构依法履行职责，有权采取下列措施：

（一）对证券发行人、上市公司、证券公司、证券投资基金管理公司、证券服务机构、证券交易所、证券登记结算机构进行现场检查。

（二）进入涉嫌违法行为发生场所调查取证。

（三）询问当事人和与被调查事件有关的单位和个人，要求其对与被调查事件有关的事项作出说明。

（四）查阅、复制与被调查事件有关的财产权登记、通讯记录等资料。

（五）查阅、复制当事人和与被调查事件有关的单位和个人的证券交易记录、登记过户记录、财务会计资料及其他相关文件和资料；对可能被转移、隐匿或者毁损的文件和资料，可以予以封存。

（六）查询当事人和与被调查事件有关的单位和个人的资金账户、证券账户和银行账户；对有证据证明已经或者可能转移或者隐匿违法资金、证券等涉案财产或者隐匿、伪造、毁损重要证据的，经国务院证券监督管理机构主要负责人批准，可以冻结或者查封。

（七）在调查操纵证券市场、内幕交易等重大证券违法行为时，经国务院证券监督管理机构主要负责人批准，可以限制被调查事件当事人的证券买卖，但限制的期限不得超过十五个交易日；案情复杂的，可以延长十五个交易日。

第一百八十一条 国务院证券监督管理机构依法履行职责，进行监督检查或者调查，其监督检查、调查的人员不得少于二人，并应当出示合法证件和监督检查、调查通知书。监督检查、调查的人员少于二人或者未出示合法证件和监督检查、调查通知书的，被检查、调查的单位有权拒绝。

第一百八十二条 国务院证券监督管理机构工作人员必须忠于职守，依法办事，公正廉洁，不得利用职务便利牟取不正当利益，不得泄露所知悉的有关单位和个人的商业秘密。

第一百八十三条 国务院证券监督管理机构依法履行职责，被检查、调查的单位和个人应当配合，如实提供有关文件和资料，不得拒绝、阻碍和隐瞒。

第一百八十四条 国务院证券监督管理机构依法制定的规章、规则和监督管理工作制度应当公开。

国务院证券监督管理机构依据调查结果，对证券违法行为作出的处罚决定，应当公开。

第一百八十五条 国务院证券监督管理机构应当与国务院其他金融监督管理机构建立监督管理信息共享机制。

国务院证券监督管理机构依法履行职责，进行监督检查或者调查时，有关部门应当予以配合。

第一百八十六条 国务院证券监督管理机构依法履行职责，发现证券违法行为涉嫌犯罪的，应当将案件移送司法机关处理。

第一百八十七条 国务院证券监督管理机构的人员不得在被监管的机构中任职。

第十一章　法律责任

第一百八十八条 未经法定机关核准，擅自公开或者变相公开发行证券的，责令停止发行，退还所募资金并加算银行同期存款利息，处以非法所募资金金额百分之一以上百分之五以下的罚款；对擅自公开或者变相公开发行证券设立的公司，由依法履行监督管理职责的机构或者部门会同县级以上地方人民政府予以取缔。对直接负责的主管人员和其他直接责任人员给予警告，并处以三万元以上三十万元以下的罚款。

第一百八十九条 发行人不符合发行条件，以欺骗手段骗取发行核准，尚未发行证券的，处以三十万元以上六十万元以下的罚款；已经发行证券的，处以非法所募资金金额百分之一以上百分之五以下的罚款。对直接负责的主管人员和其他直接责任人员处以三万元以上三十万元以下的罚款。

发行人的控股股东、实际控制人指使从事前款违法行为的，依照前款的规定处罚。

第一百九十条 证券公司承销或者代理买卖未经核准擅自公开发行的证券的，责令停止承销或者代理买卖，没收违法所得，并处以违法所得一倍以上五倍以下的罚款；没有违法所得或者违法所得不足三十万元的，处以三十万元以上六十万元以下的罚款。给投资者造成损失的，应当与发行人承担连带赔偿责任。对直接负责的主管人员和其他直接责任人员给予警告，撤销任职资格或者证券从业资格，并处以三万元以上三十万元以下的罚款。

第一百九十一条 证券公司承销证券，有下列行为之一的，责令改正，给予警告，没收违法所得，可以并处三十万元以上六十万元以下的罚款；情节严重的，暂停或者撤销相关业务许可。给其他证券承销机构或者投资者造成损失的，依法承担赔偿责任。对直接负责的主管人员和其他直接责任人员给予警告，可以并处三万元以上三十万元以下的罚款；情节严重的，撤销任职资格或者证券从业资格：

（一）进行虚假的或者误导投资者的广告或者其他宣传推介活动；

（二）以不正当竞争手段招揽承销业务；

（三）其他违反证券承销业务规定的行为。

第一百九十二条　保荐人出具有虚假记载、误导性陈述或者重大遗漏的保荐书，或者不履行其他法定职责的，责令改正，给予警告，没收业务收入，并处以业务收入一倍以上五倍以下的罚款；情节严重的，暂停或者撤销相关业务许可。对直接负责的主管人员和其他直接责任人员给予警告，并处以三万元以上三十万元以下的罚款；情节严重的，撤销任职资格或者证券从业资格。

第一百九十三条　发行人、上市公司或者其他信息披露义务人未按照规定披露信息，或者所披露的信息有虚假记载、误导性陈述或者重大遗漏的，责令改正，给予警告，并处以三十万元以上六十万元以下的罚款。对直接负责的主管人员和其他直接责任人员给予警告，并处以三万元以上三十万元以下的罚款。

发行人、上市公司或者其他信息披露义务人未按照规定报送有关报告，或者报送的报告有虚假记载、误导性陈述或者重大遗漏的，责令改正，给予警告，并处以三十万元以上六十万元以下的罚款。对直接负责的主管人员和其他直接责任人员给予警告，并处以三万元以上三十万元以下的罚款。

发行人、上市公司或者其他信息披露义务人的控股股东、实际控制人指使从事前两款违法行为的，依照前两款的规定处罚。

第一百九十四条　发行人、上市公司擅自改变公开发行证券所募集资金的用途的，责令改正，对直接负责的主管人员和其他直接责任人员给予警告，并处以三万元以上三十万元以下的罚款。

发行人、上市公司的控股股东、实际控制人指使从事前款违法行为的，给予警告，并处以三十万元以上六十万元以下的罚款。对直接负责的主管人员和其他直接责任人员依照前款的规定处罚。

第一百九十五条　上市公司的董事、监事、高级管理人员、持有上市公司股份百分之五以上的股东，违反本法第四十七条的规定买卖本公司股票的，给予警告，可以并处三万元以上十万元以下的罚款。

第一百九十六条　非法开设证券交易场所的，由县级以上人民政府予以取缔，没收违法所得，并处以违法所得　倍以上五倍以下的罚款；没有违法所得或者违法所得不足十万元的，处以十万元以上五十万元以下的罚款。对直接负责的主管人员和其他直接责任人员给予警告，并处以三万元以上三十万元以下的罚款。

第一百九十七条　未经批准，擅自设立证券公司或者非法经营证券业务的，由证券监督管理机构予以取缔，没收违法所得，并处以违法所得一倍以上五倍以下的罚款；没有违法所得或者违法所得不足三十万元的，处以三十万元以上六十万元以下的罚款。对直接负责的主管人员和其他直接责任人员给予警告，并处以三万元以上三十万元以下的罚款。

第一百九十八条　违反本法规定，聘任不具有任职资格、证券从业资格的人员的，由证券监督管理机构责令改正，给予警告，可以并处十万元以上三十万元以下的罚款；对直接负责的主管人员给予警告，可以并处三万元以上十万元以下的罚款。

第一百九十九条　法律、行政法规规定禁止参与股票交易的人员，直接或者以化名、借他人名义持有、买卖股票的，责令依法处理非法持有的股票，没收违法所得，并处以买卖股票等值以下的罚款；属于国家工作人员的，还应当依法给予行政处分。

第二百条　证券交易所、证券公司、证券登记结算机构、证券服务机构的从业人员或者证券业协会的工作人员，故意提供虚假资料，隐匿、伪造、篡改或者毁损交易记录，诱骗投资者买卖证券的，撤销证券从业资格，并处以三万元以上十万元以下的罚款；属于国家工作人员的，还应当依法给予行政处分。

第二百零一条　为股票的发行、上市、交易出具审计报告、资产评估报告或者法律意见书等文件的证券服务机构和人员，违反本法第四十五条的规定买卖股票的，责令依法处理非法持有的股票，没收违法所得，并处以买卖股票等值以下的罚款。

第二百零二条 证券交易内幕信息的知情人或者非法获取内幕信息的人，在涉及证券的发行、交易或者其他对证券的价格有重大影响的信息公开前，买卖该证券，或者泄露该信息，或者建议他人买卖该证券的，责令依法处理非法持有的证券，没收违法所得，并处以违法所得一倍以上五倍以下的罚款；没有违法所得或者违法所得不足三万元的，处以三万元以上六十万元以下的罚款。单位从事内幕交易的，还应当对直接负责的主管人员和其他直接责任人员给予警告，并处以三万元以上三十万元以下的罚款。证券监督管理机构工作人员进行内幕交易的，从重处罚。

第二百零三条 违反本法规定，操纵证券市场的，责令依法处理非法持有的证券，没收违法所得，并处以违法所得一倍以上五倍以下的罚款；没有违法所得或者违法所得不足三十万元的，处以三十万元以上三百万元以下的罚款。单位操纵证券市场的，还应当对直接负责的主管人员和其他直接责任人员给予警告，并处以十万元以上六十万元以下的罚款。

第二百零四条 违反法律规定，在限制转让期限内买卖证券的，责令改正，给予警告，并处以买卖证券等值以下的罚款。对直接负责的主管人员和其他直接责任人员给予警告，并处以三万元以上三十万元以下的罚款。

第二百零五条 证券公司违反本法规定，为客户买卖证券提供融资融券的，没收违法所得，暂停或者撤销相关业务许可，并处以非法融资融券等值以下的罚款。对直接负责的主管人员和其他直接责任人员给予警告，撤销任职资格或者证券从业资格，并处以三万元以上三十万元以下的罚款。

第二百零六条 违反本法第七十八条第一款、第三款的规定,扰乱证券市场的,由证券监督管理机构责令改正,没收违法所得,并处以违法所得一倍以上五倍以下的罚款;没有违法所得或者违法所得不足三万元的,处以三万元以上二十万元以下的罚款。

第二百零七条 违反本法第七十八条第二款的规定,在证券交易活动中作出虚假陈述或者信息误导的,责令改正,处以三万元以上二十万元以下的罚款;属于国家工作人员的,还应当依法给予行政处分。

第二百零八条 违反本法规定,法人以他人名义设立账户或者利用他人账户买卖证券的,责令改正,没收违法所得,并处以违法所得一倍以上五倍以下的罚款;没有违法所得或者违法所得不足三万元的,处以三万元以上三十万元以下的罚款。对直接负责的主管人员和其他直接责任人员给予警告,并处以三万元以上十万元以下的罚款。

证券公司为前款规定的违法行为提供自己或者他人的证券交易账户的,除依照前款的规定处罚外,还应当撤销直接负责的主管人员和其他直接责任人员的任职资格或者证券从业资格。

第二百零九条 证券公司违反本法规定,假借他人名义或者以个人名义从事证券自营业务的,责令改正,没收违法所得,并处以违法所得一倍以上五倍以下的罚款;没有违法所得或者违法所得不足三十万元的,处以三十万元以上六十万元以下的罚款;情节严重的,暂停或者撤销证券自营业务许可。对直接负责的主管人员和其他直接责任人员给予警告,撤销任职资格或者证券从业资格,并处以三万元以上十万元以下的罚款。

第二百一十条 证券公司违背客户的委托买卖证券、办理交易事项,或者违背客户真实意思表示,办理交易以外的其他事项的,责令改正,处以一万元以上十万元以下的罚款。给客户造成损失的,依法承担赔偿责任。

第二百一十一条　证券公司、证券登记结算机构挪用客户的资金或者证券，或者未经客户的委托，擅自为客户买卖证券的，责令改正，没收违法所得，并处以违法所得一倍以上五倍以下的罚款；没有违法所得或者违法所得不足十万元的，处以十万元以上六十万元以下的罚款；情节严重的，责令关闭或者撤销相关业务许可。对直接负责的主管人员和其他直接责任人员给予警告，撤销任职资格或者证券从业资格，并处以三万元以上三十万元以下的罚款。

第二百一十二条　证券公司办理经纪业务，接受客户的全权委托买卖证券的，或者证券公司对客户买卖证券的收益或者赔偿证券买卖的损失作出承诺的，责令改正，没收违法所得，并处以五万元以上二十万元以下的罚款，可以暂停或者撤销相关业务许可。对直接负责的主管人员和其他直接责任人员给予警告，并处以三万元以上十万元以下的罚款，可以撤销任职资格或者证券从业资格。

第二百一十三条　收购人未按照本法规定履行上市公司收购的公告、发出收购要约、报送上市公司收购报告书等义务或者擅自变更收购要约的，责令改正，给予警告，并处以十万元以上三十万元以下的罚款；在改正前，收购人对其收购或者通过协议、其他安排与他人共同收购的股份不得行使表决权。对直接负责的主管人员和其他直接责任人员给予警告，并处以三万元以上三十万元以下的罚款。

第二百一十四条　收购人或者收购人的控股股东，利用上市公司收购，损害被收购公司及其股东的合法权益的，责令改正，给予警告；情节严重的，并处以十万元以上六十万元以下的罚款。给被收购公司及其股东造成损失的，依法承担赔偿责任。对直接负责的主管人员和其他直接责任人员给予警告，并处以三万元以上三十万元以下的罚款。

第二百一十五条　证券公司及其从业人员违反本法规定，私下接受客户委托买卖证券的，责令改正，给予警告，没收违法所得，并处以违法所得一倍以上五倍以下的罚款；没有违法所得或者违法所得不足十万元的，处以十万元以上三十万元以下的罚款。

第二百一十六条　证券公司违反规定，未经批准经营非上市证券的交易的，责令改正，没收违法所得，并处以违法所得一倍以上五倍以下的罚款。

第二百一十七条　证券公司成立后，无正当理由超过三个月未开始营业的，或者开业后自行停业连续三个月以上的，由公司登记机关吊销其公司营业执照。

第二百一十八条　证券公司违反本法第一百二十九条的规定，擅自设立、收购、撤销分支机构，或者合并、分立、停业、解散、破产，或者在境外设立、收购、参股证券经营机构的，责令改正，没收违法所得，并处以违法所得一倍以上五倍以下的罚款；没有违法所得或者违法所得不足十万元的，处以十万元以上六十万元以下的罚款。对直接负责的主管人员给予警告，并处以三万元以上十万元以下的罚款。

证券公司违反本法第一百二十九条的规定，擅自变更有关事项的，责令改正，并处以十万元以上三十万元以下的罚款。对直接负责的主管人员给予警告，并处以五万元以下的罚款。

第二百一十九条　证券公司违反本法规定，超出业务许可范围经营证券业务的，责令改正，没收违法所得，并处以违法所得一倍以上五倍以下的罚款；没有违法所得或者违法所得不足三十万元的，处以三十万元以上六十万元以下罚款；情节严重的，责令关闭。对直接负责的主管人员和其他直接责任人员给予警告，撤销任职资格或者证券从业资格，并处以三万元以上十万元以下的罚款。

第二百二十条　证券公司对其证券经纪业务、证券承销业务、证券自营业务、证券资产管理业务，不依法分开办理，混合操作的，责令改正，没收违法所得，并处以三十万元以上六十万元以下的罚款；

情节严重的，撤销相关业务许可。对直接负责的主管人员和其他直接责任人员给予警告，并处以三万元以上十万元以下的罚款；情节严重的，撤销任职资格或者证券从业资格。

第二百二十一条 提交虚假证明文件或者采取其他欺诈手段隐瞒重要事实骗取证券业务许可的，或者证券公司在证券交易中有严重违法行为，不再具备经营资格的，由证券监督管理机构撤销证券业务许可。

第二百二十二条 证券公司或者其股东、实际控制人违反规定，拒不向证券监督管理机构报送或者提供经营管理信息和资料，或者报送、提供的经营管理信息和资料有虚假记载、误导性陈述或者重大遗漏的，责令改正，给予警告，并处以三万元以上三十万元以下的罚款，可以暂停或者撤销证券公司相关业务许可。对直接负责的主管人员和其他直接责任人员，给予警告，并处以三万元以下的罚款，可以撤销任职资格或者证券从业资格。

证券公司为其股东或者股东的关联人提供融资或者担保的，责令改正，给予警告，并处以十万元以上三十万元以下的罚款。对直接负责的主管人员和其他直接责任人员，处以三万元以上十万元以下的罚款。股东有过错的，在按照要求改正前，国务院证券监督管理机构可以限制其股东权利；拒不改正的，可以责令其转让所持证券公司股权。

第二百二十三条 证券服务机构未勤勉尽责，所制作、出具的文件有虚假记载、误导性陈述或者重大遗漏的，责令改正，没收业务收入，暂停或者撤销证券服务业务许可，并处以业务收入一倍以上五倍以下的罚款。对直接负责的主管人员和其他直接责任人员给予警告，撤销证券从业资格，并处以三万元以上十万元以下的罚款。

第二百二十四条 违反本法规定，发行、承销公司债券的，由国务院授权的部门依照本法有关规定予以处罚。

第二百二十五条　上市公司、证券公司、证券交易所、证券登记结算机构、证券服务机构，未按照有关规定保存有关文件和资料的，责令改正，给予警告，并处以三万元以上三十万元以下的罚款；隐匿、伪造、篡改或者毁损有关文件和资料的，给予警告，并处以三十万元以上六十万元以下的罚款。

第二百二十六条　未经国务院证券监督管理机构批准，擅自设立证券登记结算机构的，由证券监督管理机构予以取缔，没收违法所得，并处以违法所得一倍以上五倍以下的罚款。

投资咨询机构、财务顾问机构、资信评级机构、资产评估机构、会计师事务所未经批准，擅自从事证券服务业务的，责令改正，没收违法所得，并处以违法所得一倍以上五倍以下的罚款。

证券登记结算机构、证券服务机构违反本法规定或者依法制定的业务规则的，由证券监督管理机构责令改正，没收违法所得，并处以违法所得一倍以上五倍以下的罚款；没有违法所得或者违法所得不足十万元的，处以十万元以上三十万元以下的罚款；情节严重的，责令关闭或者撤销证券服务业务许可。

第二百二十七条　国务院证券监督管理机构或者国务院授权的部门有下列情形之一的，对直接负责的主管人员和其他直接责任人员，依法给予行政处分：

（一）对不符合本法规定的发行证券、设立证券公司等申请予以核准、批准的；

（二）违反规定采取本法第一百八十条规定的现场检查、调查取证、查询、冻结或者查封等措施的；

（三）违反规定对有关机构和人员实施行政处罚的；

（四）其他不依法履行职责的行为。

第二百二十八条　证券监督管理机构的工作人员和发行审核委员会的组成人员，不履行本法规定的职责，滥用职权、玩忽职守，利用职务便利牟取不正当利益，或者泄露所知悉的有关单位和个人的商业秘密的，依法追究法律责任。

第二百二十九条 证券交易所对不符合本法规定条件的证券上市申请予以审核同意的，给予警告，没收业务收入，并处以业务收入一倍以上五倍以下的罚款。对直接负责的主管人员和其他直接责任人员给予警告，并处以三万元以上三十万元以下的罚款。

第二百三十条 拒绝、阻碍证券监督管理机构及其工作人员依法行使监督检查、调查职权未使用暴力、威胁方法的，依法给予治安管理处罚。

第二百三十一条 违反本法规定，构成犯罪的，依法追究刑事责任。

第二百三十二条 违反本法规定，应当承担民事赔偿责任和缴纳罚款、罚金，其财产不足以同时支付时，先承担民事赔偿责任。

第二百三十三条 违反法律、行政法规或者国务院证券监督管理机构的有关规定，情节严重的，国务院证券监督管理机构可以对有关责任人员采取证券市场禁入的措施。

前款所称证券市场禁入，是指在一定期限内直至终身不得从事证券业务或者不得担任上市公司董事、监事、高级管理人员的制度。

第二百三十四条 依照本法收缴的罚款和没收的违法所得，全部上缴国库。

第二百三十五条 当事人对证券监督管理机构或者国务院授权的部门的处罚决定不服的，可以依法申请行政复议，或者依法直接向人民法院提起诉讼。

第十二章 附 则

第二百三十六条 本法施行前依照行政法规已批准在证券交易所上市交易的证券继续依法进行交易。

本法施行前依照行政法规和国务院金融行政管理部门的规定经批准设立的证券经营机构，不完全符合本法规定的，应当在规定的限期内达到本法规定的要求。具体实施办法，由国务院另行规定。

第二百三十七条　发行人申请核准公开发行股票、公司债券，应当按照规定缴纳审核费用。

第二百三十八条　境内企业直接或者间接到境外发行证券或者将其证券在境外上市交易，必须经国务院证券监督管理机构依照国务院的规定批准。

第二百三十九条　境内公司股票以外币认购和交易的，具体办法由国务院另行规定。

第二百四十条　本法自 2006 年 1 月 1 日起施行。

企业国有资产监督管理暂行条例

（2003 年 5 月 13 日国务院第 8 次常务会议讨论通过，2003 年 5 月 27 日中华人民共和国国务院令第 378 号公布，自公布之日起施行）

第一章　总　　则

第一条　为建立适应社会主义市场经济需要的国有资产监督管理体制，进一步搞好国有企业，推动国有经济布局和结构的战略性调整，发展和壮大国有经济，实现国有资产保值增值，制定本条例。

第二条　国有及国有控股企业、国有参股企业中的国有资产的监督管理，适用本条例。

金融机构中的国有资产的监督管理，不适用本条例。

第三条　本条例所称企业国有资产，是指国家对企业各种形式的投资和投资所形成的权益，以及依法认定为国家所有的其他权益。

第四条 企业国有资产属于国家所有。国家实行由国务院和地方人民政府分别代表国家履行出资人职责，享有所有者权益，权利、义务和责任相统一，管资产和管人、管事相结合的国有资产管理体制。

第五条 国务院代表国家对关系国民经济命脉和国家安全的大型国有及国有控股、国有参股企业，重要基础设施和重要自然资源等领域的国有及国有控股、国有参股企业，履行出资人职责。国务院履行出资人职责的企业，由国务院确定、公布。

省、自治区、直辖市人民政府和设区的市、自治州级人民政府分别代表国家对由国务院履行出资人职责以外的国有及国有控股、国有参股企业，履行出资人职责。其中，省、自治区、直辖市人民政府履行出资人职责的国有及国有控股、国有参股企业，由省、自治区、直辖市人民政府确定、公布，并报国务院国有资产监督管理机构备案；其他由设区的市、自治州级人民政府履行出资人职责的国有及国有控股、国有参股企业，由设区的市、自治州级人民政府确定、公布，并报省、自治区、直辖市人民政府国有资产监督管理机构备案。

国务院，省、自治区、直辖市人民政府，设区的市、自治州级人民政府履行出资人职责的企业，以下统称所出资企业。

第六条 国务院，省、自治区、直辖市人民政府，设区的市、自治州级人民政府，分别设立国有资产监督管理机构。国有资产监督管理机构根据授权，依法履行出资人职责，依法对企业国有资产进行监督管理。

企业国有资产较少的设区的市、自治州，经省、自治区、直辖市人民政府批准，可以不单独设立国有资产监督管理机构。

第七条 各级人民政府应当严格执行国有资产管理法律、法规，坚持政府的社会公共管理职能与国有资产出资人职能分开，坚持政企分开，实行所有权与经营权分离。

国有资产监督管理机构不行使政府的社会公共管理职能，政府其他机构、部门不履行企业国有资产出资人职责。

第八条 国有资产监督管理机构应当依照本条例和其他有关法律、行政法规的规定，建立健全内部监督制度，严格执行法律、行政法规。

第九条 发生战争、严重自然灾害或者其他重大、紧急情况时，国家可以依法统一调用、处置企业国有资产。

第十条 所出资企业及其投资设立的企业，享有有关法律、行政法规规定的企业经营自主权。

国有资产监督管理机构应当支持企业依法自主经营，除履行出资人职责以外，不得干预企业的生产经营活动。

第十一条 所出资企业应当努力提高经济效益，对其经营管理的企业国有资产承担保值增值责任。

所出资企业应当接受国有资产监督管理机构依法实施的监督管理，不得损害企业国有资产所有者和其他出资人的合法权益。

第二章 国有资产监督管理机构

第十二条 国务院国有资产监督管理机构是代表国务院履行出资人职责、负责监督管理企业国有资产的直属特设机构。

省、自治区、直辖市人民政府国有资产监督管理机构，设区的市、自治州级人民政府国有资产监督管理机构是代表本级政府履行出资人职责、负责监督管理企业国有资产的直属特设机构。

上级政府国有资产监督管理机构依法对下级政府的国有资产监督管理工作进行指导和监督。

第十三条 国有资产监督管理机构的主要职责是：

（一）依照《中华人民共和国公司法》等法律、法规，对所出资企业履行出资人职责，维护所有者权益；

（二）指导推进国有及国有控股企业的改革和重组；

（三）依照规定向所出资企业派出监事会；

（四）依照法定程序对所出资企业的企业负责人进行任免、考核，并根据考核结果对其进行奖惩；

（五）通过统计、稽核等方式对企业国有资产的保值增值情况进行监管；

（六）履行出资人的其他职责和承办本级政府交办的其他事项。

国务院国有资产监督管理机构除前款规定职责外，可以制定企业国有资产监督管理的规章、制度。

第十四条 国有资产监督管理机构的主要义务是：

（一）推进国有资产合理流动和优化配置，推动国有经济布局和结构的调整；

（二）保持和提高关系国民经济命脉和国家安全领域国有经济的控制力和竞争力，提高国有经济的整体素质；

（三）探索有效的企业国有资产经营体制和方式，加强企业国有资产监督管理工作，促进企业国有资产保值增值，防止企业国有资产流失；

（四）指导和促进国有及国有控股企业建立现代企业制度，完善法人治理结构，推进管理现代化；

（五）尊重、维护国有及国有控股企业经营自主权，依法维护企业合法权益，促进企业依法经营管理，增强企业竞争力；

（六）指导和协调解决国有及国有控股企业改革与发展中的困难和问题。

第十五条 国有资产监督管理机构应当向本级政府报告企业国有资产监督管理工作、国有资产保值增值状况和其他重大事项。

第三章　企业负责人管理

第十六条 国有资产监督管理机构应当建立健全适应现代企业制

度要求的企业负责人的选用机制和激励约束机制。

第十七条　国有资产监督管理机构依照有关规定，任免或者建议任免所出资企业的企业负责人：

（一）任免国有独资企业的总经理、副总经理、总会计师及其他企业负责人；

（二）任免国有独资公司的董事长、副董事长、董事，并向其提出总经理、副总经理、总会计师等的任免建议；

（三）依照公司章程，提出向国有控股的公司派出的董事、监事人选，推荐国有控股的公司的董事长、副董事长和监事会主席人选，并向其提出总经理、副总经理、总会计师人选的建议；

（四）依照公司章程，提出向国有参股的公司派出的董事、监事人选。

国务院，省、自治区、直辖市人民政府，设区的市、自治州级人民政府，对所出资企业的企业负责人的任免另有规定的，按照有关规定执行。

第十八条　国有资产监督管理机构应当建立企业负责人经营业绩考核制度，与其任命的企业负责人签订业绩合同，根据业绩合同对企业负责人进行年度考核和任期考核。

第十九条　国有资产监督管理机构应当依照有关规定，确定所出资企业中的国有独资企业、国有独资公司的企业负责人的薪酬；依据考核结果，决定其向所出资企业派出的企业负责人的奖惩。

第四章　企业重大事项管理

第二十条　国有资产监督管理机构负责指导国有及国有控股企业建立现代企业制度，审核批准其所出资企业中的国有独资企业、国有独资公司的重组、股份制改造方案和所出资企业中的国有独资公司的章程。

第二十一条　国有资产监督管理机构依照法定程序决定其所出资企业中的国有独资企业、国有独资公司的分立、合并、破产、解散、增减资本、发行公司债券等重大事项。其中，重要的国有独资企业、国有独资公司分立、合并、破产、解散的，应当由国有资产监督管理机构审核后，报本级人民政府批准。

国有资产监督管理机构依照法定程序审核、决定国防科技工业领域其所出资企业中的国有独资企业、国有独资公司的有关重大事项时，按照国家有关法律、规定执行。

第二十二条　国有资产监督管理机构依照《公司法》的规定，派出股东代表、董事，参加国有控股的公司、国有参股的公司的股东会、董事会。

国有控股的公司、国有参股的公司的股东会、董事会决定公司的分立、合并、破产、解散、增减资本、发行公司债券、任免企业负责人等重大事项时，国有资产监督管理机构派出的股东代表、董事，应当按照国有资产监督管理机构的指示发表意见、行使表决权。

国有资产监督管理机构派出的股东代表、董事，应当将其履行职责的有关情况及时向国有资产监督管理机构报告。

第二十三条　国有资产监督管理机构决定其所出资企业的国有股权转让。其中，转让全部国有股权或者转让部分国有股权致使国家不再拥有控股地位的，报本级人民政府批准。

第二十四条　所出资企业投资设立的重要子企业的重大事项，需由所出资企业报国有资产监督管理机构批准的，管理办法由国务院国有资产监督管理机构另行制定，报国务院批准。

第二十五条　国有资产监督管理机构依照国家有关规定组织协调所出资企业中的国有独资企业、国有独资公司的兼并破产工作，并配合有关部门做好企业下岗职工安置等工作。

第二十六条　国有资产监督管理机构依照国家有关规定拟订所出

资企业收入分配制度改革的指导意见，调控所出资企业工资分配的总体水平。

第二十七条 所出资企业中的国有独资企业、国有独资公司经国务院批准，可以作为国务院规定的投资公司、控股公司，享有《公司法》第十二条规定的权利；可以作为国家授权投资的机构，享有《公司法》第二十条规定的权利。

第二十八条 国有资产监督管理机构可以对所出资企业中具备条件的国有独资企业、国有独资公司进行国有资产授权经营。

被授权的国有独资企业、国有独资公司对其全资、控股、参股企业中国家投资形成的国有资产依法进行经营、管理和监督。

第二十九条 被授权的国有独资企业、国有独资公司应当建立和完善规范的现代企业制度，并承担企业国有资产的保值增值责任。

第五章 企业国有资产管理

第三十条 国有资产监督管理机构依照国家有关规定，负责企业国有资产的产权界定、产权登记、资产评估监管、清产核资、资产统计、综合评价等基础管理工作。

国有资产监督管理机构协调其所出资企业之间的企业国有资产产权纠纷。

第三十一条 国有资产监督管理机构应当建立企业国有资产产权交易监督管理制度，加强企业国有资产产权交易的监督管理，促进企业国有资产的合理流动，防止企业国有资产流失。

第三十二条 国有资产监督管理机构对其所出资企业的企业国有资产收益依法履行出资人职责；对其所出资企业的重大投融资规划、发展战略和规划，依照国家发展规划和产业政策履行出资人职责。

第三十三条 所出资企业中的国有独资企业、国有独资公司的重大资产处置，需由国有资产监督管理机构批准的，依照有关规定执行。

第六章　企业国有资产监督

第三十四条　国务院国有资产监督管理机构代表国务院向其所出资企业中的国有独资企业、国有独资公司派出监事会。监事会的组成、职权、行为规范等，依照《国有企业监事会暂行条例》的规定执行。

地方人民政府国有资产监督管理机构代表本级人民政府向其所出资企业中的国有独资企业、国有独资公司派出监事会，参照《国有企业监事会暂行条例》的规定执行。

第三十五条　国有资产监督管理机构依法对所出资企业财务进行监督，建立和完善国有资产保值增值指标体系，维护国有资产出资人的权益。

第三十六条　国有及国有控股企业应当加强内部监督和风险控制，依照国家有关规定建立健全财务、审计、企业法律顾问和职工民主监督等制度。

第三十七条　所出资企业中的国有独资企业、国有独资公司应当按照规定定期向国有资产监督管理机构报告财务状况、生产经营状况和国有资产保值增值状况。

第七章　法律责任

第三十八条　国有资产监督管理机构不按规定任免或者建议任免所出资企业的企业负责人，或者违法干预所出资企业的生产经营活动，侵犯其合法权益，造成企业国有资产损失或者其他严重后果的，对直接负责的主管人员和其他直接责任人员依法给予行政处分；构成犯罪的，依法追究刑事责任。

第三十九条　所出资企业中的国有独资企业、国有独资公司未按照规定向国有资产监督管理机构报告财务状况、生产经营状况和国有资产保值增值状况的，予以警告；情节严重的，对直接负责的主管人员和其他直接责任人员依法给予纪律处分。

第四十条　国有及国有控股企业的企业负责人滥用职权、玩忽职守，造成企业国有资产损失的，应负赔偿责任，并对其依法给予纪律处分；构成犯罪的，依法追究刑事责任。

第四十一条　对企业国有资产损失负有责任受到撤职以上纪律处分的国有及国有控股企业的企业负责人，5年内不得担任任何国有及国有控股企业的企业负责人；造成企业国有资产重大损失或者被判处刑罚的，终身不得担任任何国有及国有控股企业的企业负责人。

第八章　附　　则

第四十二条　国有及国有控股企业、国有参股企业的组织形式、组织机构、权利和义务等，依照《公司法》等法律、行政法规和本条例的规定执行。

第四十三条　国有及国有控股企业、国有参股企业中中国共产党基层组织建设、社会主义精神文明建设和党风廉政建设，依照《中国共产党章程》和有关规定执行。

国有及国有控股企业、国有参股企业中工会组织依照《中华人民共和国工会法》和《中国工会章程》的有关规定执行。

第四十四条　国务院国有资产监督管理机构，省、自治区、直辖市人民政府可以依据本条例制定实施办法。

第四十五条　本条例施行前制定的有关企业国有资产监督管理的行政法规与本条例不一致的，依照本条例的规定执行。

第四十六条　政企尚未分开的单位，应当按照国务院的规定，加快改革，实现政企分开。政企分开后的企业，由国有资产监督管理机构依法履行出资人职责，依法对企业国有资产进行监督管理。

第四十七条　本条例自公布之日起施行。

上市公司收购管理办法（2008 年修订）

（2006 年 5 月 17 日中国证券监督管理委员会第 180 次主席办公会议审议通过，根据 2008 年 8 月 27 日中国证券监督管理委员会《关于修改〈上市公司收购管理办法〉第六十三条的决定》修订，2008 年 8 月 27 日中国证券监督管理委员会令第 56 号公布，自公布之日起施行）

第一章　总　　则

第一条　为了规范上市公司的收购及相关股份权益变动活动，保护上市公司和投资者的合法权益，维护证券市场秩序和社会公共利益，促进证券市场资源的优化配置，根据《证券法》、《公司法》及其他相关法律、行政法规，制定本办法。

第二条　上市公司的收购及相关股份权益变动活动，必须遵守法律、行政法规及中国证券监督管理委员会（以下简称中国证监会）的规定。当事人应当诚实守信，遵守社会公德、商业道德，自觉维护证券市场秩序，接受政府、社会公众的监督。

第三条　上市公司的收购及相关股份权益变动活动，必须遵循公开、公平、公正的原则。

上市公司的收购及相关股份权益变动活动中的信息披露义务人，应当充分披露其在上市公司中的权益及变动情况，依法严格履行报告、公告和其他法定义务。在相关信息披露前，负有保密义务。

信息披露义务人报告、公告的信息必须真实、准确、完整，不得有虚假记载、误导性陈述或者重大遗漏。

第四条　上市公司的收购及相关股份权益变动活动不得危害国家

安全和社会公共利益。

上市公司的收购及相关股份权益变动活动涉及国家产业政策、行业准入、国有股份转让等事项，需要取得国家相关部门批准的，应当在取得批准后进行。

外国投资者进行上市公司的收购及相关股份权益变动活动的，应当取得国家相关部门的批准，适用中国法律，服从中国的司法、仲裁管辖。

第五条 收购人可以通过取得股份的方式成为一个上市公司的控股股东，可以通过投资关系、协议、其他安排的途径成为一个上市公司的实际控制人，也可以同时采取上述方式和途径取得上市公司控制权。

收购人包括投资者及与其一致行动的他人。

第六条 任何人不得利用上市公司的收购损害被收购公司及其股东的合法权益。

有下列情形之一的，不得收购上市公司：

（一）收购人负有数额较大债务，到期未清偿，且处于持续状态；

（二）收购人最近3年有重大违法行为或者涉嫌有重大违法行为；

（三）收购人最近3年有严重的证券市场失信行为；

（四）收购人为自然人的，存在《公司法》第一百四十七条规定情形；

（五）法律、行政法规规定以及中国证监会认定的不得收购上市公司的其他情形。

第七条 被收购公司的控股股东或者实际控制人不得滥用股东权利损害被收购公司或者其他股东的合法权益。

被收购公司的控股股东、实际控制人及其关联方有损害被收购公司及其他股东合法权益的，上述控股股东、实际控制人在转让被收购公司控制权之前，应当主动消除损害；未能消除损害的，应当就其出让相关股份所得收入用于消除全部损害作出安排，对不足以消除损害的部分应当提供充分有效的履约担保或安排，并依照公司章程取得被收购公司股东大会的批准。

第八条 被收购公司的董事、监事、高级管理人员对公司负有忠实义务和勤勉义务，应当公平对待收购本公司的所有收购人。

被收购公司董事会针对收购所作出的决策及采取的措施，应当有利于维护公司及其股东的利益，不得滥用职权对收购设置不适当的障碍，不得利用公司资源向收购人提供任何形式的财务资助，不得损害公司及其股东的合法权益。

第九条 收购人进行上市公司的收购，应当聘请在中国注册的具有从事财务顾问业务资格的专业机构担任财务顾问。收购人未按照本办法规定聘请财务顾问的，不得收购上市公司。

财务顾问应当勤勉尽责，遵守行业规范和职业道德，保持独立性，保证其所制作、出具文件的真实性、准确性和完整性。

财务顾问认为收购人利用上市公司的收购损害被收购公司及其股东合法权益的，应当拒绝为收购人提供财务顾问服务。

第十条 中国证监会依法对上市公司的收购及相关股份权益变动活动进行监督管理。

中国证监会设立由专业人员和有关专家组成的专门委员会。专门委员会可以根据中国证监会职能部门的请求，就是否构成上市公司的收购、是否有不得收购上市公司的情形以及其他相关事宜提供咨询意见。中国证监会依法作出决定。

第十一条 证券交易所依法制定业务规则，为上市公司的收购及相关股份权益变动活动组织交易和提供服务，对相关证券交易活动进行实时监控，监督上市公司的收购及相关股份权益变动活动的信息披露义务人切实履行信息披露义务。

证券登记结算机构依法制定业务规则，为上市公司的收购及相关股份权益变动活动所涉及的证券登记、存管、结算等事宜提供服务。

第二章　权益披露

第十二条　投资者在一个上市公司中拥有的权益，包括登记在其名下的股份和虽未登记在其名下但该投资者可以实际支配表决权的股份。投资者及其一致行动人在一个上市公司中拥有的权益应当合并计算。

第十三条　通过证券交易所的证券交易，投资者及其一致行动人拥有权益的股份达到一个上市公司已发行股份的5%时，应当在该事实发生之日起3日内编制权益变动报告书，向中国证监会、证券交易所提交书面报告，抄报该上市公司所在地的中国证监会派出机构（以下简称派出机构），通知该上市公司，并予公告；在上述期限内，不得再行买卖该上市公司的股票。

前述投资者及其一致行动人拥有权益的股份达到一个上市公司已发行股份的5%后，通过证券交易所的证券交易，其拥有权益的股份占该上市公司已发行股份的比例每增加或者减少5%，应当依照前款规定进行报告和公告。在报告期限内和作出报告、公告后2日内，不得再行买卖该上市公司的股票。

第十四条　通过协议转让方式，投资者及其一致行动人在一个上市公司中拥有权益的股份拟达到或者超过一个上市公司已发行股份的5%时，应当在该事实发生之日起3日内编制权益变动报告书，向中国证监会、证券交易所提交书面报告，抄报派出机构，通知该上市公司，并予公告。

投资者及其一致行动人拥有权益的股份达到一个上市公司已发行股份的5%后，其拥有权益的股份占该上市公司已发行股份的比例每增加或者减少达到或者超过5%的，应当依照前款规定履行报告、公告义务。

前两款规定的投资者及其一致行动人在作出报告、公告前，不得再行买卖该上市公司的股票。相关股份转让及过户登记手续按照本办法第四章及证券交易所、证券登记结算机构的规定办理。

第十五条　投资者及其一致行动人通过行政划转或者变更、执行法院裁定、继承、赠与等方式拥有权益的股份变动达到前条规定比例的，应当按照前条规定履行报告、公告义务，并参照前条规定办理股份过户登记手续。

第十六条　投资者及其一致行动人不是上市公司的第一大股东或者实际控制人，其拥有权益的股份达到或者超过该公司已发行股份的5%，但未达到20%的，应当编制包括下列内容的简式权益变动报告书：

（一）投资者及其一致行动人的姓名、住所；投资者及其一致行动人为法人的，其名称、注册地及法定代表人。

（二）持股目的，是否有意在未来12个月内继续增加其在上市公司中拥有的权益。

（三）上市公司的名称；股票的种类、数量、比例。

（四）在上市公司中拥有权益的股份达到或者超过上市公司已发行股份的5%或者拥有权益的股份增减变化达到5%的时间及方式。

（五）权益变动事实发生之日前6个月内通过证券交易所的证券交易买卖该公司股票的简要情况。

（六）中国证监会、证券交易所要求披露的其他内容。

前述投资者及其一致行动人为上市公司第一大股东或者实际控制人，其拥有权益的股份达到或者超过一个上市公司已发行股份的5%，但未达到20%的，还应当披露本办法第十七条第一款规定的内容。

第十七条　投资者及其一致行动人拥有权益的股份达到或者超过一个上市公司已发行股份的20%但未超过30%的，应当编制详式权益变动报告书，除须披露前条规定的信息外，还应当披露以下内容：

（一）投资者及其一致行动人的控股股东、实际控制人及其股权控制关系结构图。

（二）取得相关股份的价格、所需资金额、资金来源，或者其他支付安排。

（三）投资者、一致行动人及其控股股东、实际控制人所从事的业务与上市公司的业务是否存在同业竞争或者潜在的同业竞争，是否存在持续关联交易；存在同业竞争或者持续关联交易的，是否已作出相应的安排，确保投资者、一致行动人及其关联方与上市公司之间避免同业竞争以及保持上市公司的独立性。

（四）未来12个月内对上市公司资产、业务、人员、组织结构、公司章程等进行调整的后续计划。

（五）前24个月内投资者及其一致行动人与上市公司之间的重大交易。

（六）不存在本办法第六条规定的情形。

（七）能够按照本办法第五十条的规定提供相关文件。

前述投资者及其一致行动人为上市公司第一大股东或者实际控制人的，还应当聘请财务顾问对上述权益变动报告书所披露的内容出具核查意见，但国有股行政划转或者变更、股份转让在同一实际控制人控制的不同主体之间进行、因继承取得股份的除外。投资者及其一致行动人承诺至少3年放弃行使相关股份表决权的，可免于聘请财务顾问和提供前款第（七）项规定的文件。

第十八条 已披露权益变动报告书的投资者及其一致行动人在披露之日起6个月内，因拥有权益的股份变动需要再次报告、公告权益变动报告书的，可以仅就与前次报告书不同的部分作出报告、公告；自前次披露之日起超过6个月的，投资者及其一致行动人应当按照本章的规定编制权益变动报告书，履行报告、公告义务。

第十九条 因上市公司减少股本导致投资者及其一致行动人拥有

权益的股份变动出现本办法第十四条规定情形的，投资者及其一致行动人免于履行报告和公告义务。上市公司应当自完成减少股本的变更登记之日起2个工作日内，就因此导致的公司股东拥有权益的股份变动情况作出公告；因公司减少股本可能导致投资者及其一致行动人成为公司第一大股东或者实际控制人的，该投资者及其一致行动人应当自公司董事会公告有关减少公司股本决议之日起3个工作日内，按照本办法第十七条第一款的规定履行报告、公告义务。

第二十条　上市公司的收购及相关股份权益变动活动中的信息披露义务人依法披露前，相关信息已在媒体上传播或者公司股票交易出现异常的，上市公司应当立即向当事人进行查询，当事人应当及时予以书面答复，上市公司应当及时作出公告。

第二十一条　上市公司的收购及相关股份权益变动活动中的信息披露义务人应当在至少一家中国证监会指定媒体上依法披露信息；在其他媒体上进行披露的，披露内容应当一致，披露时间不得早于指定媒体的披露时间。

第二十二条　上市公司的收购及相关股份权益变动活动中的信息披露义务人采取一致行动的，可以以书面形式约定由其中一人作为指定代表负责统一编制信息披露文件，并同意授权指定代表在信息披露文件上签字、盖章。

各信息披露义务人应当对信息披露文件中涉及其自身的信息承担责任；对信息披露文件中涉及的与多个信息披露义务人相关的信息，各信息披露义务人对相关部分承担连带责任。

第三章　要约收购

第二十三条　投资者自愿选择以要约方式收购上市公司股份的，可以向被收购公司所有股东发出收购其所持有的全部股份的要约（以下简称全面要约），也可以向被收购公司所有股东发出收购其所持有的部分股份的要约（以下简称部分要约）。

第二十四条　通过证券交易所的证券交易，收购人持有一个上市公司的股份达到该公司已发行股份的30%时，继续增持股份的，应当采取要约方式进行，发出全面要约或者部分要约。

第二十五条　收购人依照本办法第二十三条、第二十四条、第四十七条、第五十六条的规定，以要约方式收购一个上市公司股份的，其预定收购的股份比例均不得低于该上市公司已发行股份的5%。

第二十六条　以要约方式进行上市公司收购的，收购人应当公平对待被收购公司的所有股东。持有同一种类股份的股东应当得到同等对待。

第二十七条　收购人为终止上市公司的上市地位而发出全面要约的，或者向中国证监会提出申请但未取得豁免而发出全面要约的，应当以现金支付收购价款；以依法可以转让的证券（以下简称证券）支付收购价款的，应当同时提供现金方式供被收购公司股东选择。

第二十八条　以要约方式收购上市公司股份的，收购人应当编制要约收购报告书，并应当聘请财务顾问向中国证监会、证券交易所提交书面报告，抄报派出机构，通知被收购公司，同时对要约收购报告书摘要作出提示性公告。

收购人依照前款规定报送符合中国证监会规定的要约收购报告书及本办法第五十条规定的相关文件之日起15日后，公告其要约收购报告书、财务顾问专业意见和律师出具的法律意见书。在15日内，中国证监会对要约收购报告书披露的内容表示无异议的，收购人可以进行公告；中国证监会发现要约收购报告书不符合法律、行政法规及相关规定的，及时告知收购人，收购人不得公告其收购要约。

第二十九条　前条规定的要约收购报告书，应当载明下列事项：

（一）收购人的姓名、住所；收购人为法人的，其名称、注册地及法定代表人，与其控股股东、实际控制人之间的股权控制关系结构图。

（二）收购人关于收购的决定及收购目的，是否拟在未来 12 个月内继续增持。

（三）上市公司的名称、收购股份的种类。

（四）预定收购股份的数量和比例。

（五）收购价格。

（六）收购所需资金额、资金来源及资金保证，或者其他支付安排。

（七）收购要约约定的条件。

（八）收购期限。

（九）报送收购报告书时持有被收购公司的股份数量、比例。

（十）本次收购对上市公司的影响分析，包括收购人及其关联方所从事的业务与上市公司的业务是否存在同业竞争或者潜在的同业竞争，是否存在持续关联交易；存在同业竞争或者持续关联交易的，收购人是否已作出相应的安排，确保收购人及其关联方与上市公司之间避免同业竞争以及保持上市公司的独立性。

（十一）未来 12 个月内对上市公司资产、业务、人员、组织结构、公司章程等进行调整的后续计划。

（十二）前 24 个月内收购人及其关联方与上市公司之间的重大交易。

（十三）前 6 个月内通过证券交易所的证券交易买卖被收购公司股票的情况。

（十四）中国证监会要求披露的其他内容。

收购人发出全面要约的，应当在要约收购报告书中充分披露终止上市的风险、终止上市后收购行为完成的时间及仍持有上市公司股份的剩余股东出售其股票的其他后续安排；收购人发出以终止公司上市地位为目的的全面要约，无须披露前款第（十）项规定的内容。

第三十条　收购人按照本办法第四十七条拟收购上市公司股份超过30%，须改以要约方式进行收购的，收购人应当在达成收购协议或者作出类似安排后的3日内对要约收购报告书摘要作出提示性公告，并按照本办法第二十八条、第二十九条的规定履行报告和公告义务，同时免于编制、报告和公告上市公司收购报告书；依法应当取得批准的，应当在公告中特别提示本次要约须取得相关批准方可进行。

未取得批准的，收购人应当在收到通知之日起2个工作日内，向中国证监会提交取消收购计划的报告，同时抄报派出机构，抄送证券交易所，通知被收购公司，并予公告。

第三十一条　收购人向中国证监会报送要约收购报告书后，在公告要约收购报告书之前，拟自行取消收购计划的，应当向中国证监会提出取消收购计划的申请及原因说明，并予公告；自公告之日起12个月内，该收购人不得再次对同一上市公司进行收购。

第三十二条　被收购公司董事会应当对收购人的主体资格、资信情况及收购意图进行调查，对要约条件进行分析，对股东是否接受要约提出建议，并聘请独立财务顾问提出专业意见。在收购人公告要约收购报告书后20日内，被收购公司董事会应当将被收购公司董事会报告书与独立财务顾问的专业意见报送中国证监会，同时抄报派出机构，抄送证券交易所，并予公告。

收购人对收购要约条件作出重大变更的，被收购公司董事会应当在3个工作日内提交董事会及独立财务顾问就要约条件的变更情况所出具的补充意见，并予以报告、公告。

第三十三条　收购人作出提示性公告后至要约收购完成前，被收购公司除继续从事正常的经营活动或者执行股东大会已经作出的决议外，未经股东大会批准，被收购公司董事会不得通过处置公司资产、对外投资、调整公司主要业务、担保、贷款等方式，对公司的资产、负债、权益或者经营成果造成重大影响。

第三十四条　在要约收购期间，被收购公司董事不得辞职。

第三十五条　收购人按照本办法规定进行要约收购的，对同一种类股票的要约价格，不得低于要约收购提示性公告日前 6 个月内收购人取得该种股票所支付的最高价格。

要约价格低于提示性公告日前 30 个交易日该种股票的每日加权平均价格的算术平均值的，收购人聘请的财务顾问应当就该种股票前 6 个月的交易情况进行分析，说明是否存在股价被操纵、收购人是否有未披露的一致行动人、收购人前 6 个月取得公司股份是否存在其他支付安排、要约价格的合理性等。

第三十六条　收购人可以采用现金、证券、现金与证券相结合等合法方式支付收购上市公司的价款。收购人聘请的财务顾问应当说明收购人具备要约收购的能力。

以现金支付收购价款的，应当在作出要约收购提示性公告的同时，将不少于收购价款总额的 20％作为履约保证金存入证券登记结算机构指定的银行。

收购人以证券支付收购价款的，应当提供该证券的发行人最近 3 年经审计的财务会计报告、证券估值报告，并配合被收购公司聘请的独立财务顾问的尽职调查工作。

收购人以在证券交易所上市交易的证券支付收购价款的，应当在作出要约收购提示性公告的同时，将用于支付的全部证券交由证券登记结算机构保管，但上市公司发行新股的除外；收购人以在证券交易所上市的债券支付收购价款的，该债券的可上市交易时间应当不少于一个月；收购人以未在证券交易所上市交易的证券支付收购价款的，必须同时提供现金方式供被收购公司的股东选择，并详细披露相关证券的保管、送达被收购公司股东的方式和程序安排。

第三十七条　收购要约约定的收购期限不得少于 30 日，并不得超过 60 日；但是出现竞争要约的除外。

在收购要约约定的承诺期限内，收购人不得撤销其收购要约。

第三十八条 采取要约收购方式的，收购人作出公告后至收购期限届满前，不得卖出被收购公司的股票，也不得采取要约规定以外的形式和超出要约的条件买入被收购公司的股票。

第三十九条 收购要约提出的各项收购条件，适用于被收购公司的所有股东。

收购人需要变更收购要约的，必须事先向中国证监会提出书面报告，同时抄报派出机构，抄送证券交易所和证券登记结算机构，通知被收购公司；经中国证监会批准后，予以公告。

第四十条 收购要约期限届满前 15 日内，收购人不得变更收购要约；但是出现竞争要约的除外。

出现竞争要约时，发出初始要约的收购人变更收购要约距初始要约收购期限届满不足 15 日的，应当延长收购期限，延长后的要约期应当不少于 15 日，不得超过最后一个竞争要约的期满日，并按规定比例追加履约保证金；以证券支付收购价款的，应当追加相应数量的证券，交由证券登记结算机构保管。

发出竞争要约的收购人最迟不得晚于初始要约收购期限届满前 15 日发出要约收购的提示性公告，并应当根据本办法第二十八条和第二十九条的规定履行报告、公告义务。

第四十一条 要约收购报告书所披露的基本事实发生重大变化的，收购人应当在该重大变化发生之日起 2 个工作日内，向中国证监会作出书面报告，同时抄报派出机构，抄送证券交易所，通知被收购公司，并予公告。

第四十二条 同意接受收购要约的股东（以下简称预受股东），应当委托证券公司办理预受要约的相关手续。收购人应当委托证券公司向证券登记结算机构申请办理预受要约股票的临时保管。证券登记结算机构临时保管的预受要约的股票，在要约收购期间不得转让。

前款所称预受，是指被收购公司股东同意接受要约的初步意思表示，在要约收购期限内不可撤回之前不构成承诺。在要约收购期限届满3个交易日前，预受股东可以委托证券公司办理撤回预受要约的手续，证券登记结算机构根据预受要约股东的撤回申请解除对预受要约股票的临时保管。在要约收购期限届满前3个交易日内，预受股东不得撤回其对要约的接受。在要约收购期限内，收购人应当每日在证券交易所网站上公告已预受收购要约的股份数量。

出现竞争要约时，接受初始要约的预受股东撤回全部或者部分预受的股份，并将撤回的股份售与竞争要约人的，应当委托证券公司办理撤回预受初始要约的手续和预受竞争要约的相关手续。

第四十三条 收购期限届满，发出部分要约的收购人应当按照收购要约约定的条件购买被收购公司股东预受的股份，预受要约股份的数量超过预定收购数量时，收购人应当按照同等比例收购预受要约的股份；以终止被收购公司上市地位为目的的，收购人应当按照收购要约约定的条件购买被收购公司股东预受的全部股份；未取得中国证监会豁免而发出全面要约的收购人应当购买被收购公司股东预受的全部股份。

收购期限届满后3个交易日内，接受委托的证券公司应当向证券登记结算机构申请办理股份转让结算、过户登记手续，解除对超过预定收购比例的股票的临时保管；收购人应当公告本次要约收购的结果。

第四十四条 收购期限届满，被收购公司股权分布不符合上市条件，该上市公司的股票由证券交易所依法终止上市交易。在收购行为完成前，其余仍持有被收购公司股票的股东，有权在收购报告书规定的合理期限内向收购人以收购要约的同等条件出售其股票，收购人应当收购。

第四十五条 收购期限届满后15日内，收购人应当向中国证监会报送关于收购情况的书面报告，同时抄报派出机构，抄送证券交易所，通知被收购公司。

第四十六条 除要约方式外，投资者不得在证券交易所外公开求购上市公司的股份。

第四章 协议收购

第四十七条 收购人通过协议方式在一个上市公司中拥有权益的股份达到或者超过该公司已发行股份的5%，但未超过30%的，按照本办法第二章的规定办理。

收购人拥有权益的股份达到该公司已发行股份的30%时，继续进行收购的，应当依法向该上市公司的股东发出全面要约或者部分要约。符合本办法第六章规定情形的，收购人可以向中国证监会申请免除发出要约。

收购人拟通过协议方式收购一个上市公司的股份超过30%的，超过30%的部分，应当改以要约方式进行；但符合本办法第六章规定情形的，收购人可以向中国证监会申请免除发出要约。收购人在取得中国证监会豁免后，履行其收购协议；未取得中国证监会豁免且拟继续履行其收购协议的，或者不申请豁免的，在履行其收购协议前，应当发出全面要约。

第四十八条 以协议方式收购上市公司股份超过30%，收购人拟依据本办法第六章的规定申请豁免的，应当在与上市公司股东达成收购协议之日起3日内编制上市公司收购报告书，提交豁免申请及本办法第五十条规定的相关文件，委托财务顾问向中国证监会、证券交易所提交书面报告，同时抄报派出机构，通知被收购公司，并公告上市公司收购报告书摘要。派出机构收到书面报告后通报上市公司所在地省级人民政府。

收购人自取得中国证监会的豁免之日起3日内公告其收购报告

书、财务顾问专业意见和律师出具的法律意见书；收购人未取得豁免的，应当自收到中国证监会的决定之日起 3 日内予以公告，并按照本办法第六十一条第二款的规定办理。

中国证监会发现收购报告书不符合法律、行政法规及相关规定的，应当及时告知收购人，收购人未纠正的，不得公告收购报告书，在公告前不得履行收购协议。

第四十九条　依据前条规定所作的上市公司收购报告书，须披露本办法第二十九条第（一）项至第（六）项和第（九）项至第（十四）项规定的内容及收购协议的生效条件和付款安排。

已披露收购报告书的收购人在披露之日起 6 个月内，因权益变动需要再次报告、公告的，可以仅就与前次报告书不同的部分作出报告、公告；超过 6 个月的，应当按照本办法第二章的规定履行报告、公告义务。

第五十条　收购人进行上市公司的收购，应当向中国证监会提交以下文件：

（一）中国公民的身份证明，或者在中国境内登记注册的法人、其他组织的证明文件。

（二）基于收购人的实力和从业经验对上市公司后续发展计划可行性的说明，收购人拟修改公司章程、改选公司董事会、改变或者调整公司主营业务的，还应当补充其具备规范运作上市公司的管理能力的说明。

（三）收购人及其关联方与被收购公司存在同业竞争、关联交易的，应提供避免同业竞争等利益冲突、保持被收购公司经营独立性的说明。

（四）收购人为法人或者其他组织的，其控股股东、实际控制人最近 2 年未变更的说明。

（五）收购人及其控股股东或实际控制人的核心企业和核心业务、

关联企业及主营业务的说明;收购人或其实际控制人为两个或两个以上的上市公司控股股东或实际控制人的,还应当提供其持股5%以上的上市公司以及银行、信托公司、证券公司、保险公司等其他金融机构的情况说明。

(六)财务顾问关于收购人最近3年的诚信记录、收购资金来源合法性、收购人具备履行相关承诺的能力以及相关信息披露内容真实性、准确性、完整性的核查意见;收购人成立未满3年的,财务顾问还应当提供其控股股东或者实际控制人最近3年诚信记录的核查意见。

境外法人或者境外其他组织进行上市公司收购的,除应当提交第一款第(二)项至第(六)项规定的文件外,还应当提交以下文件:

(一)财务顾问出具的收购人符合对上市公司进行战略投资的条件、具有收购上市公司的能力的核查意见;

(二)收购人接受中国司法、仲裁管辖的声明。

第五十一条 上市公司董事、监事、高级管理人员、员工或者其所控制或者委托的法人或者其他组织,拟对本公司进行收购或者通过本办法第五章规定的方式取得本公司控制权(以下简称管理层收购)的,该上市公司应当具备健全且运行良好的组织机构以及有效的内部控制制度,公司董事会成员中独立董事的比例应当达到或者超过1/2。公司应当聘请具有证券、期货从业资格的资产评估机构提供公司资产评估报告,本次收购应当经董事会非关联董事作出决议,且取得2/3以上的独立董事同意后,提交公司股东大会审议,经出席股东大会的非关联股东所持表决权过半数通过。独立董事发表意见前,应当聘请独立财务顾问就本次收购出具专业意见,独立董事及独立财务顾问的意见应当一并予以公告。

上市公司董事、监事、高级管理人员存在《公司法》第一百四十九条规定情形,或者最近3年有证券市场不良诚信记录的,不得收购本公司。

第五十二条　以协议方式进行上市公司收购的，自签订收购协议起至相关股份完成过户的期间为上市公司收购过渡期（以下简称过渡期）。在过渡期内，收购人不得通过控股股东提议改选上市公司董事会，确有充分理由改选董事会的，来自收购人的董事不得超过董事会成员的1/3；被收购公司不得为收购人及其关联方提供担保；被收购公司不得公开发行股份募集资金，不得进行重大购买、出售资产及重大投资行为或者与收购人及其关联方进行其他关联交易，但收购人为挽救陷入危机或者面临严重财务困难的上市公司的情形除外。

第五十三条　上市公司控股股东向收购人协议转让其所持有的上市公司股份的，应当对收购人的主体资格、诚信情况及收购意图进行调查，并在其权益变动报告书中披露有关调查情况。

控股股东及其关联方未清偿其对公司的负债，未解除公司为其负债提供的担保，或者存在损害公司利益的其他情形的，被收购公司董事会应当对前述情形及时予以披露，并采取有效措施维护公司利益。

第五十四条　协议收购的相关当事人应当向证券登记结算机构申请办理拟转让股份的临时保管手续，并可以将用于支付的现金存放于证券登记结算机构指定的银行。

第五十五条　收购报告书公告后，相关当事人应当按照证券交易所和证券登记结算机构的业务规则，在证券交易所就本次股份转让予以确认后，凭全部转让款项存放于双方认可的银行账户的证明，向证券登记结算机构申请解除拟协议转让股票的临时保管，并办理过户登记手续。

收购人未按规定履行报告、公告义务，或者未按规定提出申请的，证券交易所和证券登记结算机构不予办理股份转让和过户登记手续。

收购人在收购报告书公告后30日内仍未完成相关股份过户手续

的，应当立即作出公告，说明理由；在未完成相关股份过户期间，应当每隔 30 日公告相关股份过户办理进展情况。

第五章　间接收购

第五十六条　收购人虽不是上市公司的股东，但通过投资关系、协议、其他安排导致其拥有权益的股份达到或者超过一个上市公司已发行股份的 5% 未超过 30% 的，应当按照本办法第二章的规定办理。

收购人拥有权益的股份超过该公司已发行股份的 30% 的，应当向该公司所有股东发出全面要约；收购人预计无法在事实发生之日起 30 日内发出全面要约的，应当在前述 30 日内促使其控制的股东将所持有的上市公司股份减持至 30% 或者 30% 以下，并自减持之日起 2 个工作日内予以公告；其后收购人或者其控制的股东拟继续增持的，应当采取要约方式；拟依据本办法第六章的规定申请豁免的，应当按照本办法第四十八条的规定办理。

第五十七条　投资者虽不是上市公司的股东，但通过投资关系取得对上市公司股东的控制权，而受其支配的上市公司股东所持股份达到前条规定比例，且对该股东的资产和利润构成重大影响的，应当按照前条规定履行报告、公告义务。

第五十八条　上市公司实际控制人及受其支配的股东，负有配合上市公司真实、准确、完整披露有关实际控制人发生变化的信息的义务；实际控制人及受其支配的股东拒不履行上述配合义务，导致上市公司无法履行法定信息披露义务而承担民事、行政责任的，上市公司有权对其提起诉讼。实际控制人、控股股东指使上市公司及其有关人员不依法履行信息披露义务的，中国证监会依法进行查处。

第五十九条　上市公司实际控制人及受其支配的股东未履行报告、公告义务的，上市公司应当自知悉之日起立即作出报告和公告。上市公司就实际控制人发生变化的情况予以公告后，实际控制人仍未披露的，上市公司董事会应当向实际控制人和受其支配的股东查询，必要时可以聘请财务顾问进行查询，并将查询情况向中国证监会、派出机构和证券交易所报告；中国证监会依法对拒不履行报告、公告义务的实际控制人进行查处。

上市公司知悉实际控制人发生较大变化而未能将有关实际控制人的变化情况及时予以报告和公告的，中国证监会责令改正，情节严重的，认定上市公司负有责任的董事为不适当人选。

第六十条　上市公司实际控制人及受其支配的股东未履行报告、公告义务，拒不履行第五十八条规定的配合义务，或者实际控制人存在不得收购上市公司情形的，上市公司董事会应当拒绝接受受实际控制人支配的股东向董事会提交的提案或者临时议案，并向中国证监会、派出机构和证券交易所报告。中国证监会责令实际控制人改正，可以认定实际控制人通过受其支配的股东所提名的董事为不适当人选；改正前，受实际控制人支配的股东不得行使其持有股份的表决权。上市公司董事会未拒绝接受实际控制人及受其支配的股东所提出的提案的，中国证监会可以认定负有责任的董事为不适当人选。

第六章　豁免申请

第六十一条　符合本办法第六十二条、第六十三条规定情形的，投资者及其一致行动人可以向中国证监会申请下列豁免事项：

（一）免于以要约收购方式增持股份；

（二）存在主体资格、股份种类限制或者法律、行政法规、中国证监会规定的特殊情形的，可以申请免于向被收购公司的所有股东发出收购要约。

未取得豁免的，投资者及其一致行动人应当在收到中国证监会通知之日起30日内将其或者其控制的股东所持有的被收购公司股份减持到30%或者30%以下；拟以要约以外的方式继续增持股份的，应当发出全面要约。

第六十二条　有下列情形之一的，收购人可以向中国证监会提出免于以要约方式增持股份的申请：

（一）收购人与出让人能够证明本次转让未导致上市公司的实际控制人发生变化；

（二）上市公司面临严重财务困难，收购人提出的挽救公司的重组方案取得该公司股东大会批准，且收购人承诺 3 年内不转让其在该公司中所拥有的权益；

（三）经上市公司股东大会非关联股东批准，收购人取得上市公司向其发行的新股，导致其在该公司拥有权益的股份超过该公司已发行股份的 30%，收购人承诺 3 年内不转让其拥有权益的股份，且公司股东大会同意收购人免于发出要约；

（四）中国证监会为适应证券市场发展变化和保护投资者合法权益的需要而认定的其他情形。

收购人报送的豁免申请文件符合规定，并且已经按照本办法的规定履行报告、公告义务的，中国证监会予以受理；不符合规定或者未履行报告、公告义务的，中国证监会不予受理。中国证监会在受理豁免申请后 20 个工作日内，就收购人所申请的具体事项作出是否予以豁免的决定；取得豁免的，收购人可以继续增持股份。

第六十三条　有下列情形之一的，当事人可以向中国证监会申请以简易程序免除发出要约：

（一）经政府或者国有资产管理部门批准进行国有资产无偿划转、变更、合并，导致投资者在一个上市公司中拥有权益的股份占该公司已发行股份的比例超过 30%；

（二）在一个上市公司中拥有权益的股份达到或者超过该公司已发行股份的 30% 的，自上述事实发生之日起一年后，每 12 个月内增加其在该公司中拥有权益的股份不超过该公司已发行股份的 2%；

（三）在一个上市公司中拥有权益的股份达到或者超过该公司已发行股份的 50% 的，继续增加其在该公司拥有的权益不影响该公司的上市地位；

（四）因上市公司按照股东大会批准的确定价格向特定股东回购股份而减少股本，导致当事人在该公司中拥有权益的股份超过该公司已发行股份的 30%；

（五）证券公司、银行等金融机构在其经营范围内依法从事承销、贷款等业务导致其持有一个上市公司已发行股份超过 30%，没有实际控制该公司的行为或者意图，并且提出在合理期限内向非关联方转让相关股份的解决方案；

（六）因继承导致在一个上市公司中拥有权益的股份超过该公司已发行股份的 30%；

（七）中国证监会为适应证券市场发展变化和保护投资者合法权益的需要而认定的其他情形。

根据前款第（一）项和第（三）项至第（七）项规定提出豁免申请的，中国证监会自收到符合规定的申请文件之日起 10 个工作日内未提出异议的，相关投资者可以向证券交易所和证券登记结算机构申请办理股份转让和过户登记手续；根据前款第（二）项规定，相关投资者在增持行为完成后 3 日内应当就股份增持情况作出公告，并向中国证监会提出豁免申请，中国证监会自收到符合规定的申请文件之日起 10 个工作日内作出是否予以豁免的决定。中国证监会不同意其以简易程序申请的，相关投资者应当按照本办法第六十二条的规定提出申请。

第六十四条 收购人提出豁免申请的，应当聘请律师事务所等专业机构出具专业意见。

第七章　财务顾问

第六十五条 收购人聘请的财务顾问应当履行以下职责：

（一）对收购人的相关情况进行尽职调查；

（二）应收购人的要求向收购人提供专业化服务，全面评估被收购公司的财务和经营状况，帮助收购人分析收购所涉及的法律、财务、经营风险，就收购方案所涉及的收购价格、收购方式、支付安排等事项提出对策建议，并指导收购人按照规定的内容与格式制作申报文件；

（三）对收购人进行证券市场规范化运作的辅导，使收购人的董事、监事和高级管理人员熟悉有关法律、行政法规和中国证监会的规定，充分了解其应当承担的义务和责任，督促其依法履行报告、公告和其他法定义务；

（四）对收购人是否符合本办法的规定及申报文件内容的真实性、准确性、完整性进行充分核查和验证，对收购事项客观、公正地发表专业意见；

（五）接受收购人委托，向中国证监会报送申报材料，根据中国证监会的审核意见，组织、协调收购人及其他专业机构予以答复；

（六）与收购人签订协议，在收购完成后 12 个月内，持续督导收购人遵守法律、行政法规、中国证监会的规定、证券交易所规则、上市公司章程，依法行使股东权利，切实履行承诺或者相关约定。

第六十六条　收购人聘请的财务顾问就本次收购出具的财务顾问报告，应当对以下事项进行说明和分析，并逐项发表明确意见：

（一）收购人编制的上市公司收购报告书或者要约收购报告书所披露的内容是否真实、准确、完整；

（二）本次收购的目的；

（三）收购人是否提供所有必备证明文件，根据对收购人及其控股股东、实际控制人的实力、从事的主要业务、持续经营状况、财务状况和诚信情况的核查，说明收购人是否具备主体资格，是否具备收购的经济实力，是否具备规范运作上市公司的管理能力，是否需要承担其他附加义务及是否具备履行相关义务的能力，是否存在不良诚信记录；

（四）对收购人进行证券市场规范化运作辅导的情况，其董事、监事和高级管理人员是否已经熟悉有关法律、行政法规和中国证监会的规定，充分了解应承担的义务和责任，督促其依法履行报告、公告和其他法定义务的情况；

（五）收购人的股权控制结构及其控股股东、实际控制人支配收购人的方式；

（六）收购人的收购资金来源及其合法性，是否存在利用本次收购的股份向银行等金融机构质押取得融资的情形；

（七）涉及收购人以证券支付收购价款的，应当说明有关该证券发行人的信息披露是否真实、准确、完整以及该证券交易的便捷性等情况；

（八）收购人是否已经履行了必要的授权和批准程序；

（九）是否已对收购过渡期间保持上市公司稳定经营作出安排，该安排是否符合有关规定；

（十）对收购人提出的后续计划进行分析，收购人所从事的业务与上市公司从事的业务存在同业竞争、关联交易的，对收购人解决与上市公司同业竞争等利益冲突及保持上市公司经营独立性的方案进行分析，说明本次收购对上市公司经营独立性和持续发展可能产生的影响；

（十一）在收购标的上是否设定其他权利，是否在收购价款之外还作出其他补偿安排；

（十二）收购人及其关联方与被收购公司之间是否存在业务往来，收购人与被收购公司的董事、监事、高级管理人员是否就其未来任职安排达成某种协议或者默契；

（十三）上市公司原控股股东、实际控制人及其关联方是否存在未清偿对公司的负债、未解除公司为其负债提供的担保或者损害公司利益的其他情形，存在该等情形的，是否已提出切实可行的解决方案；

（十四）涉及收购人拟提出豁免申请的，应当说明本次收购是否属于可以得到豁免的情形，收购人是否作出承诺及是否具备履行相关承诺的实力。

第六十七条 上市公司董事会或者独立董事聘请的独立财务顾问，不得同时担任收购人的财务顾问或者与收购人的财务顾问存在关联关系。独立财务顾问应当根据委托进行尽职调查，对本次收购的公正性和合法性发表专业意见。独立财务顾问报告应当对以下问题进行说明和分析，发表明确意见：

（一）收购人是否具备主体资格；

（二）收购人的实力及本次收购对被收购公司经营独立性和持续发展可能产生的影响分析；

（三）收购人是否存在利用被收购公司的资产或者由被收购公司为本次收购提供财务资助的情形；

（四）涉及要约收购的，分析被收购公司的财务状况，说明收购价格是否充分反映被收购公司价值，收购要约是否公平、合理，对被收购公司社会公众股股东接受要约提出的建议；

（五）涉及收购人以证券支付收购价款的，还应当根据该证券发行人的资产、业务和盈利预测，对相关证券进行估值分析，就收购条件对被收购公司的社会公众股股东是否公平合理、是否接受收购人提出的收购条件提出专业意见；

（六）涉及管理层收购的，应当对上市公司进行估值分析，就本次收购的定价依据、支付方式、收购资金来源、融资安排、还款计划及其可行性、上市公司内部控制制度的执行情况及其有效性、上述人员及其直系亲属在最近 24 个月内与上市公司业务往来情况以及收购报告书披露的其他内容等进行全面核查，发表明确意见。

第六十八条 财务顾问受托向中国证监会报送申报文件，应当在财务顾问报告中作出以下承诺：

（一）已按照规定履行尽职调查义务，有充分理由确信所发表的专业意见与收购人申报文件的内容不存在实质性差异；

（二）已对收购人申报文件进行核查，确信申报文件的内容与格式符合规定；

（三）有充分理由确信本次收购符合法律、行政法规和中国证监会的规定，有充分理由确信收购人披露的信息真实、准确、完整，不存在虚假记载、误导性陈述和重大遗漏；

（四）就本次收购所出具的专业意见已提交其内核机构审查，并获得通过；

（五）在担任财务顾问期间，已采取严格的保密措施，严格执行内部防火墙制度；

（六）与收购人已订立持续督导协议。

第六十九条 财务顾问在收购过程中和持续督导期间，应当关注被收购公司是否存在为收购人及其关联方提供担保或者借款等损害上市公司利益的情形，发现有违法或者不当行为的，应当及时向中国证监会、派出机构和证券交易所报告。

第七十条 财务顾问为履行职责，可以聘请其他专业机构协助其对收购人进行核查，但应当对收购人提供的资料和披露的信息进行独立判断。

第七十一条 自收购人公告上市公司收购报告书至收购完成后 12 个月内，财务顾问应当通过日常沟通、定期回访等方式，关注上市公司的经营情况，结合被收购公司定期报告和临时公告的披露事宜，对收购人及被收购公司履行持续督导职责：

（一）督促收购人及时办理股权过户手续，并依法履行报告和公

告义务;

（二）督促和检查收购人及被收购公司依法规范运作;

（三）督促和检查收购人履行公开承诺的情况;

（四）结合被收购公司定期报告，核查收购人落实后续计划的情况，是否达到预期目标，实施效果是否与此前的披露内容存在较大差异，是否实现相关盈利预测或者管理层预计达到的目标;

（五）涉及管理层收购的，核查被收购公司定期报告中披露的相关还款计划的落实情况与事实是否一致;

（六）督促和检查履行收购中约定的其他义务的情况。

在持续督导期间，财务顾问应当结合上市公司披露的季度报告、半年度报告和年度报告出具持续督导意见，并在前述定期报告披露后的 15 日内向派出机构报告。

在此期间，财务顾问发现收购人在上市公司收购报告书中披露的信息与事实不符的，应当督促收购人如实披露相关信息，并及时向中国证监会、派出机构、证券交易所报告。财务顾问解除委托合同的，应当及时向中国证监会、派出机构作出书面报告，说明无法继续履行持续督导职责的理由，并予公告。

第八章　持续监管

第七十二条　在上市公司收购行为完成后 12 个月内，收购人聘请的财务顾问应当在每季度前 3 日内就上一季度对上市公司影响较大的投资、购买或者出售资产、关联交易、主营业务调整以及董事、监事、高级管理人员的更换、职工安置、收购人履行承诺等情况向派出机构报告。

收购人注册地与上市公司注册地不同的，还应当将前述情况的报告同时抄报收购人所在地的派出机构。

第七十三条　派出机构根据审慎监管原则，通过与承办上市公司审计业务的会计师事务所谈话、检查财务顾问持续督导责任的落实、定期或者不定期的现场检查等方式，在收购完成后对收购人和上市公司进行监督检查。

派出机构发现实际情况与收购人披露的内容存在重大差异的，对收购人及上市公司予以重点关注，可以责令收购人延长财务顾问的持续督导期，并依法进行查处。

在持续督导期间，财务顾问与收购人解除合同的，收购人应当另行聘请其他财务顾问机构履行持续督导职责。

第七十四条 在上市公司收购中，收购人持有的被收购公司的股份，在收购完成后 12 个月内不得转让。

收购人在被收购公司中拥有权益的股份在同一实际控制人控制的不同主体之间进行转让不受前述 12 个月的限制，但应当遵守本办法第六章的规定。

第九章 监管措施与法律责任

第七十五条 上市公司的收购及相关股份权益变动活动中的信息披露义务人，未按照本办法的规定履行报告、公告以及其他相关义务的，中国证监会责令改正，采取监管谈话、出具警示函、责令暂停或者停止收购等监管措施。在改正前，相关信息披露义务人不得对其持有或者实际支配的股份行使表决权。

第七十六条 上市公司的收购及相关股份权益变动活动中的信息披露义务人在报告、公告等文件中有虚假记载、误导性陈述或者重大遗漏的，中国证监会责令改正，采取监管谈话、出具警示函、责令暂停或者停止收购等监管措施。在改正前，收购人对其持有或者实际支配的股份不得行使表决权。

第七十七条 投资者及其一致行动人取得上市公司控制权而未按照本办法的规定聘请财务顾问，规避法定程序和义务，变相进行上市公司的收购，或者外国投资者规避管辖的，中国证监会责令改正，采取出具警示函、责令暂停或者停止收购等监管措施。在改正前，收购人不得对其持有或者实际支配的股份行使表决权。

第七十八条　发出收购要约的收购人在收购要约期限届满，不按照约定支付收购价款或者购买预受股份的，自该事实发生之日起 3 年内不得收购上市公司，中国证监会不受理收购人及其关联方提交的申报文件；涉嫌虚假信息披露、操纵证券市场的，中国证监会对收购人进行立案稽查，依法追究其法律责任。

前款规定的收购人聘请的财务顾问没有充分证据表明其勤勉尽责的，中国证监会依法追究法律责任。

第七十九条　上市公司控股股东和实际控制人在转让其对公司的控制权时，未清偿其对公司的负债，未解除公司为其提供的担保，或者未对其损害公司利益的其他情形作出纠正的，中国证监会责令改正、责令暂停或者停止收购活动。

被收购公司董事会未能依法采取有效措施促使公司控股股东、实际控制人予以纠正，或者在收购完成后未能促使收购人履行承诺、安排或者保证的，中国证监会可以认定相关董事为不适当人选。

第八十条　上市公司董事未履行忠实义务和勤勉义务，利用收购谋取不当利益的，中国证监会采取监管谈话、出具警示函等监管措施，可以认定为不适当人选。

上市公司章程中涉及公司控制权的条款违反法律、行政法规和本办法规定的，中国证监会责令改正。

第八十一条　为上市公司收购出具资产评估报告、审计报告、法律意见书和财务顾问报告的证券服务机构或者证券公司及其专业人员，未依法履行职责的，中国证监会责令改正，采取监管谈话、出具警示函等监管措施。

第八十二条　中国证监会将上市公司的收购及相关股份权益变动

活动中的当事人的违法行为和整改情况记入诚信档案。

违反本办法的规定构成证券违法行为的，依法追究法律责任。

第十章　附　则

第八十三条　本办法所称一致行动，是指投资者通过协议、其他安排，与其他投资者共同扩大其所能够支配的一个上市公司股份表决权数量的行为或者事实。

在上市公司的收购及相关股份权益变动活动中有一致行动情形的投资者，互为一致行动人。如无相反证据，投资者有下列情形之一的，为一致行动人：

（一）投资者之间有股权控制关系；

（二）投资者受同一主体控制；

（三）投资者的董事、监事或者高级管理人员中的主要成员，同时在另一个投资者担任董事、监事或者高级管理人员；

（四）投资者参股另一投资者，可以对参股公司的重大决策产生重大影响；

（五）银行以外的其他法人、其他组织和自然人为投资者取得相关股份提供融资安排；

（六）投资者之间存在合伙、合作、联营等其他经济利益关系；

（七）持有投资者30％以上股份的自然人，与投资者持有同一上市公司股份；

（八）在投资者任职的董事、监事及高级管理人员，与投资者持有同一上市公司股份；

（九）持有投资者30％以上股份的自然人和在投资者任职的董事、监事及高级管理人员，其父母、配偶、子女及其配偶、配偶的父母、兄弟姐妹及其配偶、配偶的兄弟姐妹及其配偶等亲属，与投资者持有同一上市公司股份；

（十）在上市公司任职的董事、监事、高级管理人员及其前项所述亲属同时持有本公司股份的，或者与其自己或者其前项所述亲属直接或者间接控制的企业同时持有本公司股份；

（十一）上市公司董事、监事、高级管理人员和员工与其所控制或者委托的法人或者其他组织持有本公司股份；

（十二）投资者之间具有其他关联关系。

一致行动人应当合并计算其所持有的股份。投资者计算其所持有的股份，应当包括登记在其名下的股份，也包括登记在其一致行动人名下的股份。

投资者认为其与他人不应被视为一致行动人的，可以向中国证监会提供相反证据。

第八十四条　有下列情形之一的，为拥有上市公司控制权：

（一）投资者为上市公司持股50%以上的控股股东；

（二）投资者可以实际支配上市公司股份表决权超过30%；

（三）投资者通过实际支配上市公司股份表决权能够决定公司董事会半数以上成员选任；

（四）投资者依其可实际支配的上市公司股份表决权足以对公司股东大会的决议产生重大影响；

（五）中国证监会认定的其他情形。

第八十五条　信息披露义务人涉及计算其持股比例的，应当将其所持有的上市公司已发行的可转换为公司股票的证券中有权转换部分与其所持有的同一上市公司的股份合并计算，并将其持股比例与合并计算非股权类证券转为股份后的比例相比，以二者中的较高者为准；行权期限届满未行权的，或者行权条件不再具备的，无须合并计算。

前款所述二者中的较高者，应当按下列公式计算：

（一）投资者持有的股份数量/上市公司已发行股份总数

（二）（投资者持有的股份数量＋投资者持有的可转换为公司股票

的非股权类证券所对应的股份数量）／（上市公司已发行股份总数＋上市公司发行的可转换为公司股票的非股权类证券所对应的股份总数）

第八十六条 投资者因行政划转、执行法院裁决、继承、赠与等方式取得上市公司控制权的，应当按照本办法第四章的规定履行报告、公告义务。

第八十七条 权益变动报告书、收购报告书、要约收购报告书、被收购公司董事会报告书、要约收购豁免申请文件等文件的内容与格式，由中国证监会另行制定。

第八十八条 被收购公司在境内、境外同时上市的，收购人除应当遵守本办法及中国证监会的相关规定外，还应当遵守境外上市地的相关规定。

第八十九条 外国投资者收购上市公司及在上市公司中拥有的权益发生变动的，除应当遵守本办法的规定外，还应当遵守外国投资者投资上市公司的相关规定。

第九十条 本办法自 2006 年 9 月 1 日起施行。中国证监会发布的《上市公司收购管理办法》（证监会令第 10 号）、《上市公司股东持股变动信息披露管理办法》（证监会令第 11 号）、《关于要约收购涉及的被收购公司股票上市交易条件有关问题的通知》（证监公司字〔2003〕16 号）和《关于规范上市公司实际控制权转移行为有关问题的通知》（证监公司字〔2004〕1 号）同时废止。

关于修改《上市公司收购管理办法》第六十三条的决定

一、第六十三条第二款修改为"根据前款第（一）项和第（三）项至第（七）项规定提出豁免申请的，中国证监会自收到符合规定的申请文件之日起 10 个工作日内未提出异议的，相关投资者可以向证券交易所和证券登记结算机构申请办理股份转让和过户登记手续；根据前款第（二）项规定，相关投资者在增持行为完成后 3 日内应当就股份增持情况作出公告，并向中国证监会提出豁免申请，中国证监会自收到符合规定的申请文件之日起 10 个工作日内作出是否予以豁免的决定。中国证监会不同意其以简易程序申请的，相关投资者应当按照本办法第六十二条的规定提出申请"。

二、本决定自公布之日起施行。

《上市公司收购管理办法》根据本决定作相应的修改，重新公布。

上市公司重大资产重组管理办法

（《上市公司重大资产重组管理办法》已经 2008 年 3 月 24 日中国证券监督管理委员会第 224 次主席办公会议审议通过，2008 年 4 月 16 日中国证券监督管理委员会令第 53 号公布，自 2008 年 5 月 18 日起施行。）

第一章 总 则

第一条 为了规范上市公司重大资产重组行为，保护上市公司和投资者的合法权益，促进上市公司质量不断提高，维护证券市场秩序和社会公共利益，根据《公司法》、《证券法》等法律、行政法规的规定，制定本办法。

第二条 本办法适用于上市公司及其控股或者控制的公司在日常经营活动之外购买、出售资产或者通过其他方式进行资产交易达到规定的比例，导致上市公司的主营业务、资产、收入发生重大变化的资产交易行为（以下简称重大资产重组）。

上市公司发行股份购买资产应当符合本办法的规定。

上市公司按照经中国证券监督管理委员会（以下简称中国证监会）核准的发行证券文件披露的募集资金用途，使用募集资金购买资产、对外投资的行为，不适用本办法。

第三条　任何单位和个人不得利用重大资产重组损害上市公司及其股东的合法权益。

第四条　上市公司实施重大资产重组，有关各方必须及时、公平地披露或者提供信息，保证所披露或者提供信息的真实、准确、完整，不得有虚假记载、误导性陈述或者重大遗漏。

第五条　上市公司的董事、监事和高级管理人员在重大资产重组活动中，应当诚实守信、勤勉尽责，维护公司资产的安全，保护公司和全体股东的合法权益。

第六条　为重大资产重组提供服务的证券服务机构和人员，应当遵守法律、行政法规和中国证监会的有关规定，遵循本行业公认的业务标准和道德规范，严格履行职责，不得谋取不正当利益，并应当对其所制作、出具文件的真实性、准确性和完整性承担责任。

第七条　任何单位和个人对所知悉的重大资产重组信息在依法披露前负有保密义务。

禁止任何单位和个人利用重大资产重组信息从事内幕交易、操纵证券市场等违法活动。

第八条　中国证监会依法对上市公司重大资产重组行为进行监管。

第九条　中国证监会在发行审核委员会中设立上市公司并购重组审核委员会（以下简称并购重组委），以投票方式对提交其审议的重大资产重组申请进行表决，提出审核意见。

第二章　重大资产重组的原则和标准

第十条　上市公司实施重大资产重组，应当符合下列要求：

（一）符合国家产业政策和有关环境保护、土地管理、反垄断等法律和行政法规的规定；

（二）不会导致上市公司不符合股票上市条件；

（三）重大资产重组所涉及的资产定价公允，不存在损害上市公司和股东合法权益的情形；

（四）重大资产重组所涉及的资产权属清晰，资产过户或者转移不存在法律障碍，相关债权债务处理合法；

（五）有利于上市公司增强持续经营能力，不存在可能导致上市公司重组后主要资产为现金或者无具体经营业务的情形；

（六）有利于上市公司在业务、资产、财务、人员、机构等方面与实际控制人及其关联人保持独立，符合中国证监会关于上市公司独立性的相关规定；

（七）有利于上市公司形成或者保持健全有效的法人治理结构。

第十一条　上市公司及其控股或者控制的公司购买、出售资产，达到下列标准之一的，构成重大资产重组：

（一）购买、出售的资产总额占上市公司最近一个会计年度经审计的合并财务会计报告期末资产总额的比例达到50%以上；

（二）购买、出售的资产在最近一个会计年度所产生的营业收入占上市公司同期经审计的合并财务会计报告营业收入的比例达到50%以上；

（三）购买、出售的资产净额占上市公司最近一个会计年度经审计的合并财务会计报告期末净资产额的比例达到50%以上，且超过5000万元人民币。

购买、出售资产未达到前款规定标准，但中国证监会发现存在可能损害上市公司或者投资者合法权益的重大问题的，可以根据审慎监管原则责令上市公司按照本办法的规定补充披露相关信息、暂停交易并报送申请文件。

第十二条　计算前条规定的比例时，应当遵守下列规定：

（一）购买的资产为股权的，其资产总额以被投资企业的资产总额与该项投资所占股权比例的乘积和成交金额二者中的较高者为准，营业收入以被投资企业的营业收入与该项投资所占股权比例的乘积为准，资产净额以被投资企业的净资产额与该项投资所占股权比例的乘积和成交金额二者中的较高者为准；出售的资产为股权的，其资产总额、营业收入以及资产净额分别以被投资企业的资产总额、营业收入以及净资产额与该项投资所占股权比例的乘积为准。

购买股权导致上市公司取得被投资企业控股权的，其资产总额以被投资企业的资产总额和成交金额二者中的较高者为准，营业收入以被投资企业的营业收入为准，资产净额以被投资企业的净资产额和成交金额二者中的较高者为准；出售股权导致上市公司丧失被投资企业控股权的，其资产总额、营业收入以及资产净额分别以被投资企业的资产总额、营业收入以及净资产额为准。

（二）购买的资产为非股权资产的，其资产总额以该资产的账面值和成交金额二者中的较高者为准，资产净额以相关资产与负债的账面值差额和成交金额二者中的较高者为准；出售的资产为非股权资产的，其资产总额、资产净额分别以该资产的账面值、相关资产与负债账面值的差额为准；该非股权资产不涉及负债的，不适用前条第一款第（三）项规定的资产净额标准。

（三）上市公司同时购买、出售资产的，应当分别计算购买、出售资产的相关比例，并以二者中比例较高者为准。

（四）上市公司在 12 个月内连续对同一或者相关资产进行购买、出售的，以其累计数分别计算相应数额，但已按照本办法的规定报经中国证监会核准的资产交易行为，无须纳入累计计算的范围。

交易标的资产属于同一交易方所有或者控制，或者属于相同或者相近的业务范围，或者中国证监会认定的其他情形下，可以认定为同一或者相关资产。

第十三条 本办法第二条所称通过其他方式进行资产交易，包括：

（一）与他人新设企业、对已设立的企业增资或者减资；

（二）受托经营、租赁其他企业资产或者将经营性资产委托他人经营、租赁；

（三）接受附义务的资产赠与或者对外捐赠资产；

（四）中国证监会根据审慎监管原则认定的其他情形。

上述资产交易实质上构成购买、出售资产，且按照本办法规定的标准计算的相关比例达到50%以上的，应当按照本办法的规定履行信息披露等相关义务并报送申请文件。

第三章　重大资产重组的程序

第十四条　上市公司与交易对方就重大资产重组事宜进行初步磋商时，应当立即采取必要且充分的保密措施，制定严格有效的保密制度，限定相关敏感信息的知悉范围。上市公司及交易对方聘请证券服务机构的，应当立即与所聘请的证券服务机构签署保密协议。

上市公司关于重大资产重组的董事会决议公告前，相关信息已在媒体上传播或者公司股票交易出现异常波动的，上市公司应当立即将有关计划、方案或者相关事项的现状以及相关进展情况和风险因素等予以公告，并按照有关信息披露规则办理其他相关事宜。

第十五条　上市公司应当聘请独立财务顾问、律师事务所以及具有相关证券业务资格的会计师事务所等证券服务机构就重大资产重组出具意见。

独立财务顾问和律师事务所应当审慎核查重大资产重组是否构成关联交易，并依据核查确认的相关事实发表明确意见。重大资产重组涉及关联交易的，独立财务顾问应当就本次重组对上市公司非关联股东的影响发表明确意见。

资产交易定价以资产评估结果为依据的，上市公司应当聘请具有相关证券业务资格的资产评估机构出具资产评估报告。

证券服务机构在其出具的意见中采用其他证券服务机构或者人员的专业意见的，仍然应当进行尽职调查，审慎核查其采用的专业意见的内容，并对利用其他证券服务机构或者人员的专业意见所形成的结论负责。

第十六条 上市公司及交易对方与证券服务机构签订聘用合同后，非因正当事由不得更换证券服务机构。确有正当事由需要更换证券服务机构的，应当在申请材料中披露更换的具体原因以及证券服务机构的陈述意见。

第十七条 上市公司购买资产的，应当提供拟购买资产的盈利预测报告。上市公司拟进行本办法第二十七条第一款第（一）、（二）项规定的重大资产重组以及发行股份购买资产的，还应当提供上市公司的盈利预测报告。盈利预测报告应当经具有相关证券业务资格的会计师事务所审核。

上市公司确有充分理由无法提供上述盈利预测报告的，应当说明原因，在上市公司重大资产重组报告书（或者发行股份购买资产报告书，下同）中作出特别风险提示，并在管理层讨论与分析部分就本次重组对上市公司持续经营能力和未来发展前景的影响进行详细分析。

第十八条 重大资产重组中相关资产以资产评估结果作为定价依据的，资产评估机构原则上应当采取两种以上评估方法进行评估。

上市公司董事会应当对评估机构的独立性、评估假设前提的合理性、评估方法与评估目的的相关性以及评估定价的公允性发表明确意见。上市公司独立董事应当对评估机构的独立性、评估假设前提的合理性和评估定价的公允性发表独立意见。

第十九条 上市公司进行重大资产重组，应当由董事会依法作出决议，并提交股东大会批准。

上市公司董事会应当就重大资产重组是否构成关联交易作出明确

判断，并作为董事会决议事项予以披露。

上市公司独立董事应当在充分了解相关信息的基础上，就重大资产重组发表独立意见。重大资产重组构成关联交易的，独立董事可以另行聘请独立财务顾问就本次交易对上市公司非关联股东的影响发表意见。上市公司应当积极配合独立董事调阅相关材料，并通过安排实地调查、组织证券服务机构汇报等方式，为独立董事履行职责提供必要的支持和便利。

第二十条 上市公司应当在董事会作出重大资产重组决议后的次一工作日至少披露下列文件，同时抄报上市公司所在地的中国证监会派出机构（以下简称派出机构）：

（一）董事会决议及独立董事的意见；

（二）上市公司重大资产重组预案。

本次重组的重大资产重组报告书、独立财务顾问报告、法律意见书以及重组涉及的审计报告、资产评估报告和经审核的盈利预测报告至迟应当与召开股东大会的通知同时公告。

本条第一款第（二）项及第二款规定的信息披露文件的内容与格式另行规定。

上市公司应当在至少一种中国证监会指定的报刊公告董事会决议、独立董事的意见和重大资产重组报告书摘要，并应当在证券交易所网站全文披露重大资产重组报告书及相关证券服务机构的报告或者意见。

第二十一条 上市公司股东大会就重大资产重组作出的决议，至少应当包括下列事项：

（一）本次重大资产重组的方式、交易标的和交易对方；

（二）交易价格或者价格区间；

（三）定价方式或者定价依据；

（四）相关资产自定价基准日至交割日期间损益的归属；

（五）相关资产办理权属转移的合同义务和违约责任；

（六）决议的有效期；

（七）对董事会办理本次重大资产重组事宜的具体授权；

（八）其他需要明确的事项。

第二十二条 上市公司股东大会就重大资产重组事项作出决议，必须经出席会议的股东所持表决权的 2/3 以上通过。

上市公司重大资产重组事宜与本公司股东或者其关联人存在关联关系的，股东大会就重大资产重组事项进行表决时，关联股东应当回避表决。

交易对方已经与上市公司控股股东就受让上市公司股权或者向上市公司推荐董事达成协议或者默契，可能导致上市公司的实际控制权发生变化的，上市公司控股股东及其关联人应当回避表决。

上市公司就重大资产重组事宜召开股东大会，应当以现场会议形式召开，并应当提供网络投票或者其他合法方式为股东参加股东大会提供便利。

第二十三条 上市公司应当在股东大会作出重大资产重组决议后的次一工作日公告该决议，并按照中国证监会的有关规定编制申请文件，委托独立财务顾问在 3 个工作日内向中国证监会申报，同时抄报派出机构。

第二十四条 上市公司全体董事、监事、高级管理人员应当出具承诺，保证重大资产重组申请文件不存在虚假记载、误导性陈述或者重大遗漏。

第二十五条 中国证监会依照法定条件和法定程序对重大资产重组申请作出予以核准或者不予核准的决定。

中国证监会在审核期间提出反馈意见要求上市公司作出书面解释、说明的，上市公司应当自收到反馈意见之日起 30 日内提供书面回复意见，独立财务顾问应当配合上市公司提供书面回复意见。逾期未提供的，上市公司应当在到期日的次日就本次重大资产重组的进展情况及未能及时提供回复意见的具体原因等予以公告。

第二十六条　中国证监会审核期间，上市公司拟对交易对象、交易标的、交易价格等作出变更，构成对重组方案重大调整的，应当在董事会表决通过后重新提交股东大会审议，并按照本办法的规定向中国证监会重新报送重大资产重组申请文件，同时作出公告。

在中国证监会审核期间，上市公司董事会决议终止或者撤回本次重大资产重组申请的，应当说明原因，予以公告，并按照公司章程的规定提交股东大会审议。

第二十七条　上市公司重大资产重组存在下列情形之一的，应当提交并购重组委审核：

（一）上市公司出售资产的总额和购买资产的总额占其最近一个会计年度经审计的合并财务会计报告期末资产总额的比例均达到70%以上；

（二）上市公司出售全部经营性资产，同时购买其他资产；

（三）中国证监会在审核中认为需要提交并购重组委审核的其他情形。

重大资产重组不存在前款规定情形，但存在下列情形之一的，上市公司可以向中国证监会申请将本次重组方案提交并购重组委审核：

（一）上市公司购买的资产为符合本办法第四十八条规定的完整经营实体且业绩需要模拟计算的；

（二）上市公司对中国证监会有关职能部门提出的反馈意见表示异议的。

第二十八条　上市公司在收到中国证监会关于召开并购重组委工作会议审核其重大资产重组申请的通知后，应当立即予以公告，并申请办理并购重组委工作会议期间直至其表决结果披露前的停牌事宜。

上市公司在收到并购重组委关于其重大资产重组申请的表决结果

后，应当在次一工作日公告表决结果并申请复牌。公告应当说明，公司在收到中国证监会作出的予以核准或者不予核准的决定后将再行公告。

第二十九条 上市公司收到中国证监会就其重大资产重组申请作出的予以核准或者不予核准的决定后，应当在次一工作日予以公告。

中国证监会予以核准的，上市公司应当在公告核准决定的同时，按照相关信息披露准则的规定补充披露相关文件。

第三十条 中国证监会核准上市公司重大资产重组申请的，上市公司应当及时实施重组方案，并于实施完毕之日起 3 个工作日内编制实施情况报告书，向中国证监会及其派出机构、证券交易所提交书面报告，并予以公告。

上市公司聘请的独立财务顾问和律师事务所应当对重大资产重组的实施过程、资产过户事宜和相关后续事项的合规性及风险进行核查，发表明确的结论性意见。独立财务顾问和律师事务所出具的意见应当与实施情况报告书同时报告、公告。

第三十一条 自收到中国证监会核准文件之日起 60 日内，本次重大资产重组未实施完毕的，上市公司应当于期满后次一工作日将实施进展情况报告中国证监会及其派出机构，并予以公告；此后每 30 日应当公告一次，直至实施完毕。超过 12 个月未实施完毕的，核准文件失效。

第三十二条 上市公司在实施重大资产重组的过程中，发生法律、法规要求披露的重大事项的，应当及时向中国证监会及其派出机构报告。该事项导致本次重组发生实质性变动的，须重新报经中国证监会核准。

第三十三条 根据本办法第十七条规定提供盈利预测报告的，上市公司应当在重大资产重组实施完毕后的有关年度报告中单独披露上市公司及相关资产的实际盈利数与利润预测数的差异情况，并由会计师事务所对此出具专项审核意见。

资产评估机构采取收益现值法、假设开发法等基于未来收益预期的估值方法对拟购买资产进行评估并作为定价参考依据的，上市公司应当在重大资产重组实施完毕后 3 年内的年度报告中单独披露相关资产的实际盈利数与评估报告中利润预测数的差异情况，并由会计师事务所对此出具专项审核意见；交易对方应当与上市公司就相关资产实际盈利数不足利润预测数的情况签订明确可行的补偿协议。

第三十四条　上市公司重大资产重组发生下列情形的，独立财务顾问应当及时出具核查意见，向中国证监会及其派出机构报告，并予以公告：

（一）中国证监会作出核准决定前，上市公司对交易对象、交易标的、交易价格等作出变更，构成对原重组方案重大调整的；

（二）中国证监会作出核准决定后，上市公司在实施重组过程中发生重大事项，导致原重组方案发生实质性变动的。

第三十五条　独立财务顾问应当按照中国证监会的相关规定，对实施重大资产重组的上市公司履行持续督导职责。持续督导的期限自中国证监会核准本次重大资产重组之日起，应当不少于一个会计年度。

第三十六条　独立财务顾问应当结合上市公司重大资产重组当年和实施完毕后的第一个会计年度的年报，自年报披露之日起 15 日内，对重大资产重组实施的下列事项出具持续督导意见，向派出机构报告，并予以公告：

（一）交易资产的交付或者过户情况；

（二）交易各方当事人承诺的履行情况；

（三）盈利预测的实现情况；

（四）管理层讨论与分析部分提及的各项业务的发展现状；

（五）公司治理结构与运行情况；

（六）与已公布的重组方案存在差异的其他事项。

第四章　重大资产重组的信息管理

第三十七条　上市公司筹划、实施重大资产重组，相关信息披露义务人应当公平地向所有投资者披露可能对上市公司股票交易价格产生较大影响的相关信息（以下简称股价敏感信息），不得有选择性地向特定对象提前泄露。

第三十八条　上市公司的股东、实际控制人以及参与重大资产重组筹划、论证、决策等环节的其他相关机构和人员，应当及时、准确地向上市公司通报有关信息，并配合上市公司及时、准确、完整地进行披露。上市公司获悉股价敏感信息的，应当及时向证券交易所申请停牌并披露。

第三十九条　上市公司及其董事、监事、高级管理人员，重大资产重组的交易对方及其关联方，交易对方及其关联方的董事、监事、高级管理人员或者主要负责人，交易各方聘请的证券服务机构及其从业人员，参与重大资产重组筹划、论证、决策、审批等环节的相关机构和人员，以及因直系亲属关系、提供服务和业务往来等知悉或者可能知悉股价敏感信息的其他相关机构和人员，在重大资产重组的股价敏感信息依法披露前负有保密义务，禁止利用该信息进行内幕交易。

第四十条　上市公司筹划重大资产重组事项，应当详细记载筹划过程中每一具体环节的进展情况，包括商议相关方案、形成相关意向、签署相关协议或者意向书的具体时间、地点、参与机构和人员、商议和决议内容等，制作书面的交易进程备忘录并予以妥当保存。参与每一具体环节的所有人员应当即时在备忘录上签名确认。

上市公司预计筹划中的重大资产重组事项难以保密或者已经泄露的，应当及时向证券交易所申请停牌，直至真实、准确、完整地披露相关信息。停牌期间，上市公司应当至少每周发布一次事件进展情况公告。

上市公司股票交易价格因重大资产重组的市场传闻发生异常波动时，上市公司应当及时向证券交易所申请停牌，核实有无影响上市公司股票交易价格的重组事项并予以澄清，不得以相关事项存在不确定性为由不履行信息披露义务。

第五章　发行股份购买资产的特别规定

第四十一条　上市公司发行股份购买资产，应当符合下列规定：

（一）有利于提高上市公司资产质量、改善公司财务状况和增强持续盈利能力；有利于上市公司减少关联交易和避免同业竞争，增强独立性。

（二）上市公司最近一年及一期财务会计报告被注册会计师出具无保留意见审计报告；被出具保留意见、否定意见或者无法表示意见的审计报告的，须经注册会计师专项核查确认，该保留意见、否定意见或者无法表示意见所涉及事项的重大影响已经消除或者将通过本次交易予以消除。

（三）上市公司发行股份所购买的资产，应当为权属清晰的经营性资产，并能在约定期限内办理完毕权属转移手续。

（四）中国证监会规定的其他条件。

特定对象以现金或者资产认购上市公司非公开发行的股份后，上市公司用同一次非公开发行所募集的资金向该特定对象购买资产的，视同上市公司发行股份购买资产。

第四十二条　上市公司发行股份的价格不得低于本次发行股份购买资产的董事会决议公告日前20个交易日公司股票交易均价。

前款所称交易均价的计算公式为：董事会决议公告日前20个交易日公司股票交易均价＝决议公告日前20个交易日公司股票交易总额/决议公告日前20个交易日公司股票交易总量。

第四十三条　特定对象以资产认购而取得的上市公司股份，自股份发行结束之日起 12 个月内不得转让；属于下列情形之一的，36 个月内不得转让：

（一）特定对象为上市公司控股股东、实际控制人或者其控制的关联人；

（二）特定对象通过认购本次发行的股份取得上市公司的实际控制权；

（三）特定对象取得本次发行的股份时，对其用于认购股份的资产持续拥有权益的时间不足 12 个月。

第四十四条　上市公司申请发行股份购买资产，应当提交并购重组委审核。

第四十五条　上市公司发行股份购买资产导致特定对象持有或者控制的股份达到法定比例的，应当按照《上市公司收购管理办法》（证监会令第 35 号）的规定履行相关义务。

特定对象因认购上市公司发行股份导致其持有或者控制的股份比例超过 30% 或者在 30% 以上继续增加，且上市公司股东大会同意其免于发出要约的，可以在上市公司向中国证监会报送发行股份申请的同时，提出豁免要约义务的申请。

第四十六条　中国证监会核准上市公司发行股份购买资产的申请后，上市公司应当及时实施。向特定对象购买的相关资产过户至上市公司后，上市公司聘请的独立财务顾问和律师事务所应当对资产过户事宜和相关后续事项的合规性及风险进行核查，并发表明确意见。上市公司应当在相关资产过户完成后 3 个工作日内就过户情况作出公告，并向中国证监会及其派出机构提交书面报告，公告和报告中应当包括独立财务顾问和律师事务所的结论性意见。

上市公司完成前款规定的公告、报告后，可以到证券交易所、证券登记结算公司为认购股份的特定对象申请办理证券登记手续。

第六章　重大资产重组后申请发行新股
或者公司债券

第四十七条　经并购重组委审核后获得核准的重大资产重组实施完毕后，上市公司申请公开发行新股或者公司债券，同时符合下列条件的，本次重大资产重组前的业绩在审核时可以模拟计算：

（一）进入上市公司的资产是完整经营实体；

（二）本次重大资产重组实施完毕后，重组方的承诺事项已经如期履行，上市公司经营稳定、运行良好；

（三）本次重大资产重组实施完毕后，上市公司和相关资产实现的利润达到盈利预测水平。

上市公司在本次重大资产重组前不符合中国证监会规定的公开发行证券条件，或者本次重组导致上市公司实际控制人发生变化的，上市公司申请公开发行新股或者公司债券，距本次重组交易完成的时间应当不少于一个完整会计年度。

第四十八条　本办法所称完整经营实体，应当符合下列条件：

（一）经营业务和经营资产独立、完整，且在最近两年未发生重大变化；

（二）在进入上市公司前已在同一实际控制人之下持续经营两年以上；

（三）在进入上市公司之前实行独立核算，或者虽未独立核算，但与其经营业务相关的收入、费用在会计核算上能够清晰划分；

（四）上市公司与该经营实体的主要高级管理人员签订聘用合同或者采取其他方式，就该经营实体在交易完成后的持续经营和管理作出恰当安排。

第七章　监督管理和法律责任

第四十九条　未经核准擅自实施重大资产重组的，责令改正，可以采取监管谈话、出具警示函等监管措施；情节严重的，处以警告、罚款，并可以对有关责任人员采取市场禁入的措施。

　　第五十条　上市公司或者其他信息披露义务人未按照本办法规定报送重大资产重组有关报告，或者报送的报告有虚假记载、误导性陈述或者重大遗漏的，责令改正，依照《证券法》第一百九十三条予以处罚；情节严重的，责令停止重组活动，并可以对有关责任人员采取市场禁入的措施。

　　第五十一条　上市公司或者其他信息披露义务人未按照规定披露重大资产重组信息，或者所披露的信息存在虚假记载、误导性陈述或者重大遗漏的，责令改正，依照《证券法》第一百九十三条规定予以处罚；情节严重的，责令停止重组活动，并可以对有关责任人员采取市场禁入的措施；涉嫌犯罪的，依法移送司法机关追究刑事责任。

　　第五十二条　上市公司董事、监事和高级管理人员在重大资产重组中，未履行诚实守信、勤勉尽责义务，导致重组方案损害上市公司利益的，责令改正，采取监管谈话、出具警示函等监管措施；情节严重的，处以警告、罚款，并可以采取市场禁入的措施；涉嫌犯罪的，依法移送司法机关追究刑事责任。

　　第五十三条　为重大资产重组出具财务顾问报告、审计报告、法律意见、资产评估报告及其他专业文件的证券服务机构及其从业人员未履行诚实守信、勤勉尽责义务，违反行业规范、业务规则，或者未依法履行报告和公告义务、持续督导义务的，责令改正，采取监管谈话、出具警示函等监管措施；情节严重的，依照《证券法》第二百二十六条予以处罚。

　　前款规定的证券服务机构及其从业人员所制作、出具的文件存在虚假记载、误导性陈述或者重大遗漏的，责令改正，依照《证券法》第二百二十三条予以处罚；情节严重的，可以采取市场禁入的措施；涉嫌犯罪的，依法移送司法机关追究刑事责任。

第五十四条 重大资产重组实施完毕后，凡不属于上市公司管理层事前无法获知且事后无法控制的原因，上市公司或者购买资产实现的利润未达到盈利预测报告或者资产评估报告预测金额的80%，或者实际运营情况与重大资产重组报告书中管理层讨论与分析部分存在较大差距的，上市公司的董事长、总经理以及对此承担相应责任的会计师事务所、财务顾问、资产评估机构及其从业人员应当在上市公司披露年度报告的同时，在同一报刊上作出解释，并向投资者公开道歉；实现利润未达到预测金额50%的，可以对上市公司、相关机构及其责任人员采取监管谈话、出具警示函、责令定期报告等监管措施。

第五十五条 任何知悉重大资产重组信息的人员在相关信息依法公开前，泄露该信息、买卖或者建议他人买卖相关上市公司证券、利用重大资产重组散布虚假信息、操纵证券市场或者进行欺诈活动的，依照《证券法》第二百零二条、第二百零三条、第二百零七条予以处罚；涉嫌犯罪的，依法移送司法机关追究刑事责任。

第八章 附 则

第五十六条 本办法自2008年5月18日起施行。中国证监会发布的《关于上市公司重大购买、出售、置换资产若干问题的通知》（证监公司字［2001］105号）同时废止。

关于规范上市公司重大资产重组
若干问题的规定

（2008年4月16日，中国证券监督管理委员会公告［2008］14号公布）

第一条 上市公司拟实施重大资产重组的，全体董事应当严格履行诚信义务，切实做好信息保密及停复牌工作。

重大资产重组的首次董事会决议经表决通过后，上市公司应当在决议当日或者次一工作日的非交易时间向证券交易所申请公告。董事会应当按照《上市公司重大资产重组管理办法》（证监会令第53号）及相关的信息披露准则编制重大资产重组预案或者报告书，并将该预案或者报告书作为董事会决议的附件，与董事会决议同时公告。

重大资产重组的交易对方应当承诺，保证其所提供信息的真实性、准确性和完整性，保证不存在虚假记载、误导性陈述或者重大遗漏，并声明承担个别和连带的法律责任。该等承诺和声明应当与上市公司董事会决议同时公告。

第二条　上市公司首次召开董事会审议重大资产重组事项的，应当在召开董事会的当日或者前一日与相应的交易对方签订附条件生效的交易合同。交易合同应当载明本次重大资产重组事项一经上市公司董事会、股东大会批准并经中国证监会核准，交易合同即应生效。

重大资产重组涉及发行股份购买资产的，交易合同应当载明特定对象拟认购股份的数量或者数量区间、认购价格或者定价原则、限售期，以及目标资产的基本情况、交易价格或者定价原则、资产过户或交付的时间安排和违约责任等条款。

第三条　发行股份购买资产的首次董事会决议公告后，董事会在6个月内未发布召开股东大会通知的，上市公司应当重新召开董事会审议发行股份购买资产事项，并以该次董事会决议公告日作为发行股份的定价基准日。

发行股份购买资产事项提交股东大会审议未获批准的，上市公司董事会如再次作出发行股份购买资产的决议，应当以该次董事会决议公告日作为发行股份的定价基准日。

第四条　上市公司拟实施重大资产重组的，董事会应当就本次交易是否符合下列规定作出审慎判断，并记载于董事会决议记录中：

（一）交易标的资产涉及立项、环保、行业准入、用地、规划、建设施工等有关报批事项的，在本次交易的首次董事会决议公告前应当取得相应的许可证书或者有关主管部门的批复文件；本次交易行为涉及有关报批事项的，应当在重大资产重组预案和报告书中详细披露已向有关主管部门报批的进展情况和尚需呈报批准的程序，并对可能无法获得批准的风险作出特别提示。

（二）上市公司拟购买资产的，在本次交易的首次董事会决议公告前，资产出售方必须已经合法拥有标的资产的完整权利，不存在限制或者禁止转让的情形。

上市公司拟购买的资产为企业股权的，该企业应当不存在出资不实或者影响其合法存续的情况；上市公司在交易完成后成为持股型公司的，作为主要标的资产的企业股权应当为控股权。

上市公司拟购买的资产为土地使用权、矿业权等资源类权利的，应当已取得相应的权属证书，并具备相应的开发或者开采条件。

（三）上市公司购买资产应当有利于提高上市公司资产的完整性（包括取得生产经营所需要的商标权、专利权、非专利技术、采矿权、特许经营权等无形资产），有利于上市公司在人员、采购、生产、销售、知识产权等方面保持独立。

（四）本次交易应当有利于上市公司改善财务状况、增强持续盈利能力，有利于上市公司突出主业、增强抗风险能力，有利于上市公司增强独立性、减少关联交易、避免同业竞争。

第五条　上市公司拟实施重大资产重组的，董事会、交易对方、证券服务机构及相关人员应当严格遵守《关于规范上市公司信息披露及相关各方行为的通知》（证监公司字［2007］128号）的相关规定，切实履行信息披露等义务和程序。

重大资产重组的首次董事会决议公告后，上市公司董事会和交易对方非因充分正当事由，撤销、中止重组方案或者对重组方案作出实质性变更（包括但不限于变更主要交易对象、变更主要标的资产等）的，中国证监会将依据有关规定对上市公司、交易对方、证券服务机构等单位和相关人员采取监管措施，并依法追究法律责任。

国家国有资产管理局关于转发《国务院办公厅关于加强国有企业产权交易管理的通知》的通知

国务院办公厅关于加强国有企业产权交易管理的通知

（1994 年 4 月 22 日，国办发明电〔1994〕12 号发布）

各省、自治区、直辖市人民政府，国务院各部委、各直属机构：

当前，一些地方在进行国有企业产权交易过程中，出现了一些问题。为进一步加强企业国有资产管理，防止国有资产流失，保证国有企业产权交易活动健康有序地进行，经国务院领导同志同意，现通知如下：

一、省、自治区、直辖市人民政府组织成批国有企业产权交易活动，必须报国务院审批。未履行报批手续的，要立即停止交易活动，补办报批手续。地级市以下人民政府不准组织成批国有企业产权交易活动。

二、国有企业产权属国家所有。地方管理的国有企业产权转让，要经地级市以上人民政府审批，其中有中央投资的，要事先征得国务院有关部门同意，属中央投资部分的产权收入归中央。中央管理的国有企业产权转让，由国务院有关部门报国务院审批。所有特大型、大型国有企业（包括地方管理的）产权转让，报国务院审批。

三、转让国有企业产权前，必须按照《国有资产评估管理办法》（国务院令第91号）的规定，对包括土地使用权在内的企业资产认真进行评估，并按国家有关规定办理产权变动和注销登记手续。评估工作须委托经国有资产管理部门批准取得资格的机构承担并依法进行，不受行政干预。评估价值要经同级国有资产管理部门确认，并据此作为转让企业产权的底价。

四、转让国有企业产权的收入，首先要偿还银行债务和安置好本企业职工，其余才能由本级人民政府专项用于支持结构调整或补充需要扶持的国有企业资本金，不准用于经常性支出和弥补财政赤字、发放工资奖金。国有资产管理部门要加强对国有企业产权转让收入使用方向的监督。

五、严格禁止将国有企业产权低价折股、低价出售，甚至无偿分给个人，不准以赊销等方式转让国有企业产权或股权。已经这样做的，必须纠正。

六、转让国有企业产权，必须有具体措施妥善解决好职工就业和社会保障问题，同时做好职工（包括离退休职工）的思想工作，保持社会安定。

七、建立企业产权交易市场或交易机构是新问题，现在问题不少，因此，暂停企业产权交易市场和交易机构的活动。何时恢复，由国务院有关部门抓紧组织调查研究，提出意见报国务院审定。

八、国务院有关部门要尽快制订国有企业产权交易的管理办法，使国有企业产权交易及收入纳入规范化、法制化管理。

各省、自治区、直辖市人民政府和国务院有关部门，要认真执行本通知规定，切实加强对企业国有资产的监督和管理。对违反国家规定造成国有资产流失的，要严肃追究当事人及主要行政领导的责任。

财政部关于修订《企业国有资产产权登记管理办法实施细则》的通知

企业国有资产产权登记管理办法实施细则

（2000 年 4 月 6 日，财政部财管字 ［2000］ 116 号文发布）

第一章 总 则

第一条 根据国务院颁布的《企业国有资产产权登记管理办法》（国务院第 192 号令，以下简称《办法》），按照"国家所有、分级管理、授权经营、分工监督"的原则，制定本实施细则。

第二条 下列已取得或申请取得法人资格的企业或国家授权投资的机构（以下统称企业），应当按规定申办企业国有资产产权登记（以下简称产权登记）：

（一）国有企业；

（二）国有独资公司；

（三）国家授权投资的机构；

（四）设置国有股权的有限责任公司和股份有限公司；

（五）国有企业、国有独资公司或国家授权投资机构投资设立的企业；

（六）其他形式占有、使用国有资产的企业。

第三条 产权登记机关是县级以上各级政府负责国有资产管理的部门。

财政部主管全国产权登记工作，统一制定产权登记的各项政策法规。

上级产权登记机关指导下级产权登记机关的产权登记工作。

第四条　财政（国有资产管理）部门审定和颁发的《中华人民共和国企业国有资产产权登记证》（以下简称产权登记证），是依法确认企业产权归属关系的法律凭证和政府对企业授权经营国有资本的基本依据。

产权登记证分为正本和副本，企业发生国有产权变动时应当同时变更产权登记证正本和副本。

第五条　产权登记机关依法履行下列职责：

（一）依法确认企业产权归属，理顺企业集团内部产权关系；

（二）掌握企业国有资产占有、使用的状况；

（三）监管企业的国有产权变动；

（四）检查企业国有资产经营状况；

（五）监督国家授权投资机构、国有企业和国有独资公司的出资行为；

（六）备案企业的担保或资产被司法冻结等产权或有变动事项；

（七）在汇总、分析的基础上，编报并向同级政府和上级产权登记机关呈送产权登记与产权变动状况分析报告。

第六条　企业提供保证、定金或设置抵押、质押、留置，以及发生资产被司法机关冻结情况的，应当在申办各类产权登记中如实向产权登记机关报告。

企业以设置抵押、质押、留置、作为定金以及属于司法冻结的资产用于投资或进行产权（股权）转让时，必须符合《中华人民共和国担保法》等有关法律、法规的规定，否则，产权登记机关不予登记。

第二章　分级管理

第七条　产权登记按照统一政策、分级管理的原则由县级以上政府负责国有资产管理的部门按产权归属关系组织实施。

第八条　由两个及两个以上国有资本出资人共同投资设立的企业，按国有资本额最大的出资人的产权归属关系确定企业产权登记的管辖机关。

若国有资本各出资人出资额相等，则按推举的出资人的产权归属关系确定企业产权登记的管辖机关，其余出资人出具产权登记委托书。

产权登记机关办理上述企业产权登记时，应将产权登记表原件一式多份分送企业其余国有资本出资人。

第九条　产权登记机关可视具体情况，委托仍管理企业的政府部门、机构或下级产权登记机关办理企业的产权登记，具体办法另行制定。

第十条　财政部负责下列企业的产权登记工作：

（一）由国务院管辖的企业（含国家授权投资机构）；

（二）中央各部门、直属机构的机关后勤、事业单位，各直属事业单位及全国性社会团体管辖的企业；

（三）中央国有企业、国有独资公司或国务院授权的国家授权投资机构投资设立的企业。

第十一条　省、自治区、直辖市及计划单列市（以下简称省级）财政（国有资产管理）部门负责下列企业的产权登记：

（一）由省级政府管辖的企业（含省属国家授权投资机构）；

（二）省级各部门、直属机构的机关后勤、事业单位，各直属事业单位及省级社会团体管辖的企业；

（三）省级国有企业、国有独资公司或省级政府授权的国家授权投资机构投资设立的企业；

（四）财政部委托办理产权登记的企业。

第十二条　地（市）、县负责国有资产管理的部门产权登记管辖范围由各省、自治区、直辖市及计划单列市财政（国有资产管理）部门具体规定。

第三章　国家授权投资机构

第十三条　国家授权投资机构，实行如下产权登记管理方式：

（一）国家授权投资的机构设立或发生产权变动时应当按照本细则的规定向产权登记机关办理相应的占有、变动或注销产权登记；

（二）国家授权投资的机构投资所属的各类企业设立、变动或注销时，应当经授权投资机构审核同意后，按照本细则的规定向产权登记机关申办相应的产权登记手续；

（三）国家授权投资的机构应当按照本细则的规定每年向产权登记机关办理产权登记年度检查，汇总分析本企业的国有资产经营和产权变动状况，并提交国有资产经营年度报告书。

国家授权投资的机构所属的各类企业由授权投资机构一并向产权登记机关办理产权登记年度检查，各企业不再单独向产权登记机关办理产权登记年度检查。

第四章　占有产权登记

第十四条　已取得法人资格的企业应当在本细则实施后向产权登记机关申办占有产权登记，填写《企业国有资产占有产权登记表》，并提交下列文件、资料：

（一）由出资人的母公司或上级单位批准设立的文件、投资协议书或出资证明文件；

（二）经注册会计师审计的或财政部门核定的企业上一年度财务报告；

（三）各出资人的企业法人营业执照副本、经注册会计师审计的或财政部门核定的企业上一年度财务报告，其中国有资本出资人还应当提交产权登记证副本；

（四）企业章程；

（五）《企业法人营业执照》副本；

（六）企业提供保证、定金或设置抵押、质押、留置以及资产被司法机关冻结的相关文件；

（七）申办产权登记的申请；

（八）产权登记机关要求提交的其他文件、资料。

产权登记机关核准企业占有登记后，向企业核发产权登记证。

第十五条 申请取得法人资格的企业应当于申请办理工商注册登记前 30 日内，向财政（国有资产管理）部门办理产权登记，填写《企业国有资产占有产权登记表》，并提交下列文件、资料：

（一）出资人的母公司或上级单位批准设立的文件、投资协议书或出资证明文件。

（二）企业章程。

（三）《企业名称预先核准通知书》。

（四）各出资人的企业法人营业执照、经注册会计师审计的或财政部门核定的企业上一年度财务报告和提供保证、定金或设置抵押、质押、留置以及资产被司法机关冻结的相关文件；其中国有资本出资人还应当提交产权登记证副本。

（五）经注册会计师审核的验资报告，其中以货币投资的应当附银行进账单；以实物、无形资产投资的应当提交经财政（国有资产管理）部门合规性审核的资产评估报告。

（六）申办产权登记的申请。

（七）产权登记机关要求提交的其他文件、资料。

财政（国有资产管理）部门审定的产权登记表，是企业办理工商注册登记的资信证明文件。

企业依据产权登记机关审定的产权登记表向工商行政管理部门申

办注册登记，取得企业法人资格后 30 日内到原产权登记机关领取产权登记证，同时提交《企业法人营业执照》副本。

第十六条　事业单位和社会团体法人设立企业或对企业追加投资的，应当提交《中华人民共和国国有资产产权登记证（行政事业单位)》及上级单位批准的非经营性资产转经营性资产的可行性研究报告，产权登记机关审查后直接办理占有或变动产权登记手续。

第十七条　除政府批准设立外，企业的组织形式不得登记为国有独资公司。

第十八条　国有企业设立的全资企业，其组织形式不得登记为集体企业。

第十九条　企业在申办占有产权登记时，实收资本与注册资本相比已发生增减变动的，应当先按实收资本变动前数额办理占有登记，再按本实施细则的规定申办变动产权登记。

未办理占有产权登记的企业发生国有产权变动时，应当按本实施细则第十四条的规定补办占有产权登记，然后再按本实施细则的规定申办变动或注销产权登记。

第五章　变动产权登记

第二十条　企业发生下列情形之一的，应当申办变动产权登记：

（一）企业名称、住所或法定代表人改变的；

（二）企业组织形式发生变动的；

（三）企业国有资本额发生增减变动的；

（四）企业国有资本出资人发生变动的；

（五）产权登记机关规定的其他变动情形。

第二十一条　企业发生本细则第二十条第（一）款情形的，应当于工商行政管理部门核准变动登记后 30 日内向原产权登记机关申办变动产权登记。

第二十二条　企业发生本细则第二十条第（二）款至第（五）款情形的，应当自政府有关部门或企业出资人批准、企业股东大会或董事会作出决定之日起 30 日内，向工商行政管理部门申请变更登记前，向原产权登记机关办理变动产权登记。

第二十三条　企业申办变动产权登记应当填写《企业国有资产变动产权登记表》，并提交下列文件、资料：

（一）政府有关部门或出资人的母公司或上级单位的批准文件、企业股东大会或董事会作出的书面决定及出资证明。

（二）修改后的企业章程。

（三）各出资人的企业法人营业执照、经注册会计师审计的或财政部门核定的企业上一年度财务报告和提供保证、定金或设置抵押、质押、留置以及资产被司法机关冻结的相关文件；其中，国有资本出资人还应当提交产权登记证副本。

（四）本企业的《企业法人营业执照》副本、经注册会计师审计的或财政部门核定的企业上一年度财务报告和提供保证、定金或设置抵押、质押、留置以及资产被司法机关冻结的相关文件和企业的产权登记证副本。

（五）经注册会计师审核的验资报告，其中以货币投资的应当附银行进账单；以实物、无形资产投资的应当提交经财政（国有资产管理）部门合规性审核的资产评估报告。

（六）企业发生本细则第二十条第（三）款、第（四）款情形且出资人是事业单位和社会团体法人的，应当提交《中华人民共和国国有资产产权登记证（行政事业单位)》和出资人上级单位批准的非经营性资产转经营性资产的可行性研究报告。

（七）企业兼并、转让或减少国有资本的，应当提交与债权银行、债权人签订的有关债务保全协议。

（八）经出资人的母公司或上级单位批准的转让国有产权的收入

处置情况说明及有关文件。

（九）申办产权登记的申请。

（十）产权登记机关要求提交的其他文件、资料。

第二十四条　产权登记机关核准企业变动产权登记后，相应办理企业产权登记证正本和副本的变更手续。

第二十五条　企业发生国有产权变动而不及时办理相应产权登记手续，致使产权登记证正本、副本记载情况与实际情况不符的，由企业承担相应的法律责任。

第六章　注销产权登记

第二十六条　企业发生下列情形之一的，应当向原产权登记机关申办注销产权登记：

（一）企业解散、被依法撤销或被依法宣告破产；

（二）企业转让全部国有产权或改制后不再设置国有股权的；

（三）产权登记机关规定的其他情形。

第二十七条　企业解散的，应当自出资人的母公司或上级单位批准之日起 30 日内，向原产权登记机关申办注销产权登记。

企业被依法撤销的，应当自政府有关部门决定之日起 30 日内向原产权登记机关申办注销产权登记。

企业被依法宣告破产的，应当自法院裁定之日起 60 日内由企业破产清算机构向原产权登记机关申办注销产权登记。

企业转让全部国有产权（股权）或改制后不再设置国有股权的，应当自出资人的母公司或上级单位批准后 30 日内向原产权登记机关申办注销产权登记。

第二十八条　企业申办注销产权登记时应当填写《企业国有资产注销产权登记表》，并提交下列文件、资料：

（一）政府有关部门、出资人的母公司或上级单位、企业股东大会的批准文件，工商行政管理机关责令关闭的文件或法院宣告企业破产的裁定书；

（二）经注册会计师审计的或财政部门核定的企业上一年度财务报告；

（三）企业的财产清查、清算报告或经财政（国有资产管理）部门合规性审核的资产评估报告；

（四）企业有偿转让或整体改制的协议或方案；

（五）本企业的产权登记证正本、副本和《企业法人营业执照》副本和提供保证、定金或设置抵押、质押、留置以及资产被司法机关冻结的相关文件；

（六）受让企业的《企业法人营业执照》副本和经注册会计师审计的年度财务报告和提供保证、定金或设置抵押、质押、留置以及资产被司法机关冻结的相关文件；

（七）转让方、受让方与债权银行、债权人签订的债务保全的协议；

（八）经出资人的母公司或上级单位批准的资产处置或产权转让收入处置情况说明及相关文件；

（九）申办产权登记的申请；

（十）产权登记机关要求提交的其他文件、资料。

第二十九条 产权登记机关核准企业注销产权登记后，收回被注销企业的产权登记证正本和副本。

第七章 产权登记年度检查

第三十条 企业应当于每个公历年度终了后 90 日内，办理工商年检登记之前，向原产权登记机关申办产权登记年度检查。

第三十一条 企业申办产权登记年度检查时应当按产权登记机关的规定上报企业国有资产经营年度报告书和填写《企业国有资产产权

登记年度检查表》，并提交下列文件、资料：

（一）经注册会计师审计的或财政部门核定的企业上一年度财务报告；

（二）企业的产权登记证副本和《企业法人营业执照》副本；

（三）企业国有资产经营年度报告书；

（四）申办产权登记年度检查的申请；

（五）产权登记机关要求提交的其他文件、资料。

第三十二条　企业国有资产经营年度报告书是反映企业在检查年度内国有资产经营状况和产权变动状况的书面文件。主要报告以下内容：

（一）企业国有资产保值增值情况；

（二）企业国有资本金实际到位和增减变动情况；

（三）企业及其子公司、孙公司等发生产权变动情况及是否及时办理相应产权登记手续情况；

（四）企业对外投资及投资收益情况；

（五）企业及其子公司的担保、资产被司法机关冻结等产权或有变动情况；

（六）其他需要说明的问题。

企业产权登记年度检查制度和产权登记与产权变动状况分析报告制度另行制定。

第三十三条　年检合格后，由产权登记机关在企业产权登记证副本和年度检查表上加盖年检合格章。

第三十四条　下级产权登记机关应当于每个公历年度终了后150日内，编制并向同级政府和上级产权登记机关报送产权登记与产权变动状况分析报告。

第三十五条　产权登记年度检查表不作为确定企业国有产权归属的法律依据。企业不得以年度检查替代产权登记。

企业应当按产权登记机关的规定及时办理年度检查，如不按规定办理年度检查的或年度检查不合格的，其产权登记证不再具有法律效力。

产权登记机关在年度检查中发现企业未及时办理产权登记问题时，应当督促其按本实施细则的规定补办产权登记。未补办产权登记的，其年度检查不予通过。

第八章　产权登记程序

第三十六条　企业占有、使用国有资产状况以最近一次办理产权登记时产权登记机关确认的数额为准。

第三十七条　企业申办产权登记，应当按规定填写相应的产权登记表，并向产权登记机关提交有关的文件、资料。

第三十八条　企业申办产权登记必须经政府管理的企业或企业集团母公司（含政府授权经营的企业）出具审核意见；仍由政府有关部门、机构或国有社会团体管理的企业，由部门、机构或社团出具审核意见。

企业未按上述规定取得审核意见的，产权登记机关不予受理产权登记。

第三十九条　产权登记机关收到企业提交的符合规定的全部文件、资料后，发给《产权登记受理通知书》，并于 10 个工作日内作出核准产权登记或不准予产权登记的决定。

产权登记机关核准产权登记的，发给、换发或收缴企业的产权登记证正本和副本。

产权登记机关不予登记的，应当自作出决定之日起 3 日内通知登记申请人，并说明原因。

第四十条　企业发生《办法》第四条规定情形，需暂缓办理产权登记的，应向产权登记机关提出书面申请。产权登记机关自收到企业书面申请10个工作日内，依据实际情况以书面文件通知企业准予或不准予暂缓登记。

（一）企业获准暂缓登记的，应当在批准的期限内，将产权界定清楚、产权纠纷处理完毕，并及时办理产权登记；

（二）企业在批准的暂缓期限内，仍未能将产权界定清楚、产权纠纷处理完毕的，应当在期满后向产权登记机关书面报告产权纠纷处理情况并书面申请延续暂缓登记，产权登记机关自收到企业书面报告和申请10个工作日内，依据实际情况以书面文件通知企业准予或不准予延续暂缓登记。

第四十一条　企业有下列行为之一的，产权登记机关有权要求其更正，拒不更正的，产权登记机关不予办理产权登记：

（一）企业填报的产权登记表各项内容或提交的文件违反有关法规或不符合本实施细则要求的；

（二）企业以实物或无形资产出资，未按国家有关规定进行资产评估或折股的；

（三）企业的投资行为、产权变动行为违反法律、行政法规和国家有关政策规定或使国有资产权益受到侵害的。

第四十二条　未及时办理产权登记的企业在补办产权登记时，应当书面说明原因和具体情况。

第九章　产权登记档案管理

第四十三条　财政部统一制定产权登记证正本和副本，确定各类产权登记表的内容和格式。

第四十四条　经产权登记机关颁发、审定的产权登记表和产权登记证正本、副本是产权登记的法律文件。任何单位和个人不得伪造、涂改、出借、出租或出售，有遗失或毁坏的，应当向原产权登记机关申请补领。

第四十五条 企业申办产权登记时，应当将所提交的文件、材料整理成卷，附加目录清单，纸张的尺寸规格不得超出产权登记证副本。

企业未按要求提交规范文件、材料的，产权登记机关有权不予受理。

第四十六条 产权登记机关应当妥善保管企业产权登记表，建立产权登记档案。

第四十七条 企业的产权登记管辖机关发生变更的，由原产权登记机关将该企业产权登记档案材料整理、归并后移交新的产权登记管辖机关。

第十章 法律责任

第四十八条 企业违反《办法》有关规定的，产权登记机关可视情节轻重，作出如下处罚：

（一）企业不在规定的期限内办理产权登记及其年度检查的，产权登记机关责令其限期办理，并视情节轻重，处以一千元以上三万元以下罚款，逾期仍不办理的，产权登记机关视情节轻重，处以三万元以上六万元以下罚款，并提请政府有关部门对企业领导人员和直接责任人员给予相应的纪律处分。

（二）企业提供虚假财务报告或证明文件，隐瞒真实情况，骗取产权登记及其年度检查的；伪造、涂改、出借、出租、出卖产权登记表和产权登记证等其他行为的，产权登记机关责令其限期改正，并予以通报批评，视情节轻重处以六万元以上十万元以下罚款，并提请政府有关部门对企业领导人员和直接责任人员给予相应的纪律处分。

（三）会计、评估、法律咨询事务所（公司）等中介机构故意为企业出具虚假的审计、验资报告或有关证明文件的，将不得再从事与产权登记有关的审计、验资、评估等事务，产权登记机关将向注册会计师协会等管理机构通报情况，并予以公告；造成国有资产流失并构成犯罪的，依法追究其刑事责任。

第四十九条　产权登记行政处罚决定由财政（国有资产管理）部门负责人核准并加盖公章以《企业产权登记行政处罚决定书》（以下简称《决定书》）的形式通知受处罚企业。需要罚款的，同时向指定缴款银行签发财政部门统一印制的罚款收据。

企业对行政处罚决定不服的，可以在收到决定书之日起 15 日内向上一级产权登记机关申请行政复议。上一级产权登记机关应当自受理复议之日起 60 日内作出复议决定。

第五十条　产权登记证是企业进行资产评估、国有企业股份制改组和产权转让等审批的必备文件之一。对没有产权登记证的企业，不予办理相关的工作。

第五十一条　企业违反规定不办理产权登记及其年度检查，造成国有资产流失并构成犯罪的，依法追究其刑事责任。

第五十二条　产权登记机关工作人员违反《办法》和本细则的规定，利用职权刁难企业的，或牟取私利，玩忽职守，造成国有资产流失的，视情节轻重给予行政处分。构成犯罪的，依法追究其刑事责任。

第十一章　附　　则

第五十三条　军队保留企业的产权登记实施细则由中国人民解放军总后勤部参照本实施细则重新制定，报财政部备案。

第五十四条　本实施细则由财政部负责解释并组织实施。

第五十五条　本实施细则自发布之日起施行。原国家国有资产管理局制定的《企业国有资产产权登记管理办法实施细则》（国资产发〔1996〕31 号文件）同时废止。

企业国有产权转让管理暂行办法

（2003 年 12 月 31 日，国务院国有资产监督管理委员会、中华
人民共和国财政部令第 3 号公布，自 2004 年 2 月 1 日起施行）

第一章　总　　则

第一条　为规范企业国有产权转让行为，加强企业国有产权交易
的监督管理，促进企业国有资产的合理流动、国有经济布局和结构的
战略性调整，防止企业国有资产流失，根据《企业国有资产监督管理
暂行条例》和国家有关法律、行政法规的规定，制定本办法。

第二条　国有资产监督管理机构、持有国有资本的企业（以下统
称转让方）将所持有的企业国有产权有偿转让给境内外法人、自然人
或者其他组织（以下统称受让方）的活动适用本办法。

金融类企业国有产权转让和上市公司的国有股权转让，按照国家
有关规定执行。

本办法所称企业国有产权，是指国家对企业以各种形式投入形成
的权益、国有及国有控股企业各种投资所形成的应享有的权益，以及
依法认定为国家所有的其他权益。

第三条　企业国有产权转让应当遵守国家法律、行政法规和政策
规定，有利于国有经济布局和结构的战略性调整，促进国有资本优化
配置，坚持公开、公平、公正的原则，保护国家和其他各方合法权
益。

第四条　企业国有产权转让应当在依法设立的产权交易机构中公
开进行，不受地区、行业、出资或者隶属关系的限制。国家法律、行
政法规另有规定的，从其规定。

第五条　企业国有产权转让可以采取拍卖、招投标、协议转让以及国家法律、行政法规规定的其他方式进行。

第六条　转让的企业国有产权权属应当清晰。权属关系不明确或者存在权属纠纷的企业国有产权不得转让。被设置为担保物权的企业国有产权转让，应当符合《中华人民共和国担保法》的有关规定。

第七条　国有资产监督管理机构负责企业国有产权转让的监督管理工作。

第二章　企业国有产权转让的监督管理

第八条　国有资产监督管理机构对企业国有产权转让履行下列监管职责：

（一）按照国家有关法律、行政法规的规定，制定企业国有产权交易监管制度和办法；

（二）决定或者批准所出资企业国有产权转让事项，研究、审议重大产权转让事项并报本级人民政府批准；

（三）选择确定从事企业国有产权交易活动的产权交易机构；

（四）负责企业国有产权交易情况的监督检查工作；

（五）负责企业国有产权转让信息的收集、汇总、分析和上报工作；

（六）履行本级政府赋予的其他监管职责。

本办法所称所出资企业是指国务院，省、自治区、直辖市人民政府，设区的市、自治州级人民政府授权国有资产监督管理机构履行出资人职责的企业。

第九条　所出资企业对企业国有产权转让履行下列职责：

（一）按照国家有关规定，制定所属企业的国有产权转让管理办法，并报国有资产监督管理机构备案；

（二）研究企业国有产权转让行为是否有利于提高企业的核心竞

争力，促进企业的持续发展，维护社会的稳定；

（三）研究、审议重要子企业的重大国有产权转让事项，决定其他子企业的国有产权转让事项；

（四）向国有资产监督管理机构报告有关国有产权转让情况。

第十条　企业国有产权转让可按下列基本条件选择产权交易机构：

（一）遵守国家有关法律、行政法规、规章以及企业国有产权交易的政策规定；

（二）履行产权交易机构的职责，严格审查企业国有产权交易主体的资格和条件；

（三）按照国家有关规定公开披露产权交易信息，并能够定期向国有资产监督管理机构报告企业国有产权交易情况；

（四）具备相应的交易场所、信息发布渠道和专业人员，能够满足企业国有产权交易活动的需要；

（五）产权交易操作规范，连续 3 年没有将企业国有产权拆细后连续交易行为以及其他违法、违规记录。

第三章　企业国有产权转让的程序

第十一条　企业国有产权转让应当做好可行性研究，按照内部决策程序进行审议，并形成书面决议。

国有独资企业的产权转让，应当由总经理办公会议审议。国有独资公司的产权转让，应当由董事会审议；没有设立董事会的，由总经理办公会议审议。涉及职工合法权益的，应当听取转让标的企业职工代表大会的意见，对职工安置等事项应当经职工代表大会讨论通过。

第十二条　按照本办法规定的批准程序，企业国有产权转让事项经批准或者决定后，转让方应当组织转让标的企业按照有关规定开展清产核资，根据清产核资结果编制资产负债表和资产移交清册，并委托会计师事务所实施全面审计（包括按照国家有关规定对转让标的企业法定代表人的离任审计）。资产损失的认定与核销，应当按照国家有关规定办理。

转让所出资企业国有产权导致转让方不再拥有控股地位的，由同级国有资产监督管理机构组织进行清产核资，并委托社会中介机构开展相关业务。

社会中介机构应当依法独立、公正地执行业务。企业和个人不得干预社会中介机构的正常执业行为。

第十三条　在清产核资和审计的基础上，转让方应当委托具有相关资质的资产评估机构依照国家有关规定进行资产评估。评估报告经核准或者备案后，作为确定企业国有产权转让价格的参考依据。

在产权交易过程中，当交易价格低于评估结果的90%时，应当暂停交易，在获得相关产权转让批准机构同意后方可继续进行。

第十四条　转让方应当将产权转让公告委托产权交易机构刊登在省级以上公开发行的经济或者金融类报刊和产权交易机构的网站上，公开披露有关企业国有产权转让信息，广泛征集受让方。产权转让公告期为20个工作日。

转让方披露的企业国有产权转让信息应当包括下列内容：

（一）转让标的的基本情况；

（二）转让标的企业的产权构成情况；

（三）产权转让行为的内部决策及批准情况；

（四）转让标的企业近期经审计的主要财务指标数据；

（五）转让标的企业资产评估核准或者备案情况；

（六）受让方应当具备的基本条件；

（七）其他需披露的事项。

第十五条　在征集受让方时，转让方可以对受让方的资质、商业信誉、经营情况、财务状况、管理能力、资产规模等提出必要的受让条件。

受让方一般应当具备下列条件：

（一）具有良好的财务状况和支付能力；

（二）具有良好的商业信用；

（三）受让方为自然人的，应当具有完全民事行为能力；

（四）国家法律、行政法规规定的其他条件。

第十六条　受让方为外国及中国香港特别行政区、中国澳门特别行政区、中国台湾地区的法人、自然人或者其他组织的，受让企业国有产权应当符合国务院公布的《指导外商投资方向规定》及其他有关规定。

第十七条　经公开征集产生两个以上受让方时，转让方应当与产权交易机构协商，根据转让标的的具体情况采取拍卖或者招投标方式组织实施产权交易。

采取拍卖方式转让企业国有产权的，应当按照《中华人民共和国拍卖法》及有关规定组织实施。

采取招投标方式转让企业国有产权的，应当按照国家有关规定组织实施。

企业国有产权转让成交后，转让方与受让方应当签订产权转让合同，并应当取得产权交易机构出具的产权交易凭证。

第十八条　经公开征集只产生一个受让方或者按照有关规定经国有资产监督管理机构批准的，可以采取协议转让的方式。

采取协议转让方式的，转让方应当与受让方进行充分协商，依法妥善处理转让中所涉及的相关事项后，草签产权转让合同，并按照本办法第十一条规定的程序进行审议。

第十九条　企业国有产权转让合同应当包括下列主要内容：

（一）转让与受让双方的名称与住所；

（二）转让标的企业国有产权的基本情况；

（三）转让标的企业涉及的职工安置方案；

（四）转让标的企业涉及的债权、债务处理方案；

（五）转让方式、转让价格、价款支付时间和方式及付款条件；

（六）产权交割事项；

（七）转让涉及的有关税费负担；

（八）合同争议的解决方式；

（九）合同各方的违约责任；

（十）合同变更和解除的条件；

（十一）转让和受让双方认为必要的其他条款。

转让企业国有产权导致转让方不再拥有控股地位的，在签订产权转让合同时，转让方应当与受让方协商提出企业重组方案，包括在同等条件下对转让标的企业职工的优先安置方案。

第二十条 企业国有产权转让的全部价款，受让方应当按照产权转让合同的约定支付。

转让价款原则上应当一次付清。如金额较大、一次付清确有困难的，可以采取分期付款的方式。采取分期付款方式的，受让方首期付款不得低于总价款的30%，并在合同生效之日起5个工作日内支付；其余款项应当提供合法的担保，并应当按同期银行贷款利率向转让方支付延期付款期间利息，付款期限不得超过1年。

第二十一条 转让企业国有产权涉及国有划拨土地使用权转让和由国家出资形成的探矿权、采矿权转让的，应当按照国家有关规定另行办理相关手续。

第二十二条 转让企业国有产权导致转让方不再拥有控股地位的，应当按照有关政策规定处理好与职工的劳动关系，解决转让标的企业拖欠职工的工资、欠缴的各项社会保险费以及其他有关费用，并做好企业职工各项社会保险关系的接续工作。

第二十三条 转让企业国有产权取得的净收益，按照国家有关规定处理。

第二十四条　企业国有产权转让成交后，转让和受让双方应当凭产权交易机构出具的产权交易凭证，按照国家有关规定及时办理相关产权登记手续。

第四章　企业国有产权转让的批准程序

第二十五条　国有资产监督管理机构决定所出资企业的国有产权转让。其中，转让企业国有产权致使国家不再拥有控股地位的，应当报本级人民政府批准。

第二十六条　所出资企业决定其子企业的国有产权转让。其中，重要子企业的重大国有产权转让事项，应当报同级国有资产监督管理机构会签财政部门后批准。其中，涉及政府社会公共管理审批事项的，需预先报经政府有关部门审批。

第二十七条　转让企业国有产权涉及上市公司国有股性质变化或者实际控制权转移的，应当同时遵守国家法律、行政法规和相关监管部门的规定。

对非上市股份有限公司国有股权转让管理，国家另有规定的，从其规定。

第二十八条　决定或者批准企业国有产权转让行为，应当审查下列书面文件：

（一）转让企业国有产权的有关决议文件；

（二）企业国有产权转让方案；

（三）转让方和转让标的企业国有资产产权登记证；

（四）律师事务所出具的法律意见书；

（五）受让方应当具备的基本条件；

（六）批准机构要求的其他文件。

第二十九条　企业国有产权转让方案一般应当载明下列内容：

（一）转让标的企业国有产权的基本情况；

（二）企业国有产权转让行为的有关论证情况；

（三）转让标的企业涉及的、经企业所在地劳动保障行政部门审核的职工安置方案；

（四）转让标的企业涉及的债权、债务包括拖欠职工债务的处理方案；

（五）企业国有产权转让收益处置方案；

（六）企业国有产权转让公告的主要内容。

转让企业国有产权导致转让方不再拥有控股地位的，应当附送经债权金融机构书面同意的相关债权债务协议、职工代表大会审议职工安置方案的决议等。

第三十条　对于国民经济关键行业、领域中对受让方有特殊要求的，企业实施资产重组中将企业国有产权转让给所属控股企业的国有产权转让，经省级以上国有资产监督管理机构批准后，可以采取协议转让方式转让国有产权。

第三十一条　企业国有产权转让事项经批准或者决定后，如转让和受让双方调整产权转让比例或者企业国有产权转让方案有重大变化的，应当按照规定程序重新报批。

第五章　法律责任

第三十二条　在企业国有产权转让过程中，转让方、转让标的企业和受让方有下列行为之一的，国有资产监督管理机构或者企业国有产权转让相关批准机构应当要求转让方终止产权转让活动，必要时应当依法向人民法院提起诉讼，确认转让行为无效。

（一）未按本办法有关规定在产权交易机构中进行交易的；

（二）转让方、转让标的企业不履行相应的内部决策程序、批准程序或者超越权限、擅自转让企业国有产权的；

（三）转让方、转让标的企业故意隐匿应当纳入评估范围的资产，或者向中介机构提供虚假会计资料，导致审计、评估结果失真，以及未经审计、评估，造成国有资产流失的；

（四）转让方与受让方串通，低价转让国有产权，造成国有资产流失的；

（五）转让方、转让标的企业未按规定妥善安置职工、接续社会保险关系、处理拖欠职工各项债务以及未补缴欠缴的各项社会保险费，侵害职工合法权益的；

（六）转让方未按规定落实转让标的企业的债权债务，非法转移债权或者逃避债务清偿责任的，以企业国有产权作为担保的，转让该国有产权时，未经担保权人同意的；

（七）受让方采取欺诈、隐瞒等手段影响转让方的选择以及产权转让合同签订的；

（八）受让方在产权转让竞价、拍卖中，恶意串通压低价格，造成国有资产流失的。

对以上行为中转让方、转让标的企业负有直接责任的主管人员和其他直接责任人员，由国有资产监督管理机构或者相关企业按照人事管理权限给予警告，情节严重的，给予纪律处分，造成国有资产损失的，应当负赔偿责任；由于受让方的责任造成国有资产流失的，受让方应当依法赔偿转让方的经济损失；构成犯罪的，依法移送司法机关追究刑事责任。

第三十三条　社会中介机构在企业国有产权转让的审计、评估和法律服务中违规执业的，由国有资产监督管理机构将有关情况通报其行业主管机关，建议给予相应处罚；情节严重的，可要求企业不得再委托其进行企业国有产权转让的相关业务。

第三十四条　产权交易机构在企业国有产权交易中弄虚作假或者玩忽职守，损害国家利益或者交易双方合法权益的，依法追究直接责任人员的责任，国有资产监督管理机构将不再选择其从事企业国有产权交易的相关业务。

第三十五条　企业国有产权转让批准机构及其有关人员违反本办法，擅自批准或者在批准中以权谋私，造成国有资产流失的，由有关部门按照干部管理权限，给予纪律处分；构成犯罪的，依法移送司法机关追究刑事责任。

第六章　附　　则

第三十六条　境外企业国有产权转让管理办法另行制定。

第三十七条　政企尚未分开的单位以及其他单位所持有的企业国有产权转让，由主管财政部门批准，具体比照本办法执行。

第三十八条　本办法由国务院国有资产监督管理委员会负责解释；涉及有关部门的，由国资委商有关部门解释。

第三十九条　本办法自二〇〇四年二月一日起施行。

关于企业国有产权转让有关事项的通知

（2006 年 12 月 31 日，国资发产权［2006］306 号文发布）

各省、自治区、直辖市及计划单列市、新疆生产建设兵团国资委，财政厅（局），各中央企业：

《企业国有产权转让管理暂行办法》（国资委、财政部令第 3 号，以下简称《办法》）颁布以来，企业国有产权转让得到了进一步规范，市场配置资源的基础性作用在国有经济布局和结构调整中日渐加强，但在具体实施工作中还有一些事项需要进一步明确。经研究，现通知如下：

一、关于省级以上国资监管机构对协议转让方式的批准

企业国有产权转让应不断提高进场交易比例，严格控制场外协议转让。对于国民经济关键行业、领域的结构调整中对受让方有特殊要求，或者所出资企业（本通知所称所出资企业系指各级国有资产监督管理机构履行出资人职责的企业）内部资产重组中确需采取直接协议转让的，相关批准机构要进行认真审核和监控。

（一）允许协议转让的范围。

1. 在国有经济结构调整中，拟直接采取协议方式转让国有产权的，应当符合国家产业政策以及国有经济布局和结构调整的总体规划。受让方的受让行为不得违反国家经济安全等方面的限制性或禁止性规定，且在促进企业技术进步、产业升级等方面具有明显优势。标的企业属于国民经济关键行业、领域的，在协议转让企业部分国有产权后，仍应保持国有绝对控股地位。

2. 在所出资企业内部的资产重组中，拟直接采取协议方式转让国有产权的，转让方和受让方应为所出资企业或其全资、绝对控股企业。

（二）所出资企业协议转让事项的批准权限，按照转让方的隶属关系，中央企业由国务院国资委批准，地方企业由省级国资监管机构批准。相关批准机构不得自行扩大协议转让范围，不得下放或分解批准权限。

（三）协议转让项目的资产评估报告由该协议转让的批准机构核准或备案，协议转让项目的转让价格不得低于经核准或备案的资产评估结果。

（四）相关批准机构应当在批准文件中明确协议转让事项执行的有效时限，并建立对批准协议转让事项的跟踪、报告制度。各省级国资监管机构应当将协议转让的批准和实施结果报告国务院国资委。

二、关于外商受让企业国有产权

在企业国有产权转让中，涉及受让方为外国的企业和其他经济组织或者个人的（以下统称外商），应当按以下规定办理：

（一）向外商转让企业国有产权应在产权交易市场中公开进行。特殊情况下，确需采取协议方式转让的，应符合《办法》及本通知中关于批准协议转让的相关规定。

（二）转让方在提出受让条件时，应对照《外商投资产业指导目录》及相关规定，对国家对外商受让标的企业产权有限制性或禁止性规定的，应在产权转让公告中予以提示。

（三）通过产权交易市场确定外商为受让主体的，由转让方按照国家有关管理规定报政府相关职能部门审核批准。

中国香港特别行政区、中国澳门特别行政区和中国台湾地区的投资者受让企业国有产权，参照以上规定办理。

三、关于企业国有产权受让条件的审核管理

广泛征集受让方是落实企业国有产权进场交易制度的关键环节，转让方、相关批准机构和产权交易机构要进一步加强受让条件的审核管理工作。

（一）转让方在制订企业国有产权转让方案时，应当根据转让标的企业的实际情况，明确提出对受让方的受让条件要求。

（二）对受让条件中表述不明确或者有违反公平竞争内容的，产权交易机构应及时向转让方提出修改建议，或要求转让方对受让条件的执行标准作出书面解释和具体说明。

（三）受让条件及其执行标准的书面解释和具体说明经相关批准机构审核后，由产权交易机构在产权转让公告中一并公布。未经公布的受让条件不得作为确认或否定意向受让方资格的依据。

（四）在产权转让公告中公布的受让条件，一经发布不得擅自变更。在产权交易机构尚未收到正式受让意向申请之前，确需变更受让条件的，应经产权转让相关批准机构批准后，在原信息发布渠道予以公告，公告期重新计算。

四、关于受让资格的审核确认

产权交易机构按照公布的受让条件提出对受让方资格的审核意见，并在征求转让方意见后，最终确认意向受让人资格。

（一）产权交易机构应当将正式表达受让意向的法人、自然人全部纳入登记管理范围，严格按照公布的受让条件进行资格审核后，提出具备受让资格的意向受让人名单。

（二）产权交易机构和转让方对意向受让人是否符合公告条件产生分歧时，产权交易机构可就有关分歧事项书面征求政府有关职能部门（机构）意见，也可通过产权交易争端协调机制，对分歧事项进行协调。

（三）对意向受让人资格审核确认完成后，产权交易机构应当及时将审核结果以书面形式告知相关各方。

（四）当登记的意向受让人没有响应产权转让公告中受让条件的全部要求，或提出带有附加条件的受让要求时，产权交易机构应当及时以书面形式对其进行提示，在规定的公告期限内该意向受让人没有作出调整、纠正的，应取消其受让资格。

五、关于企业国有产权转让价格

按照《办法》的规定，企业国有产权转让价格应当以资产评估结果为参考依据，在产权交易市场中公开竞价形成，产权交易机构应按照有利于竞争的原则积极探索新的竞价交易方式。

（一）转让企业国有产权的首次挂牌价格不得低于经核准或备案

的资产评估结果。经公开征集没有产生意向受让方的，转让方可以根据标的企业情况确定新的挂牌价格并重新公告；如拟确定新的挂牌价格低于资产评估结果的90%，应当获得相关产权转让批准机构书面同意。

（二）对经公开征集只产生一个意向受让方而采取协议转让的，转让价格应按本次挂牌价格确定。

（三）企业国有产权转让中涉及的职工安置、社会保险等有关费用，不得在评估作价之前从拟转让的国有净资产中先行扣除，也不得从转让价款中进行抵扣。

（四）在产权交易市场中公开形成的企业国有产权转让价格，不得以任何付款方式为条件进行打折、优惠。

六、关于各级财政部门在企业国有产权转让中的管理工作

各级财政部门应当认真做好有关企业国有产权转让的监督检查以及标的企业财政政策清理等工作，并按以下规定进行审核或者审批：

（一）按照《办法》第二十六条审核企业国有产权转让时，重点审核涉及《办法》第二十八条、第二十九条规定的事项是否符合国家有关企业财务管理的政策规定。

（二）按照《办法》第三十七条的规定，政企尚未分开单位以及其他单位所持有的企业国有产权转让，由政企尚未分开单位以及其他单位审核后，报同级财政部门批准。